노수긍 취재수첩

카메라와 함께 길을 묻다

도서
출판 계간문예

노수긍 취재수첩

카메라와 함께 길을 묻다

| 차례

취재현장 · 해외

1988년~2010년

1988. 8. 21. 기내승무원과 함께.

1988. 8. 21.(일) 맑음
파푸아뉴기니의 아름다운 항구, 래

파푸아뉴기니의 래(Lae) 항구를 취재하다.

수도 포토모르스비에서 40분 비행 거리에 있는 곳으로, 하루 저녁 강수량만 1,000㎜가 넘는 경우가 비일비재하다는 최대 항구 도시다.

새벽 5시에 기상하여 7시에 비행기를 타니 남녀 승무원들이 숯검정 같은 얼굴에 입술만 허옇다.

기내 음식을 나눠주는데 못 사는 나라답게 엉성하다.

입맛이 당기지 않아 대충 먹고 밀어 놓았다.

불친절하다기보다는 게으르고 느리며 투박한 표정들이 이곳 사람들의 특징이다.

공항엔 현대 항만공사 과장이 나와서 우리를 안내하다.

양옆에 늘어선 높기만 한 야자나무와 정글의 숲속, 그 위 태양은 이곳이 바로 남남쪽 태양의 나라라는 기분을 저절로 들게 하다.

집들을 1m 이상 높게 짓고 방을 만들어 우리의 헛간 같은 분위기이다. 밑에는 발빠른 돼지들이 이리저리 뛰어다니고 방이라야 긴 나무들을 촘촘히 가로누인 것이 전부이니 우습기만 하다.

등이 아파 못 잘 것 같은데도 이들은 옷 개념이 없이 맨살로 평생 사는 탓에 우리의 살가죽하고는 차이가 있다.

부부관계는 주로 숲속이나 풀숲에서 이루어진다.

부족 단위로 생활하면서 '추장'을 모시고 간혹 부족간에 싸움(전쟁)

9

이 벌어지는데, 주 무기는 자그마한 손도끼를 사용하며 정확성은 한치의 오차도 없단다.

자기편 사상자가 발생하면 영혼을 위로해 주는 의미로 부족원의 시신을 구워 먹는 의식을 거행했다. 이 곳에 식인종이 있다는 말은 이 의식에서 비롯된 듯하다.

현대맨들의 2층 사무실에서 내려다보면 우리나라 고추와 똑같은 매운고추가 밭에 주렁주렁 열렸다.

소장 말씀이 한국에서 가져온 씨를 심었는데 저렇게 잘 컸다는 것이다. 원색의 황토흙에 강렬한 태양이 딱 맞는 모양이다.

그 고추를 따서 항만부두공사 인부들과 공동식당에서 오랜만에 한식으로 배를 댕댕하게 채웠다. 이 얼마나 고마운 일인가.

수백 명씩 부족 단위로 살아가는 파푸아뉴기니 사람들, 이곳 '래' 항구에서 한참을 더 들어가면 더욱더 원주민다운 사람들이 살고 있었다.

우리 취재진은 이런 모습들에 더 관심을 가졌다.

화폐 단위의 이름은 '키나' 다.

내가 쓴 검은 선글라스를 보자 어린이들이 기겁을 하고 울어 우린 당황하면서도 한참을 웃었다.

우리를 환대한다고 동네소년 하나가 다람쥐처럼 높은 야자나무 타기를 뽐내면서 휘어진 칼로 척척, 코코넛 나무 열매를 따서 땅에 내렸다.

꼭지 부분을 칼로 구멍을 내 마시라면서 건네는데, 달고 시원한 맛이 갈증을 가시게 했다.

우리는 한 통, 두 통씩 들이키며 이 착하고 순박한 원주민의 모습에 감복을 했다.

껍질은 말려서 땔감으로 요긴하게 사용한다.

점심을 굶으면서까지 이곳 민속춤인 'sing sing party'가 벌어지는 그룹씬을 찍었다.

웃통을 벗은 긴 자루 젖의 아줌마들, 몸에 온갖 장식으로 치장을 한 남자들이 창을 들고 싸움터로 출정하는 춤동작이다.

우린 춤 동선을 따라 같이 움직이면서도 때론 누워서 찍어 그 원색의 율동을 아름다운 그림으로 완성했다. 그런데 카메라에 들어온 장면 중 방송으로 내보내기가 곤란한 영상이 있었으니, 그것은 남자들의 중요한 부분이(성기) 지나치게 노출되어 잡힌 것이다.

그 부위에 웬 긴 막대기 같은 것을 꽂고 춤을 추니 한편으로 우습기도 하거니와 방송용으로 다시 찍기 위해 또 다시 앵글을 맞추느라 신경을 쓰고 시간을 허비해야 했다.

도로 한복판에 높게 설치된 하얀 TV를 보는데, 모두가 신기한 듯 무아지경으로 보고 있었다.

TV와 술이 없는 나라여서 단체로 이렇게밖에 볼 수 없는 것이다.

그런 사람들의 표정이 우리에겐 취재 거리였다.

애엄마가 자루 젖을 어깨너머로 넘겨 애기에게 그 젖을 먹이니 웃음이 안 나올 수가 없었다.

술이 없는 나라니까 그저 수입한 맥주나 양주를 밤새 마시고는 다음 날 출근 안하기 일쑤인 사람들, 숯검정색 피부를 가진 사람들인지라 야간에 운전을 할 때는 매우 조심해야 한다.

아스팔트 색깔과 피부 색깔이 구별이 안 돼 속도를 낼 수 없는 밤도시 풍경들.

심한 곱슬머리 남자가 인터뷰 중 연필을 자기 머리에 꽂는 모습을 보고 박장대소를 했던 일.

'래'를 떠나면서 생전 처음 신기한 일들을 많이 겪은 탓에 헤어지려니 여간 섭섭한 것이 아니었다.

특히 순박한 어린이들의 표정과 눈빛이 마음을 흔들었다. 원시적 본능으로 살아가는 이 분들이 세계 어느 문명 사회보다도 행복지수가 높지 않을까 생각하면서 그들과 이별하며 한참동안 손을 흔들어 댔다.

안녕 'Lae' 주민들이여.

1988. 8. 25.(목) 쾌청

솔로몬 군도와 숯검정 얼굴

솔로몬의 나라 중간 기착지점인 문다(munda)에 가기 위해 15인승 경비행기를 타다. 그런데 승객은 우리 4명이 전부다.

비는 장대비에 비행기 소음은 그리도 요란한지 한편으로 걱정이 되었지만 다행히 미국인 기장 2명이 비행기를 몰았다.

구레나룻 수염의 그들은 우중에 묵묵히 조종간을 잡고 갈 뿐 이런궂은 날씨쯤이야 아무 문제가 없다는 표정이다.

시간 반의 두려움과 외로움을 달래기 위해 화투를 붙잡았다.

밖을 안 보고 열심히 쳤다. 의자 밑엔 바퀴벌레가 정말 많았다.

중간 기착지인 섬에 도착한 비행기는 우릴 태운 채 기내 곳곳에 살충제 비슷한 독한 냄새의 약을 5분 간 뿌렸다.

섬에는 간이 세관검사대가 있었다. 우리는 친밀감을 나타내기 위해 몸짓, 발짓을 동원해 이번 올림픽 개최국으로서 당신네 선수들을 취재하기 위해 왔노라고 하자 서로 박장대소했다.

중간 기착지에서 30여 분을 쉬고 다시 이륙하여 세 시간을 날아 솔로몬의 수도인 호니아라(honiara)로 향했다.

"原色의 친구"

숯검정 같은 얼굴들이여.

太陽이 가까워서인가.
눈꺼풀, 손바닥, 발바닥만 하얗구나.

여기저기 원시모습,
原色의 본능들.
맨발과 맨눈으로
걸으며 말한다.
진짜 속마음도 原色인
그들은 나의 친구.

서울올림픽 복싱 선수와 엉성한 야외링에서.

1988. 8. 26.(금) 무더움
수도, 호니아라에서 만난 모기

엉성하기 짝이 없는호니아라 수도 공항이다.

5만여 명이 사는 수도로써 2차 세계대전 당시 남양군도 최대 격전지이다.

주위의 여러 곳에선 일본군(日本軍) 점령 당시의 전쟁무기 잔해가 많이 목격되었다. '야마모토' 일본 장군이 비행기 추락으로 수장됐다는 말에 치열했던 당시의 연합군과의 일전을 눈앞에 그려본다.

그때 그 모습 그대로 바닷 속 물에 잠긴 여러 군함들이 철골로 방치돼 있다. 50년이 다 되어가는 역사의 흔적을 본다.

그러나 시내 곳곳엔 일본제 차량이 홍수를 이룬다.

패전국에서 다시 경제대국으로 반세기 만에 뒤집기에 성공한 일본을 보게 되는 것이다.

우리나라 차는 눈 씻고 볼래야 볼 수가 없었다.

시내 취재를 강행하는데 서울에서의 학질(말라리아)약 복용 탓인지 컨디션 제로다.

모기는 어디에서나 극성, 극성이다.

리포터가 자리를 잡고 서면 노출 피부에 가져간 물파스를 듬뿍 발라댄다. 제격이었다.

효능이 만점이다. 얼씬을 못하니 모기상극 약인 모양이다.

어질어질한 기분을 달래려고 10시에 무조건 눈을 붙이다.

15

1988. 8. 27.(토) 무더위

우리는 파푸아뉴기니 완톡

일곱 시에 기상하여 2차 대전 승전기념관으로 향하다. 검푸른 야자수 해안길을 따라 그때 세계대전 당시에 건설한 다리를 지나니 야마모토 군단의 패잔병 잔해인 대포와 비행기의 처참한 흉물이 물 속에 잠겨 있다.

한없이 맑은 수면 위로 피의 전쟁 상처가 마치 조각품처럼 우뚝 세워진 느낌이다.

기념관 밖엔 승전국과 패전국가의 국기가 나란히 걸려서 바람에 펄럭이니 전란의 참혹한 역사는 세월 속에 녹은 채 지금은 우방이라며 웃고 있는 모습이다.

이곳을 방문하는 일본 여행객들 중에는 이 기념관 앞에서 엉엉 울기까지 한다는 현대원목상사 주재원인 심재동 관장이 증언한다.

가미가제식 일본의 돌격대가 이곳에서 완패하면서 패전의 기운이 완연했음을 역사가 말해주고 있었다.

태평양 전쟁의 종말이 이 곳에서부터 진주만 기습까지 연결되면서 일본은 영영 일어서지 못한 것이다.

기념관 문지기인 검은 소년에게 5달러 팁을 건네면서 그곳 취재를 마쳤다.

섭씨 30℃를 오르내리는 푹푹 찌는 남태평양 섬에서 중국식 점심을 먹은 취재진은 공통적으로 '황열' 이라는 풍토 열병에 시달려야 했다.

이곳 사람들은 자기네들끼리 늘 외치며 단결을 과시하는 말이 있었으니 그것은 '완톡'이라는 구호이다.

그 뜻은 파푸아뉴기니의 동족이란 뜻이다.

저녁을 해변식 식당에서 간단히 끝낸 우리는 시끄러운 호텔 나이트 클럽에 몸을 들이밀었다.

호기심과 피로 풀기를 겸해서 그들 속으로 묻혀봤다. 그러나 키가 거목처럼 큰 서양의 남녀노소들로서(주로 영국, 호주인), 우리와는 너무나 대조적이다. 그 속에 황색인종은 우리 넷뿐이다. 한마디로 구석구석 모든 구조가 서양인들 입맛대로 갖추어져 돌아가고 있는 것이다.

오랫동안 영국의 식민지였던 만큼 하인이나 청소부, 허접한 일은 모두 원주민 몫으로 돌아가고 서양인 관광객들은 그저 먹고 배설한 뒤 싸구려 팁을 뿌리고 떠나는 땅이 되고 있는 것이다.

식민지에서 해방된 지 13년째이니 오죽하겠는가.

이들도 어서 깨어 일어나 문화 국민의 행세를 하리라고 믿는다. 그래야 한다.

현지민속춤장에서.

1988. 9. 2.(금) 맑음

마오리족과 전쟁영웅들

마오리족(族)이 끝까지 저항하며 은거지로 삼았다는 공원으로 가다. 우리 남산과 같은 유서 깊은 곳으로서 고목숲과 양떼밭을 지나니 공원에선 바람 사이로 열심히 뛰는 웃통 벗은 조깅족(族)들이 많이 보였다.

동양인과 비슷한, 통통하게 생긴 마오리족들은 짙은 눈썹에 격정적인 춤으로 무서움을 과시하며 무사임을 뽐내는 춤을 추었다.

정부에서도 이 원주민 보호에 적극적으로 힘을 쏟아 멸종의 길을 막아 보려 애쓴다고 한다.

옆에선 양털깎기 시범과 늙은뱀을 목에 걸어주면서 관광객 유치를 위한 홍보쇼를 했다.

귀신같이 양털을 깎는 공연에서는 잡힌 양이 불쌍하다고 느꼈던 순간 깎고 난 양은 금세 시원해 보이는 것이 신기했다.

오후에 오클랜드 시내 재향군인회 사무실에 들어서자 늙은 예비역 군인들께서 우리 취재진 손을 일일이 잡아주며 6·25 전장지에서의 일화를 건네주기에 바빴다.

빛바랜 그때 그 사진을 보여주며 열심히 설명하다가 눈물을 흘리는 노병이 있었다. 그는 말했다.

"내 귀엔 지금도 그 포성이 들린다네. 그 겨울, 한국 들판에 부는 매서운 눈보라도 똑똑히 보인단 말일세. 하얀 옷의 아낙네들, 검정 치마의 어린이 모습, 우마차의 신작로, 긴 담뱃대. 그런 전쟁터에서 우리들은 승리를 쟁취했다네."

　노병, 그 전쟁영웅의 무용담은 쇳털 같은 세월이 흘렀어도 어제 일
처럼 우리들에게 알려준다.

　작별의 순간에 그들은 잊지 않고 또 한 마디한다.

　"잘사는 대한민국을 보고 싶다. 언젠가 그곳을 생전에 꼭 가보겠다."
라고.

　수억만 리에서 날아와 우리나라를 대신 지켜주기 위한 그들의 희생
에 경의를 드리는 바다.

　전쟁영웅들이여, 건강하시고 행복하세요.

뉴질랜드의 6·25 참전용사들과 함께.

1989. 2. 11.(토) 맑음
오호츠크해로 출발

소련 캄차카반도 앞바다인 오호츠크해로 우리 원양어선과 소련과의 합동수산무역 현장을 취재키 위해 한 달간의 일정으로 출발하다.

부산 타워호텔을 나서며 17개의 짐을 옮기며 오륙도에 정박 중인 고려원양 소속 개척 2호와 수송선에 한국일보 기자 2명 그리고 우리 세 명이 장도에 오른 것이다.

오후 5시 정각, 140명의 원양어선 일꾼들과 선장, 부선장, 항해사, 갑판장 등은 왕복 8,000㎞인 운항시간만 2주일이 넘게 걸리는 북태평양의 소련어장으로 가는 것이다.

처음 우리 어선들과 합동으로 명태를 잡아올리는 장면을 담기 위함이다. 국교가 단절된 공산권의 맹주나라와 같이하는 역사적 의미가 있기에 가는 것이다.

우리가 탈 개척호는 5만톤이 넘어서인지 듬직하고 아주 오래된 배로써, 네덜란드에서 온 30년이 넘는 우람한 배다.

선실 복도 벽면에는 유명화가의 것으로 보이는 벽화가 유리 속에서 세월을 말해주고 있고, 매 식사는 육지식(食)과 시간이 비슷한데, 야식이 반드시 밤 9시에 간식 형태로 먹는다는 것과 식당 주방장의 명칭은 살롱(saloon)으로 부른다는 것.

예상과 달리 주 메뉴가 생선이 아니고 질 좋은 갈비, 미역국, 고추조림, 김치 등 육지에서 먹는 고급 반찬들로 배를 채운다는 것이 이채로

왔다. 냉장고 하나가 엄청 커서 집채만 하게 보였다.

몇 달치 식량 창고라니 그럴만도 했다.

선장님 말씀에 운항 중 얼음이 있는 유빙의 바다가 운행에 유리하단다.

외국 바다 위에서 밤 11시에 잠을 청하다.

오호츠크해상의 소련원양어선.

1989. 2. 12.(일) 쾌청
파도 없는 쓰가루 해협

파도는 거의 없다.

동해를 빠져나온 정오 경, 일본 쓰가루 해협을 지나는데 자위대 소속 헬기가 우리 선단을 한 바퀴 선회하고 사라졌다.

취재진 모두 아직까지는 걱정거리 하나인 뱃멀미 같은 증세는 없다.

자리에 앉아 있으면 기우뚱하면서 이리저리 쏠림을 느낀다.

우리 모두 '귀밑에'라는 멀미차단약을 붙이고 다니기 때문인지 시름을 놓은 표정들이다.

망망대해를 바라보다 들어와서는 시간을 때우기 위해 영화를 보면서 바다의 하루를 채운다.

야간에 내 방은 좀 추워 방한복을 입고 잠이 들다.

1989. 2. 14.(화) 쾌청
북해도 흰 산을 보았느냐

　배 안이 턱없이 건조해 코가 메말라 고통스럽다.

　방에 세숫대야에 물을 담아 놓고 자는 데도 소용없다.

　많은 인원이 좁은 공간 활용으로, 생활 자체가 긴장감이 감도는 준
군대생활을 연상시키는 조직생활이 계속된다.

　갑판에서 맨손체조를 하고 나니 저 멀리 현대자동차 상선이 LA에서
하역을 끝내고 우리 배 곁을 지났다.

　세계를 누비며 수출의 길잡이 노릇을 하는 애국선이기에 두 손 들어
환호한다.

　3일만에 처음으로 머리 감고 목욕을 하다.

　긴장감이 좀 풀리면서 이것저것 상념의 늪 속에 빠져 있는데 여기저
기 선원들의 망중한 속에서도 망치소리, 삐걱소리, 쿵쿵 오르내리는
소리 등 뚝딱거리는 작업소리가 바쁘다.

　현장에서 생태를 잡아 명란을 채취하기까지 할 일이 없는 와중에도
그들은 부산했다.

　저멀리 북해도 연안이 보인다.

　백설이 뒤덮인 흰 산들이 눈의 섬을 보여준다.

　흰 산들이 병풍처럼 연안도시를 에워싸고 있다.

　컴퓨터 지시에 따라 움직이는 이 거선(巨船)도 높아진 반도의 숨결에
기우뚱거리며 몇 노트밖에 못 달리고 마는 것이다.

설산을 배경으로 추억의 사진들을 카메라에 담으면서 얼마 전 이 상
공 위에서 KAL기가 소련의 요격으로 추락한 사건을 떠올리자 착잡한
생각이 들었다.

그렇게 욕을 퍼부었던 소련 놈들인데 오늘 우리는 우호 협력의 장인
소련 앞바다로 가고 있으니 말이다.

계속 우리 상선과 일본 상선이 교차하면서 북진하고 있다.

북태평양의 유빙.

1989. 2. 15.(수) 쾌청

태평양의 긴긴 밤

사방은 거대한 검은누리의 세계.
저편 일직선의 꿈틀대는 우주 등성이.
여기 태평양의 점 하나
그 선상에 내가 서 있다.
쿠릴열도 끝부분,
무아지경으로 갑판머리를 보는데
밤바다 바람만 소리 내어
울고 있다.
바람만 존재하는 태평양의 밤.
우웅, 우웅…….

1989. 2. 17.(금) 눈보라

영하 20도의 폭풍한설

위도 52도 경도 153도를 통과하는 개척2호, 기온의 급강하로 내복과 방한복을 껴입다.

낮에도 방에서조차 하얀 입김이 보이고, 북태평양의 파도는 드디어 그 성냄을 드러낸다. 이 큰 배가 추위를 타기 시작한다.

한국일보 최해운 기자와 우리 김종욱 기자는 벌써 뱃멀미에 고역을 치르면서 하는 말, "내가 죽거든 취재하다 장렬히 전사했노라." 전해 달라고 애교 아닌 신음소리다.

나까지 몇몇 기자는 멀미가 안 왔음에 안심하지만, 저런 광경을 보고는 겁이 나는 것도 사실이다.

3층 다리(bridge)에서 바라본 갑판 위엔 이미 거센 눈보라와 파도에 의해 얼음 조각이 부서져 나뒹군다.

시베리아 근접의 이곳 날씨는 영하 20℃가 넘는다.

위도상으로는 사할린을 지나 흑룡강 위쪽 바다를 달리고 있단다.

노래도 부르고 책도 보지만 더욱더 어지럽고 혼미하다.

화장실도 얼어붙어 기관실 내부용으로 사용해야 한다.

이틀이 지나야 오호츠크해 어장 목적지에 도착한다고 한다.

식당의 모든 의자는 서로 묶어 놓고 식탁보는 흥건한 물로 적셔 놓았다. 파도의 기울기에 의해 집기가 박살나고 말기 때문이다.

선창가에 가 보니 쇳바람이 차기만 하다.

밤의 침묵 속에 이 거선 역시 추위를 심하게 타는 모양이다.

양말까지 신고 잠을 청해 보지만 요동치는 배의 소리에 도저히 잠을 잘 수가 없다.

처음으로 이 출장을 후회했다.

일어나서 혼자 뛰어도 보고 나가서 간식도 먹으며 고향 생각, 가족들 얼굴을 떠올리며 북풍한설의 밤을 보낸다.

침실 커튼이 좌우로 90도 가까이 흔들리는데, 침대에 내 몸을 위, 아래로 묶고 잠을 청해 본다.

떨어지는 날에 뇌진탕의 위급 사태를 막기 위해 의무적으로 높은 침대에 이런 몸걸이 끈이 설치돼 있는 것이다.

이제 나와의 싸움이 시작되는가 보다.

원양어선 갑판에서의 인터뷰.

1989. 2. 19.(일) 눈보라
母船 개척1호에서의 천국생활

자는 둥 마는 둥, 기상과 함께 식당으로 가자 갑판장의 푸념이 귓가를 때린다.

지독한 멀미로 인해 한국일보 최해운 기자가 여기저기에다 구토를 해서 곤욕을 치르고, 만일을 대비해 신변수배령을 내려놨다는 얘기다.

정오에 북위 60도의 북극 대양에 다다르다.

하얗던 유빙 바다는 사라지고 짙은 안개가 전 바다를 뒤덮고 있다.

이 곳 오호츠크해 어장은 베링해 어장보다도 넓고, 수심이 평균 250m가 넘는다.

멀리서 공모선이라 불리는 우리가 탄 배보다 큰 개척1호 원양선이 다가온다.

그 배 안에는 명태 대형 저장소가 지하에 자리 잡고 있어 선원들이 명란 채취를 했다.

갑판으로 나가자 살을 에는 듯한 눈보라가 다시 휘몰아친다.

취재 카메라를 수건으로 몇 겹을 싼 다음 다시 Rain Cover로 입혔다.

우리 전 취재진은 눈보라 속에서 대형 크레인의 그물망 안으로 들어가 모선(母船)인 개척1호로 옮겨 탔다. 그리고 4층에 있는 방으로 안내됐다.

오, 이것은 전에 비하면 천국이다.

밤만 되면 두렵던 2호의 배보다 딴판으로써 선단도 비교가 안됐다.

28

더운 해수욕으로 긴장의 때를 벗기고 쇠고기 조림과 야채로 호화로운 저녁을 즐겼다.

우아한 내부 구조와 분위기에 입이 절로 벌어지다.

오후 4시밖에 안 됐는데도 북위 60도가 넘는 북극에 가까워서인지 바다는 쉽게도 깜깜해졌다. 이 배 정도라면, 하고 잠을 청한다.

원양어선 작업장에서.

1989. 2. 20.(월) 눈보라

오호츠크의 애국자들

거선(巨船)에서 잠을 자니 훈훈하고 요동이 없는, 10일 만에 편안한 숙면을 취하다. 개척2호에서의 추위, 불편, 배의 소음을 생각하면 감개무량할 뿐이다.

브릿지(bridge)에서 밖을 보니 비슷한 소련 어선들이 수십 척이나 명태잡이를 하고 있었다.

그렇게 잡은 고기를 우리 한국의 모선인 개척1호로 모두 집하시켜 지하 저장탱크 안에서는 인부 300여 명이 명란 채취 작업을 하는 것이다.

명태와 명란은 가장 신선도를 자랑하는 가공품이 되어 부산으로 수송되는 것이다.

갑판에서 김종욱, 이형기 기자와 함께.

소련 국기와 우리 태극기가 나란히 펄럭이며 합동으로 어로작업하는 무역 현장의 모습이다.

개척1호의 그물 안에는 보통 100톤 이상의 명태가 잡힌 채 쇠밧줄로 땡겨지면서 갑판 중앙의 지하 저장탱크로 하역되는 모양새다. 장관이랄 수밖에 다른 표현이 없다.

만선그물에서 쏟아지는 동시에 명태는 동태가 되어 탱크로 내려가는 것이다. 영하 30도의 추위에서 생태가 동태로 되고 마는 것이다. 마치 지하의 얼음공장에서 일하는 것과 다름없는 써늘한 지하 탱크에서 작업 선원들이 우리 취재진에게 웃으면서 손을 흔든다. 눈물겹기까지 하다. 그럴수록 생생한 북태평양의 명태 모습을 찍기 위해 카메라를 더더욱 가까이 들이댔다.

뻥 뚫린 코가 움직이는 모습, 생태의 콧털이라도 있으면 잡아야 한다며 취재 열기 또한 최고조에 달한다.

이곳저곳에 취재 카메라를 대기만 하면 싱싱한 영상의 화면이 뷰파인더에 잡혔다. 막간을 이용해서 우리는 선장과 차 한잔을 마셨다.

선장은 장기간의 항해로 인해 선원들이 아내로부터 이혼을 당하는 경우가 많다며 답답해 한다. 이 배의 선장도 3년씩 두 번, 6년 동안 거친 해상에서 보냈다면서 애국자가 따로 있냐는 비장한 말투다.

우리는 한국 수산업의 개척자들을 만나고 있는 것이다. 이 곳은 베링해보다 훨씬 좋은 양질의 명태가 성수기에는 단 5분만에 150톤까지 잡힌다 하니 명태의 보고인 셈이다.

명태 배에서 붉은 명태알을 잽싸게 쭉쭉 가르며 빼내는 숙련된 솜씨의 선원들, 핏기 없는 얼굴의 저 분들에게 훌륭한 한국인이라고 이름 붙여주고 싶다.

1989. 2. 28.(화) 쾌청
파도여, 제발 잠잠해 다오

은빛으로 빛나는 유빙 바다를 유유히 거슬러 올라가는 우리 개척호에 아침이 열린다.

어디서부터 얹혀서 자는지 모를 집채만 한 흑갈색 바다사자가 그 위에서 잠을 자면서 떠내려온다.

온 천지가 빙판이다가도 어느새 잔잔한 물결의 검은 바다가 된다.

그러면 갖은 교태를 부리면서 수십 마리의 물개가 집단 체조를 하는 양 장난을 친다.

공동체 생활하는 물개처럼 이곳 선실도 일사불란한 행동을 요구한다. 그런데 우리에게 명란을 까는 선원 한 분이 다가오더니 갑자기 육지로 빨리 갈 수 있는 방법을 찾아달라고 하니 갑갑하기 그지 없다. 애원이었다. 그는 처음 타는 원양어선에 적응을 못하고 있다며 울먹이기까지 하면서 어깨가 축 처져 있었다. 우리도 마찬가지라고 공감을 표시하며 이 망망대해에서는 참을 수밖에 없다고 다독거려서 보냈다.

이제 한 · 소련 공동 수산업 현장 취재도 막바지다.

인터뷰, 주변의 모든 풍경들을 영상에 담다.

위도 몇 도 아래로 내려오니 세찬 파도가 거세지다.

방으로 들어와서 흔들림을 진정시키는데 세면대 구멍에서의 파도 소리, 옷장이 파도에 자동으로 열리며 덜거덕거리는 소리가 요란하다.

여기저기 큰 파도에 거선조차 몸부림친다.

이런 와중에서는 귀국선으로 갈아탈 수 없다는 전갈이 와 저절로 한숨이 나오다. 그만큼 지쳐 있는 내 몸이다.

소련 원양어선을 배경으로.

1989. 3. 4.(토) 강풍
3일 전 것까지 토하게 만드는 뱃멀미 공포

어제 선단 bridge에서 난 보았다.

백두산보다도 큰 파도를 내 눈으로 똑똑히 본 것이다.

이 큰 배가 검은 파도의 계곡에 파묻힐 것 같아 나도 모르게 난간을 잡고 오금이 저려오던 순간들이었다.

출항 21일째가 되는 날인 어제 저녁, 드디어 내 몸에 멀미가 찾아온 것이다.

저녁 무렵 심한 저기압을 만나 온 천지가 뒤바뀌는 공포스런 배 안, 신음하면서 전 취재진은 나동그라지고 작은 선실에서 귀국선을 기다리며 아픈 배를 움켜쥐어야 했다.

거의 잠을 자지 못하고 기상하니 식욕은 십 리나 달아나고 입술은 부르트고 콧구멍은 헐어서 피가 맺혔다. 체중이 확 줄어든 기분이다.

오후에 소련 유조선이 도착하여 우리 배에 기름을 넣었다.

호스 2개로 10시간 이상 넣어야 한단다.

그런데 그 배에는 아가씨 선원이 여러 명 타고 있었다.

그들은 밖으로 나와 손을 흔들며 초콜릿, 담배, 껌 등을 우리 선원들과 바꿔 먹느라고 한 바탕 야단법석이었다.

젊은 우리 선원들이 장기간의 항해에 지쳐 있다가 젊은 소련의 여성을 보고 한때나마 기가 살아 보이니 다행이다.

소련에선 원양어선에 여성을 태워도 된다는 것이다.

우리는 엄격히 금하고 있으니 부러워할 뿐이다.

그 외중에도 난 도저히 견디지 못해 갑판 외딴 곳에 긴 포물선을 그으며 뱃 속의 음식물을 토하고 또 토해냈다. 멀미는 정말 싫다.

원양어선 선원과 함께. 왼쪽은 한국일보 정해운 기자.

1989. 3. 6.(월) 눈보라
멀미로부터의 해방, 만만세

　귀국선인 5칠보산호에서 이틀째다. 요즘 꾸는 꿈은 거의 가족꿈이다. 멀미가 그만큼 견디기 어려운가 보다.

　악몽의 연속이다. 침실 여기저기에서 들리는 바퀴벌레의 합창소리, 시계 초심소리, 공장 컨베이어 벨트 돌아가는 듯한 소음, 파도와 배가 부딪혀 때리는 소리, 빨리 귀국하고 싶은 마음은 영월 땅 유배 신세의 단종이 한양을 향한 간절함보다도 더할 것이다.

　멀미 이후 이 취재길을 얼마나 후회했는지 모른다.

　지난 밤까지 3일 간 기억조차 하기 싫은 뱃멀미의 가공스런 고통, 점심 때가 되니 약간 식욕이 살아나 식탁에 앉아 반강제로 음식을 먹는다.

　일행 모두 갑판에 나가 뜀박질도 해보고 목청도 가다듬으며 소리도 질렀다.

　푹 꺼진 뱃가죽, 말랑거리는 장딴지 근육, 부르튼 입술, 모든 것이 지난 3일간의 깊은 상처이리라.

　뒷바람과 함께 3노트의 속력으로 순항 중이라니 얼마나 기분이 좋은지 모른다.

　겨울잠에서 깨어난 산속 다람쥐들처럼 사방을 오가며 멀미의 노폐물을 뱉어내기에 여념이 없었다.

　멀미로부터의 해방, 그것은 만세다.

1989. 3. 11.(토) 흐림
1천 억 현찰을 준다 해도……

한 달 만의 귀항, 출발지에 다시 오는 날이다.

소련 영해의 쿠릴열도를 지나고 일본 땅 쓰가루 해협을 통과하니 동해가 나옴에 모두 환호와 탄성을 지르다.

눈덮인 북해도의 산과 긴 공장의 건물들이 그림처럼 펼쳐진다.

돌고래 떼는 어디로 가는지 단체 수영을 하듯 힘차게 떠올랐다가 잠수한다.

고기잡이배, 수출 상선들, 항구의 불빛이 어머니 손길처럼 반가웠던 저녁의 풍경, 스쿠루(screw)가 계속 움직이며 내는 뱃소리는 기우뚱거리며 항진하는 바다의 소리다.

> 고깅(goging) : 두 파도 위에 배가 놓이는 현상
> 사깅(saging) : 한 파도 위에 배가 놓이는 현상
> 피칭(pitching) : 배가 앞뒤로 흔들리는 현상
> 롤링(roring) : 배가 좌우로 흔들리는 현상

어젯밤 늦게 선창 문살에 머리를 받쳐 1cm 이상이나 찢어지는 사고를 당했다. 그러나 이제는 부산항이 곧 보인다 하니 아무 문제 될 것이 없었다. 모두들 선상에 나와 아무 말 없이 한쪽만을 바라보며 만가지 생각을 하는 모양이다.

망망대해에서 죽을 것만 같았던 멀미와 벌였던 사투, 선체 내부에만 있는 특유의 냄새, 모두가 흙이 없는, 즉 자기 발산이 차단된 바다 생활에서 오는 불편을 감내해야 할 숙명이란다.

부산항구가 보였다. 힘들었던 한 달의 선상 생활을 잠시 회상하면서 그려본다. 우리 김종욱 기자는 주르르 눈물을 흘린다. 유난히 멀미로 인해 항해기간 내내 힘들었던 생고생을 눈물로 말하려 한다.

기우뚱거리는 몸들을 추스르며 육지에 발을 내디딘다. 감격이다.

눈앞에 어른거리는 오호츠크해의 눈보라와 유빙을 잠재우고 부산의 땅에 내렸다.

저녁 8시 비행기로 서울에 가기로 하고 억류됐다 석방된 선원들처럼 해방감에 들떠서 육지밥을 먹기 위해 식당 구석에 처박히듯 주저앉았다. "1,000억을 준다 한들 배는 안 탄다"라고 외쳤다.

오호츠크해 유빙을 배경으로.

1990. 9. 15.(토) 맑음
요리의 천국, 북경에 첫발

서울에서 1시간 반이라는 짧은 시간에 도착한 북경공항, 광활한 대지(大地)의 나라 중국의 수도 북경.

공항의 분위기는 국방색 옷을 입고 있는 검색원들이 생각보다 훨씬 친절하게 대했다. 우리의 각 언론사 기자단들은 거의 검색을 받지 않고 공항을 빠져나갔다. 아시안 게임 취재차 수많은 기자들이 나간 것이다. 2차선의 공항로엔 양옆으로 버드나무와 포플러나무가 밀집 대형으로 시내 중심가(Down Town)까지 늘어서 있었다. 시내에서 첫눈에 들어온 것은 쏠개미떼처럼 많고 많은 자전거족(族) 행렬이다.

남녀노소 할 것 없이 차선 옆으로 행렬이 끝없이 이어진다.

특별히 건널목이나 인도가 없어 대충 자전거와 차량들이 엉켜서 이쪽저쪽으로 우회전, 유턴(u-turn), 제방향들로 가버린다. 잘차려 입은 행색도 아니고 화사한 얼굴 표정은 더더욱 아닌 덤덤한 표정들로 어디론가 자전거를 몰고 계속 오고가고 있다.

시내에는 미루나무들이 반짝거리고 생각보다는 깨끗하고 드높은 빌딩 숲들이 대륙의 심장, 북경을 말해주고 있었다. 노파심에서 고추장, 김치 등을 가지고 온 우리 스스로 비웃음거리가 되었다.

우리 조선족 식당엔 우리 입맛에 맞는 음식과 술이 얼마든지 차려지기 때문이다. 주인이 대구가 고향이라는 조선족 식당에서의 저녁식사, 북녘 땅 함경도에서 왔다면서 서비스 최고인 18세 소녀들의 온갖 친절이 눈에 선하다. "열여덟 살이야요, 뭐매 드시갔소?"

우습기도 하고 반갑기도 하다.

또한 모기눈깔볶음요리부터 요리천국답게 별의별 요릭가 다 있었다. 그 와중에 북측 선수단 일행들이 식탁에 앉았기에 우리 신분을 밝히고 대화를 시도하려는데 금세 굳은 얼굴로 식당문을 나가버려 동족의 이질감도 맛보았다. 첫날 밤을 호기심 백배되어 피곤을 잊은 채 호텔로 가고 있는데 거리마다 군복 경찰의 보안원들이 떼거지로 치안을 정리하고 있었다.

처음으로 아시안게임을 치르다 보니 범국가적인 단속과 외국인의 안전을 사회주의국가답게 철저히 통제하며 진행함이 이색적이다.

북경의 밤은 너무 절도 있게 흐르고 있는 것이다.

만리장성에서.

1992. 7. 30.(목) 더움
안익태 선생과 마요르카 섬

올림픽 취재차 이 곳 스페인에 온 지도 보름이 훌쩍 넘었다.

주차난과 거리의 차량 소음은 서울보다 심하다.

사람들의 피부색과 혼혈인의 인종 구성을 보면 얼마나 이 민족이 수난의 역사를 살아왔는지 잘 알 수 있다.

한낮 오후엔 태양(太陽)의 나라답게 이글거리는 염전의 도시다.

100년 이상 된 고색 창연한 아파트와 건물들이 염천 속에서 우글거리는 것만 같다.

오늘은 마요르카 섬(팔마 섬)으로 애국가의 작곡자이신 안익태 선생님이 미망인과 사시던 집 그리고 그 섬에 같이 사는 세 딸을 만나기 위해 비행기에 오르다. 제주도의 두 배 크기인 이 섬엔 30분 비행 끝에 도착했다.

거리엔 유도화(협죽도)라는 붉은꽃이 황토색 토질과 잘 어울려 피어 있었다.

산과 밭으로 이어지는 해안선을(지중해) 따라가니 올리브나무가 추수가 끝난 밀밭 옆으로 더위에 지쳐 축 늘어진 채 서 있었다.

곳곳에는 물을 뿜어 올리던 풍차의 위용만 건재할 뿐 돌지 않은 채 우두커니 농가 옆에 방치돼 있었고, 노적가리 모양의 커다란 밀짚단 무더기가 우리네 추수 후의 횡한 들판의 모습과 닮아 있었다.

황토색의 긴 들녘, 한여름 속 느림의 속도감이 어쩌면 우리의 여름 들판을 빼닮아 닮은꼴이란 생각도 들었다.

그러기에 고인이신 '안익태' 선생이 1945년부터 귀국 때인 1957년까지 12년 동안 교향악단을 창단하여 상임지휘자로 활동하셨나 보다.

애국가가 들리는 마요르카 섬에 설레는 마음으로 입성하면서 편안한 밤을 보낸다.

안익태 선생과 부인 그리고 어린 세 딸.

로리타 안 여사와 함께

12년간을 기거하면서 향수를 달랬던 안익태 선생의 고택(古宅).

2층의 흰 건물은 낮은 언덕에 지중해의 해풍을 조용히 맞으며 그렇게 자리하고 있었다.

칠순을 넘긴 미망인께선 인자하신 얼굴로 웃으시며 우리 일행의 손을 일일이 잡아주셨다. 이 곳 팔마시 현지에 사는 권영호씨를 만나다.

현지기업인으로서 이 역사적인 고택을 스페인 정부로부터 직접 구입해 우리나라에게 영구 기증한 후 문화의 현장으로 만들기 위해 각고의 노력을 기울이고 있는 훌륭한 분이다. 1, 2층은 단출하고 깨끗했다.

그분의 안경과 신발 그리고 유품 몇 가지뿐으로 깔끔한 성품과 애국의 심성이 곳곳에 배어있는 듯했다.

이층 창 너머로는 지중해의 푸른물이 넘실거리며 외로운섬의 이미지를 자극한다.

어찌 저 바닷물을 보시고는 안 선생께서 눈물이 없었으리요.

망국의 한 속에 기막힌 타향살이의 설움을 악보에 옮기며 애국가를 소리 높여 불렀으리라.

그런저런 선생의 행적을 더듬고 있는데 건너편의 육중한 별장에서 나온 국왕 근위병들이 들이닥쳤다.

카롤로스 국왕 별장의 검문검색조였던 것이다.

우린 재빨리 목걸이 신분증인 올림픽 I.D카드를 내보이면서 취재 목적을 말하니 선선히 돌아갔다.

오후 들어서 우아한 원피스 차림으로 갈아 입은 로리타 여사와 함께 딸들이 사는 시내로 나섰다. 가는 도중에 관광지인 '발데모사'에 들렀다.

그 유명한 쇼팽과 작가인 지드가 함께 기거하며 명곡과 노벨문학상을 남긴 건물을 본다.

입구에선 바이올린과 피아노를 치며 관광객을 유혹하고 있었다.

쇼팽의 피아노 협주곡 1번이려니 하고 벤치에서 아이스크림을 먹으며 번개 감상을 하다. 그런데 애석하게도 별장 내부가 잠겨져 있어 창밖에서 피아노며 방벽 면만을 볼 수 있었다.

수려한 그때 그 나무들이라는 정원수를 뒤로 하고 따님댁 한 곳을 찾았다. 잘 살지는 못하지만 자식들과 행복한 가정을 꾸미고 있었다. 그리고 고향 친척들처럼 정다운 얼굴로 우리를 대해주었다.

올리브나무가 그늘 속에 묻힐 즈음 우리 일행은 팔마시 숙소로 돌아왔다.

수억만 리 밖의 작은 섬 속에서 안익태 선생은 올리브 그늘 밑에서 고향을 노래하셨다면서 로리타 안 여사는 힘주어 말씀하신다.

"죽으면 한국 땅에 계신 남편의 무덤 속으로 가겠습니다."라고 말이다.

저택 앞에서 로리타 안 여사와 함께.

1992. 8. 9.(일) 맑음
장하도다, 황영조 선수

어제 김정식 태권도사범 댁(宅)에서 새벽 3시까지 술과 노래로 이국
땅에서의 애환을 맘껏 달랬다.

고마우신 분이다. 몇 번이나 우리 일행에게 극진한 대우를 해주신
것이다.

아침부터 술 후유증으로 갖은 고통을 다 겪다.

오후 6시까지 뒹굴뒹굴하면서 민박촌에서 유유자적하다.

우리들의 모든 취재 스케줄이 끝이 난 덕분에 쉴 수가 있었다. 그러
던 중 TV를 보니 이 무슨 쾌거의 함성인가.

역사상 처음으로 우리 국기를 가슴에 단 우리의 장한 마라토너 황영
조가 1위를 하는 장면이 TV에 비치고 있는 것이 아닌가.

우리 모두는 흥분의 도가니가 돼버렸다. 취재진 모두가 정신이 번쩍
들었다.

민박집 방 구석에서 이리 뛰고 저리 뛰면서 어쩔 줄 모르다. 그것도
상대방 선수가 일본 선수였으니 그 감회를 말로 다 할 수 없었다.

일본(日本)인을 보기좋게 제치고 1위로 골인을 한 것이다.

일장기를 가슴에 달고 손기정 선수가 1위 하던 때의 그 설움을 일거에
없애주는 한 편의 드라마가 몬주익 언덕을 넘어 주경기장에 펼쳐졌다.

오, 장하도다. 그 이름 황영조 선수.

술 뱃속이 어느새 잠잠해지고 이번엔 기쁨, 환희의 술을 먹기 위해

서 주막을 찾았다.

우리 취재진 민박 동지들은(이희찬, 임덕재, 강정기) 흥분을 가라앉히기 위해 희열주를 마셨다.

이곳 바로셀로나 하늘 아래서 마라톤 우승이라니, 여기서 베를린까지는 불과 수백 킬로미터다.

대한의 아들 손기정 선수가 우승할 때의 그 비통한 심정을 떠올리며 기쁨을 만끽하다. 그러나 지금은 주권의 상징인 우리 국기를 가슴에 달고 당당히 우승했으니 밤 늦도록 '당당주(酒)'를 마실 수가 있는 밤인 것이다.

월계관을 쓰는 시상대의 황영조는 울고 있었다.

마지막 골인 순간에 그라운드에 넘어져서 울고 또 울었던 우리의 황영조. 기름기라고는 하나 없는 깡마른 황영조였다.

마치 검불(마른짚)처럼 야윈 강철의 황영조는 길고 강도 높은 훈련량을 말해주듯 아주 볼품 없는 몸으로 마른 가지처럼 서 있었다.

중계 아나운서의 말처럼 삼 중의 심장을 소유한 것처럼 가슴만은 대장군의 넓은 가슴이었다. '당당주(酒)'를 마시고 애국가를 같이 부르며 이역만리 이국 땅에서 축복을 만끽할 수 있는 밤이었다.

손기정 옹이 늘 "왜 난 일장기(히노마루)를 가슴에 달고 시상대에 올라야 하느냐"며 한없이 눈물을 흘린 지 46년 만의 쾌거. 황영조 만세!

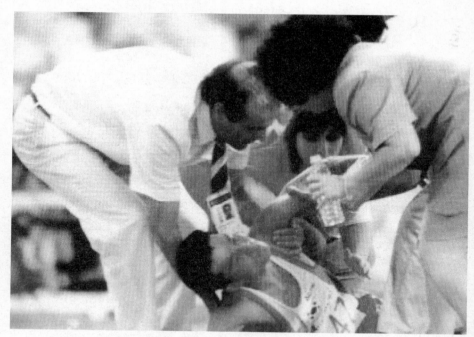

자랑스런 우리의 황영조 선수는 골인 후 쓰러져 울었다.

1995. 8. 9.(일) 맑음
대책 없는 사할린의 모기들

대한한의사협회 의사들이 이 곳 사할린스크 교민과 주민들을 돌봐주고 의료봉사차 오후 7시에 현장에 도착하다.

그들 18명과 수다리뇨호텔(Hotel)에서 만나 같이 행동하기로 하다. 처음으로 3명씩 함께 투숙하게 되다.

여행에서 여럿이 동숙한다는 것은 꽤나 불편한 것은 당연한데 어쩔 수가 없다.

그들이 직접 이곳 교민 아주머니 셋을 구해 호텔 내에서 식사 일체를 해결하니 먹는 것은 우리 입맛에 가장 근사치다.

일찍이 잠을 청한 시간이래 봐야 새벽 1시경, 이리저리 뒤척이다 잠이 들려고 하는데 모기소리가 요란하다.

그러다가 결정적으로 잠을 깨운 사건이 발생해 벌떡 일어나 시계를 보니 새벽 4시다. 나와 모기들과의 전쟁이 시작된 것이다.

아파트를 개조한 호텔인데다 주위에 나무가 많아서인지 밤중에 모기와의 전쟁을 치러야 했다.

불을 켜고 나니 옆 침대 조재익 기자의 어깨 위에서 열심히 두 마리가 흡혈을 해대고 있다. 한 마리는 토마토 색깔의 피주머니가 늘어질 대로 늘어져 있다. 할 수 없다. 두 손으로 즉시 작살을 냈다. 그러자 조 기자가 끙끙거리며 뭐냐고 웅얼거린다.

그러고는 얇은 홑이불을 뒤집어쓰고 이를 갈며 다시 잠이 든다.

이제 이 방엔 모기가 없는 듯 보이기에 불을 끄고 잠을 청하다.

잠시 후 모기 소리가 또 귓전으로 파고든다.

이런 망할 놈의 모기 새끼들, 다시 불을 켜고 내 상의를 들고 조자룡의 헌 칼 휘두르는 듯이 구석구석 침대 밑까지 푸닥거렸다.

그래도 나오지 않았다. 귀신이 곡할 노릇이다. 그렇다고 잘 수는 없다.

잡고야 말리라, 다짐하면서 옷장 밑으로 시선이 가는 순간, 피낭을 무겁게 달고 더 이상 흡혈이 불가능할 정도의 모기가 서서히 눈에 들어왔다.

으랏차, 두 손바닥으로 냅다 손뼉을 치니 손바닥엔 두 기자의 피를 합해 놓은 핏물이 튀며 모기의 형체를 깡그리 뭉갰다. 장엄한 나의 승리로 끝났다.

자! 웃통을 벗고 시원스럽게 잠을 자고 일어나니 4시간을 잔 것 같다. 모기 모기 모기…….

1996. 6. 5.(수) 맑음

황톳빛으로 흐르는 메콩 강

내가 묵었던 샹그리라 호텔을 끼고 유유히 흐르는 메남 강!

그 색깔은 황색(黃色)! 왜 황톳빛을 띠고 계속 흐르고 있을까.

방콕의 인구(人口) 800만, 방콕 시내가 해발 50㎝.

절대 왕정의 나라, 1인당 GNP가 3000불, 절대 관광과 더위에 시달
리면서도 뭔가 이룩해 내려는 의지는 있으나 시일이 꽤나 걸린다.

시외에 있는 농촌에서는 딸자식을 기를 능력이 없으니까 팔아 버린
단다. 그런 땅을 뒤로 하고 프놈펜시가 있는 캄보디아로 향하다.

우리 60년대(代) 초의 GNP 100불 수준의 나라.

공항에 도착하니 찌는 더위지만 환영객이 수십 명에 재스민 꽃걸이
를 목에 걸어주며 일일이 악수 세례다.

입국심사도 생략이다. 놀랠 일이다.

호위 차량의 엄호하에 프놈펜 시내를 관통하는데 아련히 떠오르는
그 옛날 우리 시골의 모습에 대여섯 살 때의 기억이 난다.

자전거와 물이 줄줄 흐르는 얼음장수들, 내전에 시달려 온 슬픈 표
정들은 불쌍하기만 하다.

기아로 수백만이 죽음을 맞이했던 공산 치하의 소름끼치는 현실이
이땅 캄보디아 왕정(王政)하에 엄연히 벌어졌다.

메콩 강이 휘돌아 나가는 캄보디아나 호텔에 여장을 풀다.

대(大) 궁전을 연상케 하는 호화 호텔(Hotel)이다.

역시 붉은 강이 흐르는 메콩은 강력한 돈을 요구하며 수많은 국가들이 개방을 서두르는 풍요한 젖줄이다.

폭이 4km의 강, 저녁에는 기자단과 LG 술상무님과의 만찬이 끝난 후 호텔(Hotel)로 돌아가는데 금세 수십 명이 주위를 에워싸고 구걸하는 것이다. 2달러를 주고 어린애들의 눈빛과 마음 속으로 젖어드는 감정을 억누르며 호텔로 오다.

1996. 6. 7.(금) 맑음
비엔띠엔의 밤은 깊어

중무장한 10여 명의 정부군들의 호위를 받으며 캄보디아 공항으로 향하다. 외국 취재 30여 개국 중 처음 있는 호위병 모습이다.

재스민 향기 가득한 꽃걸이를 하나씩 선물하며 후덥지근한 공항 대합실을 나서다.

캄보디아나 호텔 chief엔지니어가 한국인이다. '제임스 김' 이라는 사람인데 꽤나 영악해 보인다. 항상 권총을 휴대하고 다닌다. 내 방에서 그 권총을 보이며 이 곳 프놈펜의 치안상태를 설명할 때는 섬뜩했다.

연립정부의 긴장감, 공무원들의 부패가 언제고 피를 부를 것이다.

군인도 돈으로 살 수 있으며 경찰 봉급이 한 달에 10불이라니 부패 안할 수가 없단다.

여하튼 엉성하지만 공항에서의 삼엄한 환대는 잊을 수 없다.

입국, 출국 수속을 완전히 생략한 채로 나가다.

이곳 프놈펜에서 북쪽으로 1시간 20분 거리인 라오스의 비엔띠엔 수도로 떠나다. 라오스도 입국 수속이 필요(必要)없다.

노보텔(Novotel)까지 10분(分) 거리이며 거리마다 60년대 초반 우리의 모습을 갖고 있다.

얼굴 모습도 같고 몽고반점을 궁둥이에 띠고 있단다.

자! 왜 이리 친근감이 들까?

그냥 공산국가로만 인식돼 온 이 라오스에 직접 땅을 밟자 전혀 다른 인상으로 다가온다.

　비록 후진국가군에서 맴돌고 있지만 남북한 모두 합한 우리 땅보다도 크고 인구는 450만 정도의 소국(小國)이지만 우리를 대하는 모습이 너무 순수하고 친절하다.

　저녁에는 서울식당에서 한식으로 김치찌개를 먹고 시내 큰 술집을 가 보았다. 그들은 춤을 좋아하고 생음악으로 분위기를 돋우었다. 전통 불교식 춤으로 홀은 초만원이다.

　15만의 수도 비엔띠엔은 조용히 어둠 속에 묻히어 갔다.

1999. 2. 14.(일) 맑음
북녘 땅 금강산 만물상에서

동해를 떠난 호화 유람선 금강호는 공해상을 거쳐 돌고돌아 고성항에 13시간 만에야 도착한다. 이 여행이 개인당 90여만 원 어치가 들어가는 3박4일 일정이다. 아침 10시 정각에 항아리 같은 어항을 두리번거리며 하선했고 간이 북한 세관을 통과하는 것은 어렵지 않았다. 군데군데 석고처럼 서 있는 중무장한 인민군들, 늘상 무표정에 서릿발처럼 차가운 40여 년의 그들에 대한 고정관념이 좀처럼 녹지를 않았다. 현대맨들과 많이 접촉해서인지 세관원들은 간간이 웃기도 하고 우리에게 인사도 하면서 술술 잘 받아넘긴다. 만물상 가는 길은 허름한 시멘트 길 옆으로 2m가 넘는 철조망을 쳐댔고, 몇 10m 간격으로 영락없이 인민군들이 동상처럼 서 있다. 그들 대부분은 한눈에도 너무 어린 티가 흐른다. 우리가 손을 흔들어도 전혀 무관심 무대응이다.

온정리 마을은 지붕 수리(기와 입히기)와 밭논갈이 작업으로 수십 명씩 집단으로 일을 해댔다. 붉은 깃발을 몇 개씩 꽂아 놓고는 엉성하게 일하는 집단농장인 것 같았다. 간혹 여자와 아이들은 우리 현대차 안에서 손을 흔들어대는 동포애의 정을 받아주는 사람도 있지만 만물상으로 가는 온정리 주민은 차가왔다.

3층짜리 아파트며 가옥들이 50년대 우리를 연상시킨다. 평지를 달리며 금강산(겨울은 개골산) 쪽을 보니 그 모습만은 장관인 것이 한눈에도 보인다. 앞산의 허름한 산줄기 뒤로 절경의 병풍이 드리워져 만물상 군상을 하고 절묘하게 끝없이 펼쳐지다.

　30여 분을 달린 후 계곡에 주차를 했다. 지름길로 3~4km를 오르는 일행은 말바위, 칼바위를 지나 태산처럼 내뿜는 봉우리의 위용에 혀를 내두른다. 드디어 목적지엔 족두리 모양의 바위들과 형형색색의 기암괴석들이 나를 경악하게 하다. 그런 와중에 몇 건의 에피소드를 소개하면, 북측 안내원 신발을 보고 우리측 노인 한 분이 애처롭다는 듯이

만물상 앞에서의 우리 취재진과 함께.

이 추위에 그 얇은 신을 신고 어찌 올라왔으며 춥지 않느냐고 물으니까 그 안내원 남자 왈, 이 영감탱이가 신발 자랑할 곳이 없어 이곳까지 올라와 자랑이냐며 화를 내다가 강제로 하산을 시킨 일과, 하도 청결교육을 받았는지라 초코파이 과자를 먹을 땐 상대의 턱에 종이나 손을 대주며 먹는 우리 일행 부부, 또 어떤 남자는 달러를 실수인 양 땅에 흘리고는 북측 안내원에게 주워달라며 하는 말이 당신들 이 달러 때문에 우리에게 금강산을 개방한 것이 아니냐 옥신각신하는 상식 이하의 우리 측 아저씨도 있었다. 안쓰럽다. 하산하며 옥빛의 계곡물과 옥바위들은 천혜의 마지막 보고 같았다. 만물상 계곡의 얼음과 그 물맛은 달고 달았다. 해상에 떠 있는 본선으로 오는 작은 배에서 금강산 꿈을 꾸며 귀항하는 내 몸은 두둥실~두둥실, 금강산 노래를 부른다.

1999. 8. 10.(화) 맑음
서부의 사나이 법인장

LG현지 본부장의 이야기가 하도 영화같기에 그 위험했던 순간들을 적어본다. 작년 10월에 있었던 일이다. TV 조립공장(현지인원 180名) 사무실로 1주일 간격의 협박성 편지가 계속 날아들었단다.

안 법인장은 별 대수롭지 않게 생각하고 무대응으로 일관하다가 마지막 편지에는 붉은 종이에다 어느 때, 어느 장소로 나오라는 구체적 협박 편지가 날아든 것이다. 그래서 이곳 고려인교민회장이자 실력자인 우리 최 사장과 상의한 결과, 최 사장 휘하 최정예교민 6명을 붙여줄테니 그 장소로 나가보라는 것이다.

정예교민 중에는 그 소련의 악명 높던 알파부대원도 몇 명 끼어 있었고, 대낮 오후 현장엔 총잡이 두 명과 네 명을 주변에 배치해 놓은 상태에서 약속장소로 간 것이다.

정해진 시간, 선글라스를 낀 두 명의 적군이 나타나 그네들 차로 동승하여 가자고 한다. 그러자 법인장은 따라 갈테니 우리 차로 가겠다고 우겨서 그들을 뒤따라 갔단다.

도착하자 변두리 어느 건물로 안내되었다. 물론 최정예 6명은 외곽과 근접을 맡고 초긴장 속에 건물 안으로 들어간 것이다. 일방적 라이트 시설, 음침한 실내가 영화 속 같은 긴장감을 고조시켰다.

의자에 앉아 담판에 들어가자 이방인으로서 우리에게 협조(돈)를 하라는 것이었다. 협박이다. 안 법인장은 최 사장과 사전 협의한 대로 내 주위의 스텝들(경호원)에게 일임했으니 나가겠다고 잘라 말하자, 권총을 장전하고 앞으로 나오는 것을 알파부대원이 두꺼운 가슴으로 탁 밀어붙인 것이다.

물론 쌍권총을 들고 그 기세로써 상대방을 일거에 제압하려는 것이다. 그러면서 그 경호담당자는 법인장을 등 뒤로 밀치면서 밖으로 나가라는 신호를 했다. 법인장은 비서와 애써 늠름하게 건물 밖으로 걸어 나와 재빨리 차에 올라 탔다. 정말 머리가 쭈뼛 솟는 happening이 벌어진 것이다.

40여 분 동안 안에서 고성이 오가고, 서로의 영역 기싸움이 끝나면서 6명이 밖으로 나왔다. 법인장한테 "이제는 괜찮을 것이다"라고 보고가 들어왔고 그리고 무사히 회사로 돌아올 수 있었다는 무용담을 들으면서 참으로 이곳 오지 근무자의 험난한 생활이 염려스러웠다. 개인, 회사, 국가를 위하는 한 현장 책임자의 고뇌에 찬 결단과 결행이 위험한 순간을 무사히 넘길 수 있도록 했다) 위기 속 찬스라고 했던가.

그 유수한 외국 대기업들이 투자를 꺼리고 거의 빠져나가는 치안 부재의 국가에서 우뚝 솟아 있는 한 기업체를 우리들은 바라보게 된다. 시내 곳곳에 이 회사 입간판들이 일본, 미국이 전무한 상태에서 바람에 펄럭이고 있었다. 참으로 장하고 자랑스러웠다. 현장책임자의 용기 있는 얼굴이 오버랩되면서……

그는 서부의 무법자 사나이의 배짱으로 기억되리라.

2000. 2. 17.(목) 맑음
태국 제2의 철강회사

오전에 미리 현장 스케치(sketch)를 끝내고 오후엔 장거리를 뛰어야 할 판이다. 방콕 시내 근거리엔 그럴 듯한 철강회사가 없기 때문이다. 그렇다고 갑자기 섭외할 수도 없는 것이 해외 출장의 애로사항이다.

오고 가는데 5시간씩 걸리며 새벽 2시가 넘어야 도착 할 시간이 된다. 인구 1,000만의 시내를 빠져나가자 들판이 더위 속에 잠겨 있고 거의 일직선 6차선 도로가 수백 킬로미터씩 이어진다. 가끔 보이는 산들은 야트막한 야산처럼 서 있고 검은 바위석들이 볼품 없이 들녘에 여기저기 널려 있다.

철강회사는 남지나해 바닷가에 위치해 있었다. IMF 구조조정을 거쳐 이제는 제품 생산을 왕성하게 하고 있다. 화교가 주인이고 직원들도 거의 화교들로 구성되어 있다. 불강판과 쇳물이 범벅이 된 공장은 찜질방보다 덥다.

줄줄 흐르는 땀에 흠뻑 젖을 수밖에 없는 취재 현장은 배고픔까지 더해져 참으로 숨가쁜 질곡이다. 현장 취재가 끝나가자 칠흑 같은 어둠의 바닷가, 생선요리가 준비된 남지나해변 음식점을 화교를 따라 갔다. 그리고는 엄청 먹었다.

되짚어 오는 길은 더욱더 멀게 느껴진다. 자다가 깨고 또 잤다. 그러나 6시간 동안의 여정은 고단함을 많이 동반했다. 그 해변가 지방 이름은 '방세망'이다.

2000. 2. 26.(토) 맑음
부드러운 지도자 마하띠르 수상과 함께

　오전 11:30에 약속한 이 나라 최고 통치자인 마하띠르 수상은 제 시간을 조금 넘겨 인터뷰 장소에 도착하다. 화면으로 본 그의 강인함, 큰 덩치, 육감적 제스처. 파시즘적인 면들이 모두 빗나가 버렸다.

　그 옛날 우리 재건복 비슷한 옷에 웃음을 띠고 우리와 악수를 나눈 그는 여유 있게 인터뷰에 응했다. 75세라는 그는 아주 연약한 체구에 목에는 주름살이 많이도 나 있었다. 6개의 질문의 적당한 길이로 대답을 유창한 영어로 해나갔다. 특히 한국의 경제 위기 탈출에 대해서는 좀더 두고보자는 말로 대우의 망함을 빗대어 설명함이 인상적이다. 좁은 응접실에서의 녹화가 끝나고 우리 일행은 그와 함께 기념사진을 찍었다. 그리고 그는 흰 이빨을 드러내고 웃으면서 우리와 악수를 하고 헤어졌다.

　말레이인들에게 국부처럼 영웅시되고 있는 그에겐 은퇴 뒤에도 권력의 음모가 도사리고 있었다. 야당 지도자의 구금에서 이 나라 정치의 현주소를 알 수가 있는 것이다. 수상관저는 우리나라 옛날 중앙청처럼 우람하게 지어졌는데 돔처리라든지 색상이 더 나아 보였다. 그 주위가 정부청사와 공무원 집성촌들로 새로운 신시가지를 구성하고 있었다. 수도인 쿠알룸푸르와는 한 시간 이상 떨어진 외곽에 자리 잡은 조용한 전원도시였다. 마하띠르의 실험이 어느 선에서 어떻게 결론이 날지 두고 볼 일이다.

마하띠르 수상과 집무실에서. 왼쪽부터 이호, 유석조 기자.

2000. 3. 1.(수) 비
까다로운 대만의 입국검사

　세 시간의 비행이 끝나고 3박4일간의 타이페이 취재 체류가 시작된다. 밤 9시가 돼서도 입국 수속이 긴 행렬을 이루어 쳐진 몸통들을 두 다리로 지탱하면서 기다리고 서 있었다. 그러나 도무지 줄은 안 줄고 그 속도는 마치 알에서 병아리가 깨나는 양 굼뜨기만 했다.

　지난해 엄청난 지진이 이나라를 괴롭혔던 기억이 모두의 머릿 속에 있을 것이다. 그런데 순간 입국수속장 홀에 전기가 '퍽' 하고 나가고 만 것이다. 암흑의 세상, 탄식의 신음소리들, 고요함, 다시 전기는 들어오고, 술렁거리고, 또 지루한 입국절차, 시간 반을 서 있은 후에야 내 차례가 되었다. 자꾸만 짜증이 난다.

　우리 취재진들은 서로의 마음을 추스르며 (香城) 호텔로 가는 셔틀버스에 몸을 실었다. 비가 2주일이 넘게 꼐속되고 있단다. 빗줄기가 심야 버스 차창을 후려갈겼다. 이 출장길에 평정심을 잃을까 초조하기만 하다. 서로의 지친 마음은 예민해져 곧 짜증으로 이어진다. 더욱 칭찬과 위로를 아끼지 말자고 다짐하면서 각자의 호텔 방으로 향했다.

장엄한 장개석의 유언

이곳 현지 무역진흥공사 직원의 섭외 불성실로 생산라인(Line) 취재
가 계속 불허되고 있다. 오후가 되어 그것이 굳어지자 나와 유석조 기
자는 장탄식을 하며 시내 구석구석을 영상에 담아놓기 위해 무거운 발
걸음을 옮긴다. 용의 해를 맞아 수십 마리의 용 형상을 형형색색으로
꾸며 놓은 고(故) 장개석총통기념관 입구와 기념동상들이 눈길을 끈다.
본토에서 쫓겨와 권토중래 언젠가는 국토를 회복하리라며 이곳에서
눈을 감은 장개석씨의 장엄한 동상과 보초 교대식이 절도와 품위를 지
키며 거행되고 있었다. 공산당수 모택동에게서 밀려난 그의 처절하고
비감어린 유시가 양옆 벽면을 웅장하게 장식하고 있다.

국민들은 경제를 일으켜 놓았었지만 세계 거의 모든 나라와 국교가
단절된 어찌 보면 슬프고도 불쌍한 나라가 됐다.

그래서 그런지 시민(市民)들의 표정이 밝지만은 않아 보인다.

대륙에서 밀려난 2,200만 명이 이런저런 복잡한 번민을 안고 열심
히 살아가는 모습을 확인할 수 있었다. 저녁엔 호텔 뒤편 먹자골목을
누비면서 시민들의 생활을 본다.

역시 중국요리답게 지지고 끓이고 볶고하는 냄새가 시장통을 가득
메운다. 우리는 그중 한 요리집에 걸터앉아 그들과 어울려 저녁을 해
치웠다. 꽉 메운 간이식당은 중국말들로 시끄러웠지만 통일되지 않은
고민이 우리 자화상과 별다르지 않은 표정들이었다.

2000. 5. 23.(화) 맑음

거대 대륙 서남쪽 성도에서

  사천성도시 천부(四川省都市 天府) 광장에서의 투자 촉진 선언대회. 사천성 총 인구가 8,300만 명, 그중 성 인구가 1,000만 명이나 된다. 1,000여명의 군중을 몰아넣고 모택동 동상 앞에서 벌어진 선언대회는 일사불란하게 치루어졌다. 성장과 당서기 등 총 간부가 도열해 있고, 행사에 동원된 학생들의 위풍 있는 참여 속에 군악대의 팡파레는 전형적인 사회주의의식의 그것이다. 땡볕더위 탓에 여학생 몇 명이 쓰러지는가 싶더니 곧 일어나는 모습이 우리 학생들과는 달랐다. 한족 여인들이 예뻤다. 꽤나 잘 생긴 모습에 위엄이 있어 보였다. 수십 개의 성으로 구성된 중화인민공화국 10억의 대국(大國) 축소판답게 행사는 절도 있게 진행되고 끝을 맺는다. 상기된 청소년들의 홍조를 보면서 어린 시절, 무서웠던 공산당의 나라를 회상하면서 행사장을 나왔다. 금강개발 현장으로 옮겨 26km에 이르는 강 주변 혁신의 풍광을 보다. 우리 한강의 반 넓이의 강을 축조하고 공원을 조성하여 수질 개선, 환경 조화를 위한 투자 현장인 것이다. 공원 호수에는 금붕어, 잉어가 놀고 있었다. 본류에서는 냄새가 좀 나고 파리, 미꾸라지들이 살긴 살아도 숨가쁜 모습이 눈에 가끔 뜨인다. 오염이었다. 강변의 구만 여 가옥을 부수고 새 아파트로 단장을 했다. 치수사업에 치중한 것이다. 물을 다스리면 중국을 다스린다 했거늘, 우리의 새마을 운동처럼 이 거대 대륙도 꿈틀대고 있음을 실감한다. 저녁에는 전통극과 무예, 어린이 신기 묘기를 취재하다. 좁은 공간에서 펼치는 기기묘묘한 동작에서 퍽이나 깊은 숙련의 노력을 보았다. 한 어린이가 수십 잔을 온몸에 올리고는 끝까지 묘기를 보여주는 기예야말로 눈물겨운 연습과 연습 현장이 아니고 무엇인가.

거대 대륙 서남쪽 사천성 밤하늘 아래에서.

사천성 천부장관과의 투자촉진대회장.

2000. 5. 25.(목) 맑음
유비 현덕의 묘지 앞에서

  성도 시내 서북쪽으로 20분을 가니 그 유명한 두보(杜甫) 시인께서 4년 가까이 시상(詩想)을 가다듬으며 생활한 초당이 자리잡고 있다. 울창한 대나무와 숲속 시인의 집은 잘 보존되어 그 시절을 넉넉하게 말해주고 있었다.

  정원, 호수, 책걸상, 처마, 추녀끝 서리마다 그 깊고 깊은 심상(心常)을 움직여 명시를 후대에 남겼으니 곳곳에서 노시인의 움직임이 보이는 듯하다.

  얼마 안 움직인 거리에는 1천800백년 전 중국 대륙을 분점하며 호령했던 유비 현덕의 묘 있어 그곳을 방문하다. 향불연기, 청룡연월도, 장비의 수염, 관운장의 위엄 등이 이곳저곳에서 이글거린다. 특히 유비의 무덤은 하나의 산이었다. 둘레 1백28m, 높이가 12m의 동산이었다. 나무와 잡목이 무성하고 꽃과 나비가 무덤 위에서 2천년의 역사를 증거하고 있었다. 그 옛날이 현실로 연결되어 땅 뺏기에 혈안이 되었던 영웅호걸들의 호령소리가 적막함을 가로지르니 잠시 현기증이 나려고 했다. 아! 역사는 흐르고 흐른다. 2천년 후의 우리는 뭐란 말인가. 무엇을 할까를 생각하니 더더욱 무거운 순간이 되고 만다. 습하고 습한 내륙지방 사천성에 부는 바람은 2천년의 바람이 되어 한반도에서 날아와 우리 등줄기에 땀방울을 흘러내리게 한다. 장비 장수의 다리통이 내 허리만 하다. 정말 저리도 크기에 멧돼지를 한 손으로 때려잡았나 보다.

2000년 지난 유비 무덤 위에는 소나무와 잡목으로 무성했다.

2000. 5. 29.(월) 흐림&비

구채구(九寨壙) 가는 길

공안 차량의 요란한 경적소리와 함께 호텔에서 우리 취재진과 안내원들은 버스 4대에 분승하여 출발하다. 모든 시내 차량은 무표정한 얼굴로 우리 차량에게 길을 비켜준다. 그것을 받아들이는 분위기다. 얼마나 경호 경적소리가 큰지 사람마다 갈 길을 멈추고 우리 일행을 본다. 신호등은 무시하기 일쑤다. 기분은 묘했다. 교외로 빠지니 사천성 농사는 3모작임이 드러났다. 봄에 야채 종류와 두 번째로 호밀 생산이고 세 번째 벼농사인 것이다. 진회색 소들은 논을 갈기에 바쁘고 2/3가 모내기를 끝냈고, 호밀을 거둔 들밭에서는 붉은 검불 태우는 불기둥이 높이 올라갔다. 저 농부들이 어릴 적 50년 전의 우리 모습이 아니던가. 차창가에서 나는 눈을 고정시켜 그들을 보았다. 성도시에서 구채구 가는 길이 500km, 13시간이 소요되는 벼랑길이다. 계곡으로 들어서니 바윗덩이가 길 위에 놓여져 있고 구부러진 도로가 우리 버스를 위협한다. S자산길 도로가 구불구불 끝이 없다. 계곡물은 회색빛을 띠고 거세게 곤두박질친다. 이 곳이 티벳인들의 땅이었던가. 구채구 도착 전에 '창' 족이 눈에 띄었다. 비가 뿌리는 중에 일행은 잠시 멈추고 창족마을에서 대소변을 보려는데 여의치가 않다. 어린 소년소녀들이 꽁지머리, 긴 옷을 입고 검붉은 얼굴로 길을 재촉해 지나간다. 반가웠다. 그리고 말을 건네고 싶었다. 그러나 그들은 쏜살같이 지나가 저만치 서 있다. 삼국지 '마초' 장족의 후예들이 아니던가. 계곡과 초지자연을 맞대고 살아가는 우리의 옛 모습이기에 친근감이 더하다. 아침 8시에 출발해 13시간 후인 오후 9시, 목적지 여관에 도착하다. 목욕탕 시설과 전화가 방에 없었다. 빈약했다. 그러나 순수했다. 안내 소년은 방마다 키를 주고는 열고 닫아준다. 13시간의 긴 여정이 끝나고 저녁 식사시간, 소주로 나눈 건배소리가 허름한 식당 공간을 메아리쳤다. 지나온 하루 버스길! 나는 잊을 수 없다. 배고팠던 나의 어린 시절이 있었기에 이들의 이 표정이 내 심금을 흔드는 것을! 자, 최후의 만찬, 승리자는 이들이 될지 아무도 모르는 것이다.

2000. 5. 30.(화) 맑음
해발 3천미터 구체구를 오르다

어제의 호텔은 최악이다. 해발 3천m의 고산지대에 더운 물은 나오지 않고 계곡 물처럼 찬얼음물 뿐, 밤은 춥고 음산했다. 일어나니 얼굴이 코피와 눈곱으로 엉망이 돼 있었다. 겁이 났다. 머리를 감는데 어제의 먼지가 찬물에 엉기는 형국이니 기가 찰 노릇이다. 아무리 이 곳이 초청자 비용 부담이라지만 초대받은 손님들에게 해도 너무했다. 그러나 사회주의국가 조직을 아는 바 금세 단념하고, 원시림의 자랑이라는 그 좋다는 보석들을 보기 위해 계곡을 향했다. 찬란한 태양(太陽)이 머리 바로 위에 뜬 기분이다. 셔틀버스 200여 대가 산 정상까지 왕복을 계속한다. 물과 하늘, 원시림 속에 호수는 하늘을 가득 담고 있었다. 그 색깔이 가히 일품이다. 어떻게 저런 호수 빛깔이 될 수 있단 말인가. 연두색, 바다색, 노란색 등 오방색이며 칠보 색깔로 햇빛 따라 변화되는 호수에 탄성을 지르고 말았다. 수천 년을 지나며 이 계곡에 수놓은 한 폭의 자수정을 보고 있었다.

오늘 하루만도 수만 명은 넘게 보고 갔을지니 한편으론 이 기막힌 풍광도 머지 않아 오염이 안 될지 걱정이 앞서는 것은 나만의 생각은 아닐 것이다. 비늘이 없는 고기는 수없이 떼 지어 이 청청한 물을 소유하고 자랑한다. 최 기자가 이 물을 수없이 먹으며 반복한 bridge샷은 폭소 덩어리, 뱃속이 편할지 걱정이다. 정상은 4000m가 넘고 중간 기착지인 출발점이 3,000m, 여기 사는 종족명이 장족이란다. '장족'은

구채구 계곡에서.

인구 수백만 명의 소수 민족이다. 얼굴빛이 검붉고 광대뼈가 유난히
나온 모습이 우리 옛 조상의 모습을 연상케 해주기도 한다. 정신없이
카메라 앵글(angle)을 돌려댔다. 계곡을 오르내리다 보면 앉아 쉬어야
한다. 기압의 차이 때문이다. 9개의 마을을 형성하며 신비의 계곡으로
이름난 구채구여 영원하라!

2000. 5. 31.(수) 맑음
아찔한 벼랑길을 달리는 버스

　해발 3천m에서 하산하면서 성도 시내로 귀환하기 위해 아침 일찍
출발하다. 뒷골이 뻣뻣하고 컨디션이 난조다. 앞 뒤로 경찰차의 호위
속에 티벳트족인 장족들의 얼굴을 스치며 본다. 불쌍한 생각이 들었
다. 계곡 따라 마을에 들어서자 장족 처녀 2명을 우리 기사가 태웠다.
머리를 딴 품새가 장사치임을 금세 알 수 있었다. 그들은 한 시간 가까
이 목이 터져라 노래를 불러댔다. 물론 기사 양반 눈치를 힐끗 보면서
토속 민요를 부르는 것이다. 고맙다는 답례인 셈이다. 드디어 첫 번째
휴게소인 라마교사원에서 이들은 장사 본능을 드러냈다. 장신구 일색
인데 값이 쌌다. 너도 나도 우리 돈 만 원어치 이상을 구입한 것이다.
다음 휴게소까지 그들은 차량 주위를 돌며 매매행위를 계속했다. 그러
나 다음 정거장 매점과 비교하니 너무 비싸게 산 것들이다. 그러나 아
깝지가 않았다. 한참 학업을 계속해야 할 18~19세의 꽃다운 소녀들이
아닌가. 그랜드케년 같은 길을 따라 버스 4대는 내달렸다. 집안의 생계
를 책임진 소녀들의 모습을 떠올리며 난 속으로 가만히 말했다. 고산
지대 처녀야, 잘 살거라잉! 길가에서는 누런 호밀들이 햇살 아래 여물
어가고 있었다. 중간중간엔 호두나무들이 서 있고 미루나무 잎새 또
한 번쩍거리며 깊은 계곡을 초여름 오후로 몰아넣는다. 어릴 적 그 호
두나무들이 여기에도 있는 것이다. 땅들이 석회질이라서 척박한 땅임
엔 틀림이 없다. 관광버스인지라 모든 코스마다 들르는 곳이 있다. 물

이며, 고기, 토산품점엘 우리를 내려놓는 것이다. 그리고 우루루 들어가 130여 명은 무엇인가 사들고 나왔다. 오후로 접어 들면서 도강물은 넓게 흐르고 계곡은 험준하여 급커브의 산길이 위험하다. 중간 기착지에서 유숙하고 떠나야 한다. 수백 미터 절벽 아래 칼날 같은 벽면을 끼고 굽이굽이 버스는 잘도 돌아나간다. 그러나 아래를 내려다보니 천길 만 길, 안심할 상황이 아니다. 날은 어두워지는데 이런 길이 끝이 없노라. 운전기사와 안내자는 안심시키기에 바빴다. 그러나 믿고 싶지 않고 저절로 'slow, slow'만을 외쳐댔다. 이 험준한 계곡이 석회석 돌산인 것이다. 굽이 돌아 이 편에서 저 편 말미의 우리 버스 불빛을 볼 때마다 칼날 위를 걷는 기분이다. 이 곳 중간 기착지에 내려와도 해발 1,700m 위치이니 뒷골은 계속 땡겼다. 밤 9시 반이 돼서야 호텔 girl들이 도열해 있는 무현읍에 도착했다. 무려 13시간의 여정이었다. 방은 전날보다 낫지만 춥기는 마찬가지, 저녁을 먹으니 11시가 되었다. 몸을 사리며 컨디션 조절하자고 깊은 침대 속으로 묻히다. 아! 강행군이여!

2000. 12. 5.(화) 맑음
코끼리 타고 정글 계곡 통과

　방콕 시내에서 1시간을 비행하니 해발 4백m인 소도시 치앙마이에 도착하다. 태양(太陽)이 넘실거리고 방콕시에선 볼 수 없었던 산들이 그 세(勢)를 과시하며 갈수록 시내를 감싸고 있었다. 언뜻 7~8년 前 우리 PD였던 동기생이 이 곳에서 취재 중 죽은 곳이 치앙마이라는 생각이 드니 경건함과 숙연함이 내 머리를 잠시 복잡하게 한다. 말라리아의 그 모기들을 조심하자며 명복을 빈 것이다. 유난히 친했기에 오지마을에서 투혼을 불사르며 취재을 다했던 그가 이곳 소도시의 모기에게 물려 운명을 다했다니 가슴이 아프다. 새벽 5시에 기상하여 새벽 기차를 타고 배낭족들을 찍기 위해 기차역에서 기다리던 우리는 칠흑 같은 어둠 속 도로변까지 이동해 가며 배낭족들을 기다렸지만 허탕을 치고 처음 역으로 되돌아왔다. 안내자의 정보 미흡과 취재운이 없었다고나 할까. 기차역 역시 썰렁함이 을씨년스러울 정도다. 배낭족을 산 속에서 만나길 기원해 보면서 아침을 먹고 한 시간 동안 시내 북쪽 산악 도로를 따라 관광객을 찾아 나섰다. 사람들은 우마차 관광과 코끼리 타고 계곡을 도는 체험을 하고 있었다. 순백의 창연한 여름 하늘을 배경으로 관광객은 웃통을 벗어버리고 즐기면서 오지 탐험과 자연 동화의 겸손을 배우고 있었다. 좀 무리를 해가면서 코끼리 등 좌석에 동석을 요구해 하늘과 맞닿은 관광인의 모습을 영상에 담으니 땀방울은 빗줄기 되어 숲속에 뿌려지고 원시인처럼 웃는 밝디밝은 표정을 놓치지 않았다. 점심 때가 훨씬 넘어 허기진 배들을 움켜쥐고 전통식당을 찾아갔다. 제법 큰 식당으로, 야외수영장과 정원 속 식탁 그리고 우리의 원두막처럼 나지막한 곳에서 오수를 즐기게 하기도 하고, 지압을 받도록 배려된 고풍스런 전원식당인 것이다. 식당 주위엔 우리 시골의 여름꽃들처럼 푸근하고 화사한 꽃들이 주위를 물들이고 있었다.

태국식으로 점심을 먹고 나서 휴식을 취하기로 했다.

야간의 산속 체험 취재까지는 몇 시간의 여유가 있다. 이글거리는 태양(太陽)을 피해 원두막식 맛사지관으로 갔다. 우리네 돗자리 같은 바닥에 눕자 팔, 다리, 어깨를 누르고 두드리기 시작했다. 안마란 이런 것인가, 세 시간 동안 지압을 받고 나자 피로가 싹 가시는 게 몸이 한결 가벼워졌다. 우리는 다시 한 시간 반을 달려 산족(山族)마을을 찾아갔다. 전기도 없는 원시림 속에서 관광객들이 함께 산족마을 사람들과 생활하며 체험하는 모습들을 취재했다. 그 곳 젊은 여자들은 부끄럼없이 이방인들 앞에서도 젖무덤을 내놓고 아기에게 젖을 물렸다. 돼지, 닭, 개들이 우글거리고 그들은 우리에게 즉석 토종검정닭을 잡아 주었다. 우리는 그들이 파는 목걸이, 조각품 등을 사주었고 같이 춤을 추며 동화(同化)되려고 애썼다. 깊은 밤, 관광객들이 모두 모기장 속으로 몸을 감춘 뒤에야 우리 일행은 차량 불빛에 의지한 채 두 시간을 달려 시내로 돌아왔다. 그 산족마을 사람들이 순수함을 잃지 않고 늘 평화롭게 지냈으면 하는 생각이 절로 들었다.

2000. 12. 6.(수) 맑음

치앙마이 山族

붉은 황톳길 위로 太陽열은 넘실거리고
계곡의 붉은물은 原色의 순수함을
소리로 말하는 치앙마이 오후칼라.

원숭이, 메기떼가 순수를 증언하며
長林 덩치 속의 그 山族들이여,
얼마나 文明을 비웃고 사는가.

오로지 그 天下의 진리가
맨발이요, 호롱불이요, 되는 대로 살아가는
自己들이라고 웃고 있네.

치앙마이 山族들아.
우리에게 꾸짖어 다오,
너무들 부딪히는 소리만 내지 말고
이 맨발의 투박한 소리를 알라고!

2000. 12. 6. PM 10시
(쿠알라룸푸 공항 내 간이 평형의자에서 씀)

2000. 12. 7.(목) 맑음
아름다운 코란커브 리조트에서

호주 브리스 밴 시(市)에서 한 시간을 달려 환경친화적인 섬의 리조트에 도착하다. 모래섬을 개발하여 조립식으로 수십 동의 가족 휴양시설을 바다 위에 건설해 놓았다.

자체로 전기를 발전시키고 차량들도 전기차, 가스(gas)차로 움직이며 바닷물을 자체 정화시켜서 식음료수로 사용 중이었다. 특이한 것은 음식물 찌꺼기는 지렁이 소굴로 보내져 좋은 토양질로 만들어서 퇴비로 사용하는 것이다.

재활용, 재생산하여 자연에 도로 돌려 줌으로써 좋은 환경을 만들자는 관계자들의 생명에 대한 관심이 공감이 컸다.

쓰레기처리장에서는 한 인부가 숲 속에서 커다란 뱀을 금세 잡아다가 보여줬다. 산 속에 뱀이 우글댄다는 말에 우리나라 60년대 농촌 어디서나 볼 수 있었던 구렁이가 생각났다. 환경오염이 안 될수록 모든 생물들이 공생할 수 있을 텐데 요즘 우리 도시와 시골은 환경파괴 현상이 두드러져 문제가 되고 있다.

우리가 묵고 있는 환상적인 리조트 공간도 기둥을 재활용된 재목을 사용해서 물 위에 떠 있었다.

정교한 설계로 통풍이 잘 되고 쾌적한 공간을 제공하고 있다.

경내를 골프 카트로 한 바퀴 돌고, 물 반 고기 반인 해변가로 김진환 기자는 낚시대를 드리우러 떠나고, 나는 밤새 못 잔 잠을 벌충하기 위해 낮잠을 청하기로 했다.

온몸 속으로 스며드는 초여름의 시원한 미풍을 느끼며 소파에 누워서 깊고 푸른 호수 속으로 내몸을 맡긴다.

저 태평양 심연에서 우러나오는 해풍으로 해수욕을 하면서 말이다. 저녁 무렵, 김 기자의 정어리 낚싯대에 걸려든 내 머리통 만한 바다 동게를 고추장을 잔뜩 넣고 끓여 한상덕, 김진환과 함께 포식했다.

호주게는 친절도 했다. 하하.

코란커브로 가는 해상.

예멘 수도 사나의 인상SANA에서

이 나라에서 제일 큰 사나종합대학 세미나 현장으로 출동하다.

통일 예멘과 분단 한국의 장래에 대한 통일 전문가들의 발표 현장인 것이다.

총장실에서의 협력조인식을 간단히 취재하고 대강당으로 이동하다. 700여 명이 꽉 찬 가운데 수십 명의 교수진들의 표정이 진지하고 열기 또한 가득했다. 특히 여학생들이 눈만 내놓고 검은 베일을 온몸에 휘감고 참석해 퍽이나 인상적이다.

그들은 성모마리아 같기도 하고, 내 몸 하나 청결히 간직하고 신비를 누리겠노라고 선언하는 것 같기도 하다. 눈만 데굴데굴 굴림을 보노라니 약간 무섭기도 하고, 개방을 거부하고 자기들 관습만을 고집하는 것 같아 안쓰럽기도 했다. 검은 물결의 여학생들을 보니 이 나라만의 신비를 보는 것 같은 기분이다.

수십 년 전엔 한국도 이곳 사람들처럼 민둥산에 거지가 들끓었던 빈민국이었는데 오늘날 부유한 국가가 되었다는 강의내용에 그들은 호기심을 갖고 많은 질문을 했다. 가능성을 조금이나마 주게 됨으로 성공한 세미나였다고 생각하다.

이들과 양고기 오찬을 먹고는 이곳의 시장이라는 성곽 시장을 찾았다. 버글대는 인파와 때국물이 흐르는 어린이 구걸인, 수호신의 칼을 배꼽 위에 차고 기민하게 움직이는 그들의 행렬이 또한 저개발국가였던 우리의 옛 모습을 연상케 했다. 올망졸망 어린이들의 눈망울이 이 시간에도 잔상으로 어른거린다.

웃어주는 상인들의 정겨움, 거짓을 거부하는 표정, 반 지하방에서 대대로 400년이나 낙타를 이용하여 기름을 짜왔다는 우리 옛날식 디딜방아의 구수한 모습 등이 자꾸만 우리들의 그 모습과 비교되어 정감이 느껴졌다.

'이 나라의 장래가 밝지만은 않다' 라는 안내자의 말이 호텔로 돌아오는 내내 귀에 박혀 연민의 감정으로 가슴이 아팠다.

권력자의 오만과 탐욕이 이 착한 백성들을 오래도록 가난의 질곡으로 몰고가는 것이라는 생각을 지울 수 없었다.

예멘 수도 사나 시내에서 경찰들과. 세 번째는 윤성 기자.

2002. 10. 10.(목) 맑음

철권 통치자 쌀레 대통령과 히틀러

20년이 넘게 예맨을 통치하고 있는 쌀레 대통령에게 조선대학교(大學校)에서 주는 정치학 박사학위 수여식장.

두꺼운 대통령궁의 철문을 열고 대통령 관저를 향하니 철권 통치의 냄새가 농후하다. 곳곳에 박혀 있는 장갑차, 기관총차, 별 셋을 단 두명의 사령관들은 군부의 경호 아래 막강한 힘을 과시한다.

두꺼운 카페트에서 우람한 샹들리에 등 불아래 사각모를 쓴 통치자는 그 눈빛이 유난히 강렬했다. 카랑카랑한 목소리와 네모진 얼굴에 까만 콧수염이 히틀러를 닮았다.

우리 경제인단, 교수단, 기자들을 태운 여섯 대의 차량이 경찰의 호위를 받으며 시내를 달려서 왔다.

거리 시민들이 거부감이 없이 손을 흔들거나 웃어주는 모습에 놀라기도 했지만 이 순박한 국민들의 자유와 행복권을 이 박사 대통령은 잘 알고 있을까? 아마도 알고 있으면서도 수많은 내전의 홍역을 치르는 동안 숨돌릴 틈 없이 여기까지 왔을 것이다.

지금까지도 막강한 족장들과의 신경전, 주변국의 도전, 제일 큰 적인 가난을 이 지도자라고 모를 리 없다. 단신의 통치자는 껄껄대며 우리 인터뷰에 성심껏 응해줬다. 그리고 수공예 칼을 하나씩 선물로 즉석에서 주셨다. 영화 〈닥터 지바고〉의 오마샤리프를 연상케 하는 콧수염과 얼굴 생김이 강한 역동성을 주기에 충분하다. 수십 명의 휘하 각료, 스텝들과 궁란각에서 사진을 찍고 높고 무거운 철문을 나오며 호위 경호 차량의 굉음을 옆으로 하고 다시 시내를 달린다. 검은 발가락이 보이는 신발을 신고 부지런히 걷고 있는 시민들, 해발 3천m가 넘는 가까운 하늘의 투명한 태양, 온 도시에 나붙어 있는 대통령의 초상화, 아무쪼록 이 통치자는 흔히 얘기하는 개발독재자의 이름으로 성공한 리더가 되기를 바란다. 지켜보자. 불가능이 없는 그런 분이 되길!

2003. 9. 23.(화) 맑음
비 내리는 전원도시 가무쉬의 화요일

  일년 반 만에 해외 출장길, 향리 어머니에게 전화를 건다.

  "비록 일주일이라도 몸 조심하고 다녀오거든 꼬옥 고향집에 들리려무나" 하시는 목소리가 떨린다. 괜히 자식놈 이역만리 보낸다 생각하니 걱정이 되시는 모양이다. 더욱이 지난 추석엔 근무 때문에 못 가 뵈어 보고 싶은 마음이 더했으리라 생각된다. 한 달이 넘게 못 찾아 뵈었으니 불효자(不孝者)의 잘못을 빌고 빈다.

  푸랑크푸르트까지 11시간의 비행이었다. 기내에서의 무료함과 답답함. 옆 좌석 사람들과의 소통의 어려움으로 긴 여행길이 만만치가 않은 것이다.

  외국(外國)에 나가 보면 생소함으로 인해 긴장하고 몸을 사리게 마련이다. 더욱이 팀 동료들끼리의 화합 문제가 제일 크게 대두된다. 그 해결이 급선무요, 선결과제다.

  뮌헨 공항으로 이동하면서 더욱 피로가 가중됨을 느꼈다. 잠자는 시간에 날고 걷고 긴장했으니 노곤함이야 당연하다. 다시 소형 버스로 '가무쉬'라는 전원도시로 이동하여 르네상스 호텔에 여장을 풀었다. 장장 20시간의 이동거리다. 비 내리는 생소한 도시 가무쉬는 전원적, 목가적 도시로 목장과 호수와 계곡이 있는 도시였다. 세계태권도대회가 열리는 도시답지 않게 조용하고 아늑하고 넉넉한 품을 간직한 그곳을 한밤에 찾아들어 몸을 뉘였다.

2003. 9. 24.(수) 맑음

알프스에서 세계태권도대회 열리다

　해발 800m 고도의 휴양도시인 산촌도시, 알프스 산정 눈쌓인 산아래 침엽수림이 울창하고 목장이 유유자적 펼쳐진 도시에서 백여 개국이 참가한 가운데 세계태권도대회가 열렸다. 과감한 투자, 용맹스런 훈련으로 종주국(宗主國) 한국을 능히 위협하면서 이제는 대등한 실력들로 무장한 채 경기장에 나선 것이다.

　본래 수십 년 빙상경기장으로 사용하던 곳을 태권도장으로 꾸며놓은 검소한 독일인의 흑자 운영방침을 엿볼 수 있었다. 모든 경기 운영과 진행을 독일태권도협회가 주관하면서 우리 연맹 관계자에게는 기술적인 면만을 자문받고 주체적으로 끌어가고 있었다.

　우리가 태권도 종주국답게 큰 틀을 짜서 전달하며 떳떳한 세계 원단 태권도 수출국이라는 것에 자긍심을 갖지 않을 수 없는 것이다. 또한 전 세계가 타도 한국을 외치며 종주국의 실력 따위엔 아랑곳하지 않은 채 그들의 다리는 더 높이 뜨고 있었다.

　아직은 한국이 우세하다고 하지만 간신히 이기는 경우가 너무나 많다. 관중들이 우리 선수들에게 던지는 질투에 찬 우~우 소리, 정정당당히 실력(實力)으로 승리할 수 밖에 없는 냉정한 현실이란 것이 경기장에서 바라본 시각인 것이다. 검소하기로 소문난 독일인(獨逸人)들의 매너는 만점이다. 자국(自國)선수가 패해도 동요없이 받아들이고 격려의 박수로 장내 질서를 잡는다. 멋있었다.

독일 야외공원에서.

2003. 9. 24.(수) 맑음
위성 송출과 독일인

위성 송출을 위해 가뮈쉬에서 뮌헨까지 120여km를 시속 200km로 달렸다. 이런 속도는 처음이다.

독일 아웃토반(고속도로)은 무제한의 속도 구간이어서 달릴 수 있다 하지만 정면으로 바라보는 것을 거부한 채 뒷자석에서 먼 산을 바라보다, 눈을 감다 하며 송출회사까지 갔던 것이다.

송출 약정시간이 10분 뿐이기에 애간장을 태우며 내달려야 했다. 아쉬운 시간이다. 바쁘기가 그지 없다. 가편집이 안 된 많은 분량을 골라서 보내려니 신경은 날카로와지고 손길은 더듬고 헤매게 마련이다. 가까스로 보내고 나니 타국에서의 위성 송출의 안전성, 위기감이 스트레스로 누적됐다.

귀로에 임펜궁을 들러서 루드비 2세의 궁궐과 6마리가 끄는 마차 따르는 무리들의 장식품을 통해 호화로운 당시의 위세를 본다.

궁궐 정원의 광활함 속에 펼쳐진 밀림처럼 우거진 숲속 길이 어우러져 수려하다. 우리네 광릉 숲 이상의 아름드리 떡갈나무와 미루나무, 흐르는 투명한 냇물이 여유롭게 걸어 다니는 관광객들과 어울려 내 눈엔 환상적이었다.

일찍이 라인강의 기적을 이룬 나라라고 귀가 따갑게 들어왔지만 이들의 옷차림, 작은차의 실용성, 미래를 설계하는 자세 등을 보면 과거를 반성하면서 발전하고 있는 모습을 확인할 수 있다.

국민 소득은 올라가는데 이들은 변하지 않는다는 것이다. 겸손함이 그렇고 절약이, 배려하는 마음, 꿋꿋함이 그대로인 것이다. 우리는 타산지석으로 삼아야 한다. 저렇게들 웃으면서 황궁공원을 걸으며 생각하며…….

세계대전쟁을 일으킨 나라가 저 우람한 숲을 만들고 아주 검소한 생활로 이 세상에 말하고 있었다. 우린 반성하면서 세계인들에게 이바지하겠노라고.

2005. 4. 3.(일) 맑음
바오로 교황의 죽음과 벚꽃

우리나라에 두 번이나 오셨다 가신 11억 세계 카톨릭 신자들의 추앙을 받은 바오로 교황께서 영면하셨다.

우리 어머니와 같은 해 태어나셨으니 금년 우리 나이로 86세, 영면 시 유언도 공개하였다.

"나는 행복하오, 당신네들도 행복하시길 바랍니다."

한국 방문 시 근접 취재할 때의 그 인자함과 선한 눈빛이 20여 년이 흐른 뒤에도 잊혀지지 않는다. 진실하게 행동하고 말했기 때문이리라.

어눌한 우리말로 '찬미 예수' '한국민 안녕하세요' 하시던 도착 성명도 엊그제처럼 떠오른다. 하나님이 따로 없는 것 같은 열광적인 국민과의 만남이었다.

여의도 일대는 차고 넘쳐 하얀교황은 연단에서 연신 손사래를 치시며 입맞춤으로 화답하시던 모습이 선하다.

그 여의도 하늘 아래 지금, 윤중로를 따라 벚꽃나무벨트가 그 꽃봉우리를 피우기 위해 당알당알 거리며 무게를 더하고 있는 모습이 장엄하기까지 하다.

하얀 꽃을 피우기 전 꽃봉오리는 마치 해산하기 전 임산부 유두 빛깔 같다. 붉은 양수가 터진 후에야 아기가 나오듯 벚꽃이 피기 전 꽃봉오리는 연붉은 홍조를 띠다가 마침내 하얗고 하얀 꽃잎을 한없이 터트리는 것이다.

원을 그리는 윤중로 벚꽃길에는 그 진통의 봉오리들이 차랑차랑 무
게를 더하며 숨죽이고 기다리는 산모의 마음 같은 잉태의 계절이다.
이 곳을 방문했던 교황은 가고, 벚꽃은 피어난다.
　모든 이에게 축복의 상(賞)을 내리고 가셨듯이 만물이 부활하는 생명
의 계절에 우리는 한층 겸손한 마음으로 여의도 하늘을 맞이해 보자.
교황님께서는 저 피어나는 벚꽃을 밟으며 영원 속으로 가시겠구나.

2005. 5. 16.(일) 맑음

비로봉 정상에서 본 금강산

멀고 멀기만 느껴지던 곳이 아니던가.

금강산, 저 수만 리 떨어진 외진 봉우리들, 교과서의 노래 가사만 외우며 동경의 대상으로 내 머리 속 한켠에 묻어두고 잊어버린 곳이기도 하다. 그러나 그것은 아니었다. 두 번째 여름에 찾은 금강산, 그것도 육로를 통해 찾아본 금강산은 지척의 금강산이요 별천지인 산세와 계곡 물은 꿈이 현실로 다가온 듯 감탄이 절로 나오는 장관이었다.

고성 대진항 변 금강산 콘도에서 우리 관광객 천여 명과 일단 모여서 간단한 수속을 마치고 20여분을 달려 북측 세관 검사대를 지난다.

간이 천막을 치고 그쪽 군인들에 의해서 통과 도장을 찍는 것으로 통과의례는 끝이 난다. 그리고는 건너 금강산 봉우리가 펼쳐진 곳으로 직행을 하게 되는데 양옆으로 현대아산에서 쳐논 연두색 철주대 망을 지나 온정리마을까지의 거리가 30분밖에 안 된다.

논 밭 풍경 속에 북측 군인의 빨래하는 모습, 머리에 장작을 이고 가는 아낙네들의 피폐한 모습, 물고기를 잡는 농군의 망중한도 엄청이나 고단해 보인다.

남루한 옷매무새와 무표정한 화장기 없는 여자들 얼굴들에서 일반 백성들의 가난한 삶이 한 눈에 보인다. 시속 50~60km의 속도로 달리는 긴 버스 행렬은 이들을 바라보며 금강산 품 아래 온정리 마을로 들어선다. 이곳은 우리 현대측의 건설, 치장, 시설 설치로 면모가 일신되면서 그야말로 딴 세상이 되어 있었다.

금강산 호텔에 여장을 풀었다. 금강산 온천과 공연장과 음식들 모두
가 서울의 특급호텔을 옮겨 놓은 모습이다. 북측 안내양들 모두 가슴
에 김일성 뱃지를 달고 즉석에서 '심장에 남는 사람' 이라는 유행가를
뽑아대며 음식점 특유의 분위기를 고조시키기도 하였다.

점점이 세워진 가로등은 위치만을 알려줄 뿐 어설프고 캄캄한데, 폐
속까지 파고드는 공기의 신선함만이 주위를 휘감았다. 북한식 식단 중
마지막으로 나온 냉면 맛은 참으로 맛깔스러웠다.

밤 열한 시가 넘은 시각, 금강산 골짜기를 걸으며 비로봉 정상에서
내리꽂는 밤바람 따라 50년 세월 단절됐던 바람이나 실컷 쐬련다!

2005. 5. 17.(화) 비

비룡폭포, 상팔담, 삼일출의 비경

비가 간간이 뿌려대는 송림숲 길을 따라 먼저 비룡폭포의 정자각으로 향했다. 제법 많이 죽어 있는 솔잎 흑파리병 소나무 장림(長林)을 보니 내 마음이 아프다.

출렁 다리를 지나 가파른 돌계단길에 접어드니 저절로 비경에 입이 벌어지면서도 두 다리는 아파오기 시작한다.

노인 관광객 일부는 중간중간 주저앉아 등산을 포기하기도 하고 하산하시며 죽기 전에 한번 꼭 볼려고 했는데……. 탄식을 한다. 무릎이 시큰시큰하다니 어찌 그 길을 올라갈 수가 있겠는가. 내 부모님도 어림없는 길임에 분명하다.

중간 해우소(변소)에서 용변을 보는데 그 사용료가 1달러라기에 우리 돈 천 원을 주니 그는 웃으며 받아 챙겼다.

드디어 비룡폭포 후방 정자에 도착하다. 수십 개의 폭포는 시원스레 내리 꽂히고 있었다.

정자각에서는 북한측 소녀들이 먹거리를 팔면서 우리가 취재를 할라치면 격렬히 저항하며 숨어버리는 통에 영상에 담는 데 참으로 어려움이 많았다. 아마도 그네들의 치부라고 생각하기 때문이리라. 제품도 엉성하고 상행위 자체가 부자연스러워 보였다. 촬영은 얼씬도 못하게 항의가 거셌다.

하산 중간지점에서 갈라지며 다시 올라가는 '상팔담' 정상. 이전 동

산길과는 비교가 안 되는 가파른 길로써 철계단들이 100여 개는 족히
될 듯하고 전체 계단 수가 1,000여 개가 넘는 듯하다. 하산길 사람들
의 모습이 하늘에서 내려오는 하늘나라 사람들을 보는 듯하다.

상팔담을 바라 볼 수 있는 정상, 차가운 빗줄기와 바람이 온몸을 휘
감고 바위길 위에 철주를 쳤고 천길 낭떠러지 밑에 8개의 계곡물과 마
주치는 순간 어질어질하여 아찔하기까지 하였다.

수만 년 전 화산이 폭발하여 창조해 놓은 기암 절벽이다.

북측 안내원이 8명 선녀에 얽힌 설화를 들려주자 관광객들은 잠시
신비감에 젖는다.

현대아산이 팀장의 도움 없이는 방송장비를 견착하고 등산할 생각
조차 할 수가 없는 난코스였다. 하산 때도 젊은 이 팀장이 카메라를 대
신 들어주었다. 양손으로 난간을 잡지 않고는 내려갈 수가 없다. 무섭
고 험한 고난도의 발놀림 없이는 미끄러져 죽음으로 내몰릴 그런 하산
길이다. 허벅지부터 장딴지 근육들이 푸들푸들 떨려왔다. 처음 겪는
하체 경련이었다. 그러나 꼭 가야만 한다.

마지막 취재지 삼일포 호수로 향했다.

호수 한 가운데 누각을 짓고 빼어난 주위 경치와 잘 조화된 풍경에
감탄을 하지 않을 수 없다.

안내양의 구성진 노랫가락에 함성을 질러댄 수백 명의 남측 관광객
들은 어느새 하나가 되어 있었다.

용케도 그 광경을 놓치지 않고 영상에 담았으나 따라온 북측 남자
감시원들이 안내양 클로즈업부분 모두를 지워야 한다고 했다. 이내 이
곳은 북녘 땅이란 걸 인식하고 그들의 뜻에 따를 수밖에 없었다.

한 시간 동안 카메라를 비탈길에 세워놓고 지우는 작업을 그들의 부

릅뜬 시선 속에서 끝낸 후에야 하산할 수가 있었다.

다리는 풀려가고 온몸은 배고픔과 피로감으로 녹초가 되었다. 그러나 식사 전에 꼭 해야 할 일이있었다.

현대 이 팀장의 안내로 놀랜 근육을 풀어주기 위해 온천 물 속에 몸을 담그고 한 시간을 보냈다. 그리고는 허기진 배를 채우기 위해 식당으로 향했다.

고성항 횟집에서의 저녁식사 시간은 꿈결 같은 시간일 수밖에 없었다. 싱싱한 횟감은 도툼하여 씹는맛이 풍요로웠다. 포만감이 넘쳐 흘렀다.

저녁 공연장 취재 길은 적막한 산 속 군 막사였다.대형 막사 속에서의 공연과 너무나도 거리가 있는 부리부리한 병사들은 불쌍하게도 부자연스런 몸짓에 석고처럼 딱딱하기만 했다. 두 주먹의 불끈 솟은 힘만큼이나.

2005. 6. 27.(월) 흐림

석유 나라 아제르바이잔

터키 이스탄불을 거쳐 이곳 아제르바이잔(불의 땅) 수도 바쿠(바람의 마을)까지 15시간의 녹녹치 않은 여정에 온몸이 퉁퉁 부어오르는 느낌이다.

비행기 안에서의 시간이란 세심하게 서로를 배려해야 되고 자기 절제가 극도로 요구되었다. 작은 공간에서 수백 명의 운신이 그리 쉽지가 않음을 장시간 비행을 해보면 안다.

이틀을 비행하고 오늘은 쉬어야 함에도 이곳 행사 초청 케이스 출장인지라 동선을 따라 취재를 해야 했다. 국내의 미술계, 무용(고전, 현대), 음악 등 바쿠에서 그들과 함께 펼치는 현장을 뉴스에 담는다.

오늘은 미술이다. 300여 평 전시실에 양국 작품들이 줄줄이 걸리고 이곳 장관급 이상의 관료와 귀빈들로 초만원을 이룬다. 그런데 이곳에서는 관세청장관이 실세 중의 실세 장관이다. 대통령의 오른팔로서 모든 행사의 기획과 검증을 하면서 부와 권력을 한손에 쥐고 좌지우지하는 인물인 것이다.

자연히 그의 부인 역할 또한 막강하여 주위의 시선은 그녀의 일거수일투족에 관심이 집중되었다. 특이한 것의 하나는 그의 두 아들을 반드시 대동해 고관대작들에게 인사시키면서 행사가 진행된다는 것이다.

이 나라는 많은 석유 매장량과 그 판매로 고소득을 올리는데 일부고위 공직자들이란 사람들이 부정한 방법으로 부를 축척하며 국민들에게는 보잘것없는 과실만을 던져주지나 않는지 심히 우려되었다.

되는 것도 안 되는 것도 없는 빈부 격차가 매우 큰 모습을 보는 것이다. 전시회 개회식 과정에서도 권력의 눈초리들이 여기저기 감지됨에 취재하고 나와 땀을 닦아내면서 이 나라 국민들이 언제 깨어나 변화를 이루어낼지 가늠해 보기도 한다.

권력 실세들과 그 아류들이 떠나자 썰렁해진 전시장, 우리 문화단체 분들 100여 명만이 남아 음료수를 마시면서 하나라도 한국의 문화를 이 국민들에게 전달되게 하였으면 좋겠다는 말들을 잠시 나누다가 파크 하얏(park hyat) 호텔로 발길을 재촉했다.

아제르바이잔의 송유관 카스피해유전.

2005. 6. 30.(목) 맑음
아르메니아 출신 소녀와 난민촌

소녀의 볼 위로 흐른 눈물은 말라 있었고 나는 그 볼 위에 내 볼을 갖다댔다. 따뜻한 온기가 오가고 초롱초롱한 눈망울 속엔 지나간 삶이 가난과 고통의 질곡을 나타내 주는 듯하다.

13년 전 이웃 나라 아르메니아와의 전쟁을 통해 백만 명이라는 피난민을 만들어 이렇게 집단 거주지가 생겨나고 고향을 빼앗긴, 피난민들의 타향살이가 계속되고 있는 현장을 보는 것이다.

호밀대 같은 것으로 울타리를 둘러치고 부족한 물로 식수, 빨래, 목욕을 하려니, 오죽하랴.

시궁창 같은 곳에 설치한 펌프 물은 먹기엔 아무래도 꺼림칙했다.

할머니가 머리를 감는 모습이 안쓰럽기만 하고 전쟁으로 하반신을 못 쓰는 아들을 일으키고 눕히는 부모의 마음은 타들어가서 검은 숯덩어리로 변하였으리라. 덥고 남루한 컴컴한 방에서 그 부상자는 삐뚤어진 입만 벌름거리고 있었다.

오리떼 모는 소년, 바람에 문짝이 덜렁거리는 공중화장실, 동네 한가운데서 아랍빵 굽는 아줌마들, 이방인에겐 독하게 짖어대는 검정개, 두꺼운 이불이 널린 담장, 비좁은 골목길에 핀 과꽃. 그들은 연신 우리들에게 손을 내밀어 반가운 인사를 건넨다.

어느 막사 안에서는 결혼식이 요란하게 거행되고 있었다. 전통춤을 추는 이들의 발놀림이 마치 신들린 듯하다.

구경꾼들은 양 옆으로 도열하여 박수치고 신부는 오똑한 콧날에 발그레 상기돼 있었다.

우리에게 술을 자꾸만 권한다. 그렇게 친근할 수가 없다. 잠시 피난민이 아님을 착각하게 하는 현장이다.

가난하지만 그들은 단합이 돼 있었고 같이 나누면서 난국을 돌파하고자 하는 의지가 그들 춤 속에 응축되어 용광로처럼 뿜어내는 것이다.

어린이, 노인에게 출장비 몇 푼을 쪼개어 나눠드리며 그들의 소원대로 고향 땅을 밟는 그날이 하루빨리 오기를 기원해 본다.

강한 자들의 야욕에 의해 빼앗긴 그들의 권리이기 때문이다.

먼지나는 우리 차를 끝까지 배웅하는 피난민들의 눈동자가 동골동골 어른거리는 밤이다.

2005. 7. 1.(금) 맑음

바큐의 바람(Wind of BACU)

바큐의 바람은 부드럽지만
그늘의 그림자를 크게 흔든다네.

바람은 아름답게 바큐의 언덕을
태양의 아들처럼 내달리다 맴돈다.

번쩍이는 검은 기름은 여기저기
분수처럼 솟아나고

밀밭 평원은 수만 리 이어져서 간다.

세계를 지배해온 열강의 틈새에서
탯줄을 지켜내온 바람의 아들 바큐!

더위를 식혀주는 바람을 사랑하며
먼저 악수 청하는 검은 몸의 착한 사람들

바큐의 바람은 수만 년 후에도
사막을 지키며 언덕 넘어 평원 속으로 흘러서 가리.

100

2005. 7. 3.(일) 맑음
코커서스에서 먹은 양고기

　수도 바큐에서 세 시간을 달려 10만 년 전 고대인들이 살았던 바위산을 찾았다. 산맥 하나에는 그 당시 생활했던 흔적이 고스란히 남아 있다. 바위에 그려진 소, 말, 사람, 암벽집 등이 신비롭게 각인돼 있는 것이다.

　박물관 문 앞으로 지나가는 뱀 한 마리가 대낮에 서늘함을 느끼게 한다. 지진과 화산 폭발로 주위 모든 산은 붉은 산으로 둘러쳐져 있고 도마뱀은 우글댄다.

　이 곳 조상들의 모습을 상상을 넘어 추측의 그림만 그릴 뿐, 바위 속에서 살아야했던 원시인들의 삶을 어찌 알 수 있을까.

　다시 고대 성곽과 풍물을 취재하기 위해 코카서스 산맥으로 이동했다. 이 나라 유일한 우거진 나무 숲의 산맥이다.

　이동 중 나무 그늘막 집에서 먹은 양고기구이는 참으로 쫄깃쫄깃한 것이 많이도 먹게 했다. 수박, 메론, 버찌, 오디, 무궁화 꽃 등 우리와 닮은 풍경과 주위 환경이 한국 어느 곳을 옮겨 놓은 풍경이다.

　민둥산과 평원을 달리다가 숲속 길로 접어들자 훨씬 덜 피곤한 느낌이다. 성곽도 우리나라 성벽과 비슷하여 새롭지가 않다. 그 곳 박물관장님께서 호수 그늘집과 계곡 그늘집에서 계속 먹을 것 을 대접해 주니 오후 내내 배가 불러 허덕인다. 습기와 먼지가 없으니 태양은 가깝게 내리쬐고 바람은 부드러워 그늘집만 가면 상쾌하고 시원하다.

이 곳 모든 야외 음식점들은 버드나무와 포플러 나무그늘 밑에 탁자를 놓고 장사를 한다. 자연히 음식점 종업원들은 부산히 발품을 팔면서 웃음으로 말한다. 닭고기, 양고기를 숯불에 구워서 가져오니 그 맛이야 오죽하겠는가. 고기 굽는 곳은 뿌연 연기와 땀으로 부산하기만 하다.

계곡물은 석회질 성분 때문에 검고 회색빛을 띠어 우리나라 계곡물과는 사뭇 대조적이다. 금수강산 우리의 산수(山水)를 자랑하지 않을 수 없다. 그래서인지 50~60대가 되면 사망하게 된다는 말에 이 좋은 날씨에도 물이 나쁘면 단명한가 보다. 이 곳 의술과 개개인 성격도 작용하겠지만 말이다.

2006. 3. 23.(목) 맑음

가을동화의 도시 퀸스타운

어젯 밤 퀸스타운 호수가에서의 하늘을 잊을 수가 없다.

까만하늘, 먹물에 박아논듯한 듯 은하수의 은색 물결, 북두칠성이 선명하게 보였다.

언젠가 서울 여의도 저녁 퇴근길을 생각해 본다. 비온 뒤 건물 불빛의 선명함에 순도 100%의 날씨라고 예찬한 적이 있었다. 그러나 이곳 밤하늘을 보는 순간, 그때보다 더 순도 높은 깊은 맛을 느낄 수 있었다.

바람은 고왔고 미세한 먼지 하나 없는 것 같은 부드러운 밤이었다. 그런 밤을 보내고, 오늘은 퀸스타운 호수에서 크루즈 여객선을 타고(남반구 마지막 여객선) 한 시간 가량 이동을 하여 양치기가 있는 관광코스를 따라가 보는 취재였다.

선실에는 실버 여행객들이 대부분이었다. 손을 꼭 잡은 노부부들은 한 대의 피아노 앞으로 몰려들기 시작했다.

거장이라 일컫는 피아니스트가 앉아 있었기 때문이다.

한국민요, 중국, 일본, 유럽 등의 알려진 민요를 선창하며 리드해 가는 솜씨가 시원시원하고 노련하였다.

우리 취재진을 대번에 알아보고는 '아리랑'과 '사랑해'를 능숙하게 반주하면서 박수를 유도했다. 선실은 금세 일체가 된 즐거운 웃음으로 가득찼다. 하루를 즐겁게 해주는 그는 거장이자 분위기 메이커이다.

배는 조그만 관광항구에 도착했다.

가을로 가는 호숫가는 노랗게 물든 미루나무와 빨간 지붕의 집들이 바다 위에 떠 있는 구름산들과 어울려 그림처럼 아름다웠다. 한국의 모델들이 왜 이곳까지 달려와서는 광고를 찍고 가는지 이해가 되고도 남았다.

여행객을 맞는 커피숍은 코스모스, 수국, 다알리아 등이 어우러져 마치 동화 속에 등장하는 아름다운 별장을 연상케 했다.

호수 물결 위로 떨어지는 노란 미루나무 잎새들.

파르르 떨며 물결이 이는 한낮의 호숫가!

산 아래 양치기와 개, 말 잘 듣는 양떼들을 바라보는 수백 명의 관광객들은 거기 서 있는 것만으로도 좋은 하루가 되지 않았을까. 하늘과 땅과 물은 거짓이 없다. 우리도 이들처럼 옆 사람들을 챙겨주고 배려하는 마음의 여유를 가질 때가 되지 않았을까 생각해 보았다.

한국식당에서 김치찌개로 배를 채우고 8시간을 달려 크라이스트 처치 공항 옆 숙소로 돌아왔다.

데카포 호수, 트와이즐을 지나는 밤으로의 여정은 쉽지가 않았다. 한밤의 여행은 만만치가 않은 것이다.

낮에 계곡과 평야를 지나면서 노란색으로 녹색으로, 주황색으로 계곡이 연출하는 변화무쌍한 모습에 뉴질랜드 남섬이 갖고 있는 매력의 극치를 본다.

인구 100만 명의 그 큰 섬은 밤을 지나는 동안 너무 고요하다 못해 스산하기까지 했다.

장시간의 여행에도 견딜 수 있음은 아마도 공무(公務)의 목적과 가을의 명물인 호숫가를 보았기 때문이다. 모든 동료 기자들과 가이드분께 감사하는 마음으로 하루를 접는다.

2006. 3. 27.(월) 맑음
퍼스에서 칼구리까지

시드니에서 1박을 하고 호주 서남해안도시 퍼스까지의 5시간 비행은 참으로 큰 대륙 섬나라라는 것을 실감할 수 있는 기회였다.

대륙횡단으로 5시간, 인구 120만 명의 도시는 퍼스는 조용했다.

차분한 호수는 도시를 껴안고, 태양은 머리 위에서 강렬한 붉은 빛을 뿌려대고 있었다.

이곳 호주 원주민 〈에버리진〉들의 현주소를 담기 위해서는 내륙지방 칼구리까지 10시간을 더 가야만 한다.

아침 7시에 컵라면으로 끼니를 때운 뒤 우리 일행 〈이승철, 김현광, 고직만 코디, 정훈채 목사〉은 도요타 신형 파라고를 렌트해 장정에 돌입했다. 거의 일직선 도로는 끝이 없어 보인다.

이곳에서 구도자로서 선교사업을 펼치는 정 목사님의 현지 정보를 믿고 잡초처럼 살아가고 있는 원주민을 만나기 위한 여정은 길기만 하다. 아스팔트 도로 옆은 단단한 붉은 마사토가 깔려 있고 이 차선 양 옆에는 장대한 검투리나무가 줄 서 지어 있다. 나무 색깔이 붉은색과 흰색의 두 종류로써 호주 토양에서 잘 자라는 단단한 나무들이다.

끝없는 대평원 속 도로 위의 차량들은 엇갈리며 쏜살같이 다가오다가 사라져 갔다.

주유소 식당은 크기도 하다. 그 자체가 쉼터 공간으로 충분했다. 양고기 구이를 시키니 숯불에 구워다 준다.

야채 소스와 버무려서 썰어먹는 양고기는 씹을수록 맛이 새록새록 살아났다. 맛있다. 그리고 붉은 태양을 머리 위에 이고 달려야만 했다.

드디어 열 시간 만에 칼구리 도시가 나왔다.

붉은색을 좋아한다는 마을 사람들이라 그런지 집 지붕이 붉은색이 많았다. 모텔을 해지기 전에 잡아야 하기에 다섯 명이 침식할 장소를 구했다. 우리 돈 18만 원이니 비싼 편은 아니다. 그리고 시내로 나왔다. 목적하는 원주민들을 보기 위해서다. 물론 그 마을 집단 주거지는 20~30분 더 들어가야 하지만 시내를 배회하는 사람들도 있다기에 무작정 나가보는 것이다.

눈에 확 띄는 그들이 여기저기 어슬렁거렸다. 거무튀튀한 얼굴에 움푹 들어간 눈과 어마어마하게 큰 코, 불룩한 배하며 정말 이상 체구였다. 목욕하지 않은 노숙자가 바로 그들이었던 것이다.

원주민 말살정책에 따라 90% 이상이 소멸되다시피 하다가 다시 근래에 와서는 전국적으로 70여만 명 선까지 늘어났단다.

하는 일이 전혀 없고 사회에 적응도 못하고 결혼은 가까운 거리의 아는 사람들과 눈맞아 애들을 낳아 키우니 결코 우성인자의 우량아가 탄생될 리 만무한 것이다.

그런 부초 같은 인생이 검은 그림자처럼 시내 곳곳에서 어슬렁어슬렁 걸어다니고 있었다. 히로뽕 마약과 알콜 중독으로 버려진 몸들을 하고 말이다. 불쌍하다.

원래 주인이었던 그들이 이방인들에 의해서 망가져 가는 현상을 보니 말이다. 그들을 취재하는 일이 결코 간단한 문제같지가 않다.

현장을 어떻게 접근해야 할지 고민한 다음 내일 취재대책을 대비할 수밖에 없다. 호주 동부 중심 내륙의 밤은 스산하게 깊어만 갔다.

2006. 3. 28.(화) 맑음
마약과 술에 찌든 원주민

원주민 마을로 가는 길이다.

주변은 금광석을 캐기 위해 엄청난 계곡을 만들며 개발이 진행되고 있었다. 장관이었다.

회색 연기를 뿜어대며 까마득한 금광석 길을 따라 가니 덤프트럭 종류의 차량이 끊임없이 줄을 잇고 있었다. 바로 그 옆동네에 원주민 마을이 자리잡고 있었다.

일부는 시내로 구걸 행각을 하기 위해 빠져나가 없고 남은 자들의 생활을 취재하기로 했다. 한 가정은 극렬히 반대했다. 취재 자체가 치부를 드러낸다면서 고래고래 소리 지르며 거부했다.

발길을 돌려 다른 집에 찾아가니 많은 아이들과 그 어머니들이 있었다. 열여섯 살의 미혼모는 물어보는 말에 순순히 모두 말해주었다. 그리고 집 안으로 안내했다.

홀 분위기가 나는 컴컴한 응접실이었다. 허름한 탁자에서 포커놀이를 하고 있었는데, 우리 돈 10원짜리 동전 치기였다.

개와 고양이, 어린애, 어른 등이 뒤섞여 바글대는 것이 동물우리 같기만 하다. 가스레인지 위에는 몇 근이나 되는 돼지고기를 썰지도 않은 채 올려놓고 불을 켜놓은 상태다. 파리와 짐승이 공존하는 동물혼숙소 같았다.

미혼모는 보채는 딸에게 함박 같은 젖무덤을 내놓고 빨리고 있었다.

107

젖먹이는 젖이 안 나오는지 자꾸만 입으로 문지르면서 검은 젖을 빨았다.

침대라고 하는 곳, 화장실, 식대 주변은 썩어가는 시궁창 같기만 하다.

숨이 막혀왔다. 풍토병이 생각났기 때문이다. 정 목사님 아들도 이곳 풍토병 때문에 고생을 했다는 말이 뇌리에 스쳤다.

붉은 땅의 집이란 곳에서는 모든 것이 그렇게 썩어가고 있었다.

촛점이 없이 파리도 쫓지 못할 기력으로 그냥 앉아 계시는 노구의 할아버지와. 커가면서 백인들에게 적개심만 키우며 방황하는 쇠진한 소년들이 원래 주인이었던 이땅에서 변방으로 밀리고 밀려 천덕꾸러기가 되고 있는 것이 현실이었다.

근래 70만 명으로 늘어난 이들의 공식 요구사항은 호주 정부의 공식 사과와 보상이었다. 그러나 공식 사과는 지금까지 없다고 한다. 암담한 현실이다.

그들은 마음만은 착해 보였다. 그러나 현실도피 수단으로 손을 댄 마약, 알코올로 몸을 망치고 있다.

마음 졸이며 홈비디오 6㎜ 카메라를 메고 간신히 몇 시간 동안 훑어본 그 마을을 참으로 잊을 수가 없을 것만 같다. 주 정부와 이들간에 현명한 대화를 통해 이 수렁에서 흐느적거리는 에버리진의 모습이 나아지길 기대해 본다.

밤새 10시간을 이동하여 퍼스 시내 공항 옆의 콘도형 아파트로 오기까지 등에 담이 들 정도로 피곤해도 그들이 말하는 억울함보다야 낫겠지 하고 위로해 보는 밤이다.

2006. 10. 12.(목) 맑음

밤 나일 강변을 산책하다

피라미드와 스핑크스를 배경으로.

열두 시간 비행 끝에 수도 카이로의 시내가 한눈에 보인다.

아프리카 대륙 위에 얹혀 있는 제법 큰 나라다.

붉은 산악지대를 끼고 홍해와 나일강이 흘러가고 있다(강 따라서 푸른 나무와 도시가 형성됐다). 붉음에서 푸르름으로의 변신은 무죄다.

고대문명의 발상지 '이집트 문명'을 꽃피웠던 곳이 바로 이곳이다.

초등학교 때부터 배워온 세계 4대 문명의 발상지 중 한 곳이 눈앞에 보인다. 시내를 응시하고 있는 거대한 돌무덤의 결정체인 피라미드와 스핑크스가 황색 운무 위로 그 위용을 드러냈다. 불가사의한 수천 년 신비의 세계가 내 시선을 잡고 놓아 주지 않았다.

카이로 공항은 허술했다.

인구 8,000만 명의 카이로 시내에 1,000만 명이 들끓고 있고, 1인당 GNP가 1,000달러에 경찰 국가처럼 삼엄한 군, 경들이 시내 요소요소에 박혀 있는 모습들과 무질서한 차량 그리고 인파가 한눈에 들어왔다. 그런 나라의 공항일진데 곳곳 통과대마다 비리가 난무하고 위험이 도사리고 있는 것이 어찌 보면 당연한지도 모른다.

저녁 늦게 나일강변을 따라서 산책을 해보니 수많은 보안요원들이 무장한 채 주택가 이곳저곳을 지키고 있었다.

26년째 1인 독재를 계속하고 있다니 무바라크 시대의 종말을 똑똑히 응시해야 할 이유가 또 하나 생긴 셈이다.

장기 독재는 필연코 부패하고 그 종말 역시 좋지 않은 것이 세계 역사였다. 하여 희망을 가져본다.

생명의 젖줄처럼 유유히 흐르는 나일강이 있고 오래된 인류 역사를 잉태한 곳이기에 우리네 흰 도포자락처럼 옷자락을 길게 휘날리며 거리를 활보하는 검은 턱수염의 시민들 눈에서 강한 미래의 확신을 보는 것이다. 자신감일 수도 있고 자만일 수도 있었다.

피라미사 호텔에 여장을 풀고 저녁노을이 건물 전체를 물들일 때 긴 여행의 피로를 풀 요량으로 호텔 풀장에 몸을 담갔다. 그리고 내 키 만한 긴 타월로 몸을 감고 야외 침대의자에 누웠다. 마치 그 옛날, 클레오파트라가 목욕 뒤 취한 포즈처럼 길게 누운 것이다. 나일강변의 그녀를 상상하면서 그렇게 해본 것이다.

어둠이 오고 풀장 하늘 위로 박쥐 한 마리가 이리저리 날고 있다. 날개가 긴 검은 박쥐였다. 옆에 있던 붉은 얼굴의 아낙들이 깔깔대며 박쥐 출현을 신기해 했다. 그리고 방으로 향했다. 내일의 출발을 위해 충분히 자둬야겠기에!

2006. 10. 13.(금) 맑음
피라미드 스핑크스에 부는 바람

이리저리 사람들과 차가 몰리는 시내 교통 정체는 피라미드로 가는 우리 일행을 움찔움찔하게 만든다.

중앙선이 대부분 없고 경적소리만 요란하다.

30여 분을 달리니 빌딩 뒤로 거대한 피라미드 상체가 보인다.

그 오르막길 곳곳에는 돈을 받기 위해 만든 검색과 절차들로, 눈빛이 예사롭지가 않다.

우리 돈 25만 원 정도를 주고서야 티켓이 나오고 주변 취재가 허락됐다.

두 사람이 우리 곁에 따라붙으며 이런저런 과정으로 한 시간을 지체하고서야 거대한 돌무덤 촬영이 가능했다.

관광버스와 낙타의 운반 수레가 5000년 전에 축조되어 수십만 평에 달하는 왕족 무덤 주위 돌길을 버걱버걱거리며 달렸다.

거의 직사각형의 수m짜리 황돌로, 20년 간이나 축조된 거대 무덤이었다. 높이가 150m에 달하는 태양 아래의 삼각산 무덤인 것이다. 바로 아래엔 60년 전에 카이로 회담이 있었던 흰 건물이 아직도 노쇠한 모습으로 버티고 있었다.

2차 세계대전을 종식시키면서 승전국들이 거드름을 피우면서 이 피라미드에 부는 바람을 쐬어가며 지도선을 그렸을 것이다.

두 번째 무덤 가운데에는 도굴꾼들이 드나들었다는 땅굴이 이방인에게 공개되었다. 물론 입장료는 따로 받는다.

취재장비는 불허했지만 들어가 보기로 했다. 길은 외줄기, 지하로 통하는 길은 숨통을 조여왔다.

환기가 전혀 안 되고 캄캄한 지하 동굴의 길을 걸으며 무서움이 엄습해 왔다. 땀으로 뒤범벅이 된 사람들이 초죽음이 다 되어 올라오고, 뒤에서는 계속 밀어대니 이건 산 자들의 생사의 갈림길이었다.

나는 지하 갱도 중간쯤에서 걸음을 되돌리고 말았다. 도저히 내 심장이 견딜 수 없어서였다. 밖으로 나와서는 한참을 심호흡하며 악몽을 견뎌야만 했다.

우리 일행 두 명 즉 김진우 기자와 조용인 씨는 30여 분 만에 나와서는 주저앉아 온몸이 땀에 젖은 채 헐떡이고 있는 것이 아닌가. 나에게 안 들어가길 천만다행이라면서 말이다.

유럽에서 온 관광객인 여성은 거의 사경을 헤맬 정도로 한참을 고통스러워 했다. 환기가 안 되는 캄캄한 지하 갱도 속으로 관광객을 밀어넣기만 하는 그들의 몰염치한 상술에 분노가 치밀었다. 그리고는 피라미드 입구에 버티고 선 스핑크스 돌상으로 내려가 바라보니 붉은 황색 바람이 벌판 한복판을 휩쓸고 지나간다.

스핑크스!

얼굴은 사람상이요, 네 발은 사자발이다. 뒤편에는 왕조의 무덤을 지키라는, 수호신으로 축조된 장승 같은 조형물이 정면을 응시하고 있다. 아니, 일순간 거대한 사람 동상을 연상시키기도 한다. 그 앞 제단의 건축물은 웅장하다. 하늘과 무덤, 현기증이 날 정도로 장대하다.

얼마나 많은 인간들이 동원된 노역의 결과란 말인가.

아스라이 수십만 군중들의 소리가 들리는 듯하다.

수십만 평 저 왕조의 무덤을 위해 가공한 돌조각은 끄떡없이 버티고
있다.

붉은 황색 바람도 예전이나 지금이나 왕조의 무덤을 휘감아 돌고
돈다.

취재진은 그 언덕을 내려오며 시끄러운 차량 경적 소리에 눈을 감고
그 옛날 바람 소리나마 들으려고 애를 썼다.

2006. 10. 14.(토) 맑음
나세르와 유적지

이집트 수에즈 운하의 아버지 나세르 대통령 박물관을 찾았다.

50여 년 전 경이로운 대운하를 국유화로 선언해 나일 강을 생명의 강으로 만들어 놓은 그는 이집트 근대화의 주역이었다. 빛나는 눈에서 카리스마의 광채가 번뜩였다.

영웅들이 대개 그러하듯, 우람한 체구의 그가 소탈하면서도 과감한 행동가였음을 한눈에 보여준다. 당시의 군복, 평상복을 입은, 색바랜 사진첩 속의 그는 불굴의 의지와 욕망으로 가득차 보였다. 그런 그도 쉰두 살에 심장마비로 세상을 떠났다. 짧은 생애 긴 여운을 남기고 운하 속에 잠든 위인이었다.

나일 강에 위치해 있는 그의 유물관은 명성에 비해 너무 초라해 보였다. 조경, 건물 입구와 그 주변도 엉망이었다. 왜일까, 현존 대통령의 독재에 눈과 귀, 발들이 집중되다 보니 과거의 위인들을 생각할 틈이 없는 것일까. 그럴 여유는 충분하리라 생각되는데 이해가 안 된다.

물론 추측일 뿐이지만 모든 호텔, 관공서, 유물관 등 요소요소마다 장총과 권총을 소지한 보안요원들이 눈에 많이 띄는 것이 내 추측을 뒷받침하고 있기 때문이다. 그들이 무바라크 독재자의 호위군사로밖에 느껴지지 않는 것은 나뿐만이 아니리라.

오후에는 오벨리스크라는 수천 년 수호신 기념비를 방문했다. 삐쭉한 돌타워가 전부인 이 곳에 무장경비가 무려 10여 명이나 배회하고 있었다. 조장은 우리 일행의 취재에도 아랑곳없이 잔디에 누워 잠에 빠져 있었다.

이 유적지의 유물들 대부분이 유럽의 점령국 시대에 그곳으로 빼돌려져 돌아오지 않고 있다. 그래서 우리나라의 처지와 비슷한 점이 많아 보였다. 어제 피라미드 왕조의 시신이 도굴꾼들에게 약탈당한 것을 보니 아무리 거대한 스핑크스 수호신도 어쩌지 못하고 마는, 초라한 무덤의 흔적임을 깨닫는다. 결국 그 후손들이 지키려는 의지와 능력이 없는 문화재는 산산히 쪼개져 없어지고 만다는 사실을 확인했을 뿐이다. 한때 주둔지 병사들이 사격장으로 그 타깃을 삼았던 스핑크스, 경악할 일이다.

오늘 나세르 대통령 유적지나 신전 유물들이 소홀하게 방치된 채 1인 독재의 망령만 힘을 발휘한다는 사실이 이방인들 눈엔 측은함으로 다가온다. 지킬 수 있는 능력, 그것은 시민의 자유와 창의력 없이는 불가하다는 것을 이 독재자는 알았으면 한다.

이집트 룩소르시 서쪽에 있는 합셋수트신전.

2006. 10. 16.(월) 맑음
카메라부터 압수하는 이집트 박물관

카이로 시내 중심가에 있는 이집트 박물관을 찾았다.

수십 명의 경찰들은 웬일로 들끓어댈까.

입장부터가 번거로왔다. 모든 종류의 카메라는 압수되어 보관되어졌다.

1, 2층의 전시물은 고대유물 일색이었다. 5000년 전의 왕조부터 신조시대랄 수 있는 3500년 전까지 출토된 모든 것들이 신비의 세계로 끌어들였다. 정교한 돌의 연마와 철기 문화의 극치가 한눈에 들어온다. 순금으로 장식한 수십 미터짜리 신격화된 왕조상은 수천 년이 흐른 뒤 후대인들이 올려다보게 만들었다.

세계 문명의 발상지들이 이 동양권에서 세계로 퍼져나갔듯, 이 곳에서도 수천 년 전의 미라 모습이 우리 눈에 익은 그런 모습들이었다.

삼베로 된 '염'을 한 옷들이 똑같았다. 까마귀, 거위, 뱀, 양귀비꽃 등이 유물의 장식품에 선명하게 새겨져 있었다.

왕만이 수염을 한 석조를 만들 수 있었으니 위엄을 갖춘 모습을 강조하려 했던 것이 아닐까싶다. 200만 밤이 지나서야 만날 수 있었던 저 왕조상들이 내게 많은 이야기를 들려주는 듯했다.

저녁에 나일 강변을 속보로 시간 반을 걸었다.

차량의 휘발유 냄새가 강변을 뒤덮고 있지만 간간이 불어오는 강 바람을 맞으며 걷고 있었다.

남자차장들은 손만 들면 그때 그때 세워주고 태우고 그리고 차 문을
두드리면서 시내를 질주한다.

시내버스들은 우리 60~70년대의 그 모습 그대로다. 어디서나 경적
소리로 소란하고, 사람들은 미꾸라지처럼 잘도 비집고 다닌다.

청소부 아저씨가 손을 들어서 이방인인 나를 반긴다.

도로가 어지러울 정도로 엉망인 듯 보이지만 절묘한 질서를 유지하
면서 거리는 흐름을 유지하고 있었다. 수천 년의 역사를 간직한 시대
의 맏형 국가가 아닌가.

강변은 쓰레기로 지저분하지만 무심코 걸으면서도 지나는 이 인사
는 빼놓지 않는 예절 바람에 그 푸른 나일 강의 기적을 반드시 이루길
기대해 본다.

피라미드에서 나일 강까지 역사는 흐르고 흐른다. 5000년의 바람을
타고 말이다.

2006. 10. 18.(수) 맑음
룩소르 카르나 신전

두 시간의 휴식을 취하고 카르나 신전으로 향했다. 3500년 전 람세스 왕궁과 신궁이 공존했던 터로써 그 규모와 전해내려오는 과정에 경악을 금치 못하다.

흙과 돌로서 구워만든 우람한 기둥들, 왕과 왕비상이 나폴레옹시대에 도둑질당한 흔적들……. 이런 많은 유물들이 유럽박물관에 존치한다 하니 당연히 있을 곳에 와 있어야 그 역사적, 교육적 가치가 타당하리라.

수만 평 대지 위에 돌을 깔고, 깎고, 새겨 놓은 상형 문자판에 눈길을 옮기는 곳마다 수천 년 전의 인물과 대화가 오고가는 곳이다.

그때 그곳에서 몸을 씻었다는 호수가 장방형으로 물을 담아 버티고 있으니 호수는 역사를 포용하고 있다고나 할까.

입구에는 양의 몸체를 가진 수호신이 수십 개나 늘어서 있다. 그러나 룩소르 신전에서는 양이 아니고 스핑크스처럼 사람 머리에 사자 몸체를 한 수호신이 100여 개나 줄 지어 지키고 있었다.

이 모든 신궁터 유물이 지금까지 존치 가능한 이유 중 하나가 비가 오지 않고 건조한 땅이기에 가능한지 모르겠다.

그 많은 금세공품 분량과 돌에 새긴 문양의 정교한 모습들이 그 시대의 문화와 경제 규모를 짐작하게 했다.

도대체 왕의 권위와 존재가 무엇이기에 이 신궁을 돌아보는 데만 몇 시간을 할애해야 한단 말인가.

인구 10만이 채 안 되는 소도시 룩소르 거리는 관광객이 날로 늘어나 말똥냄새가 진동하고 대형 관광버스가 줄을 잇고 호텔도 만원이다. 관광객 대부분이 유럽쪽 사람들이다.

그네들은 자신의 조상들이 남의 나라 유물을 허락도 없이 가져간 흔적을 보고 어떤 생각을 할까.

지킬 수 없는 것들이기에 자기들이 보관하고 있다면 원래 위치에 이제라도 옮겨 놓아야 함이 맞지 않을까?

이 소도시가 국제 관광도시로 거듭나길 기대해 본다.

이집트 룩소르신전.

2006. 10. 19.(목) 맑음
기구를 타고 5천 년 역사를 내려다본다

새벽 4시경 룩소르 시내 서쪽에 있는 마을로 차를 몰았다.

소, 당나귀, 말들을 키우며 넓은 들에 옥수수 농사를 짓고 있었다. 그 들판에 대형기구 수십 개가 떠 있었다. 그것은 관광객을 태우고 왕들의 무덤 계곡을 보여주기 위한 기구들이었다.

우리가 탄 기구는 20여 명이 탈 수 있는 규모로써 서 있기만 하면 불꽃을 터트리며 올라갔다. 평원을 돌고 돌았다.

수십 명의 왕과 고관대작들이 묻혀 있는 붉은 계곡은 신전 밖에 지어놓고 그 안에서 영면을 한 상태로, 아직도 미궁 속의 무덤이다.

기구는 40여 분을 배회하더니 어느 옥수수 밭에 불시착했다.

괄괄한 기구 기장은 아무 설명도 없이 불시착해 놓고는 즐거웠냐고 웃어대기만 한다. 우리가 얼마나 조바심 쳤는지 알기나 할까.

얼마 후 농로를 따라 우리를 태우고 왔던 관광버스가 비집고 들어왔다. 취재를 마친 우리는 식사를 하기 위해 아침 햇살이 싱그러운 나일강변을 따라 호텔로 향했다.

오후 들어 그 곳 서안 왕들의 계곡을 도보로 찾았다. 람세스 3세 등 큰 무덤 세 곳을 들어가 봤다. 맨 안쪽으로 내려가다 보면 누런 화강암으로 견고하게 만들어진 왕의 관을 볼 수 있다.

관 속을 들여다보자 바닥엔 여신상을 깔아 놓았고 관 뚜껑 안쪽에도 똑같은 여신상을 조각해 놓았다.

죽어서도 여신이 지켜주리라는 믿음 때문이었을 것이다.

환기는 안 되고, 부장품실 등이 딱딱 맞게 파져 있고, 상형문자, 그림 등과 천장에는 별들을 총총히 그려 놓았다.

어느 묘실 입구엔 허공다리를 구축해 놓아 약간만 헛디디게 되면 추락하여 4~5m 밑으로 처박힐 것 같았다.

헉헉거리며 빠져나오자 계곡에서 붉은 황토 바람이 스쳐 지나고 도마뱀이 젯트기처럼 지나 다녔다.

관광객들을 왕복 트레일러 교통수단뿐인 계곡으로 연신 실어 나른다.

저녁 5시발 애스원 시까지의 기차는 4시간 반이 지연되어 9시 반에 출발을 했다. 기차역 돌벤치에서 준비해 간 한국 도시락을 네 명이 양반 다리를 한 채 먹었다.

돌이 화덕처럼 뜨끈뜨끈 했다. 낮에 달궈진 온돌 돌벤치였다. 연신 반찬 하나를 달라면서 보채는 거리의 노숙자들 때문에 식사를 서둘러 마쳤다.

애스원 댐이 있는 시내 호텔을 향해 차를 타고 배를 타는 등 세 시간을 달려 이스이스 호텔에 닿았다. 취재내용을 정리하고 두 시가 넘어서야 잠을 청했다.

2006. 10. 22.(일) 맑음

람세스 2세가 안녕이라고 말하다

그 유명하다는 아부심벨 신전을 보기 위해 보약 같은 잠을 줄여야 했다. 자정에 집합시켜 전 관광객을 차량 수십 대에 나눠 싣고는 동시에 출발했다.

고속도로 입구에 있는 누비안 박물관 앞에서 출발하여 칠흑 같은 어둠 속을 뚫고 사막을 지나갔다.

검은 별자리판만 끝없이 펼쳐진 누비아 사막의 밤, 거칠게 운전하는 기사들의 경쟁 속에 불안해하며 잠을 설친 채 현장에 도착하니 새벽 4시 30분, 사람들은 서둘러 나일 강변에 있는 신전의 장관을 보기 위해 람세스 2세가 버티고 있는 대형 신전 안으로 들어갔다. 그러나 사전에 연락이 없었기 때문에 허가할 수 없다며 아침 6시 30분 이후에나 들어갈 수 있다 한다.

어제 누비안 박물관 취재 때에도 500불 이상을 요구하여 취소하고 말았는데 낭패였다. 하는 수 없이 기다렸다가 일출 이후 들어갔다.

벽화와 상형문자들은 자세히 훑어보았지만, 맨 안쪽 신전 상을 비추는 그 빛은 놓치고 말았다.

아침해와 신전이 만나는 빛의 강렬한 교감을 이 독재자 군주도 갈망하지 않았을까.

이것도 옮겨놓은 동산처럼 커다란 신전이기에 어디까지 믿어야 할지 궁금하기만 하다.

올 땐 검은 길이었지만 갈 때는 하얀 모래사막뿐, 우리 일행을 실은 차량 한 대만이 외길인 아스팔트 위를 쌕쌕이처럼 달렸다.

비몽사몽 잠을 자다가 밖을 보다가 그러는 사이!

오후에 휴식을 취한 뒤 호텔에서 운영하는 나일 호를 타고 이곳저곳을 돌아다녔다. 이 호수 같은 강이야말로 이집트 나라를 살리는 수호신이다.

아프리카 남쪽의 탄자니아와 우간다국에 걸쳐 있는 빅토리아 호수가 그 발원지라 할 수 있는 이 물이 지중해로 빠져 나가는 6,400km에 이르는 나일 강, 이곳 애스원 댐까지의 물은 오염이 덜 돼 맑은 편이다.

고기도 제법 잡히고 강가엔 왜가리와 흰 황새들이 고기 낚기에 여념이 없는 평화로운 풍경이 펼쳐진다.

젊은 태양은 종일토록 강물과 만나 원색의 교감을 이루고 있으니 페루카와 유람선은 끊임없이 강나루를 오르내린다.

좋은 인프라 구축과 관리체계만 제대로 세운다면 낙원의 호반 도시가 가능한 애스원 시가 되리라 믿는다.

적어도 카이로 시내와 룩소르 시와는 전혀 다른 신선한 공기를 보유하고 있는 천연자원이 있기 때문이다.

2006. 10. 23.(월) 맑음
나세르가 건설한 애스원 댐을 가다

홍수로 범람하던 나일 강, 이집트 상류지역에 두 개의 댐을 건설하여 지금의 평온한 강으로 만든 인간의 지혜 현장을 찾았다.

나세르 대통령 시절에 좁은 강을 막아서 생겼다 하여 나세르 호수라 했다. 드넓은 평원이 물바다로 변한 것이다.

댐 소장은 홍수를 조절하고, 농업용수 등을 적절하게 공급하기 위한 사업 등을 장황하게 설명했다.

목감기가 하도 심해 사이다를 주는 데도 목을 적시기가 싫어서 의자 모서리에 밀어놓고 나왔다. 어제 저녁에는 조용인 후배가 호텔방 바닥에 물수건을 깔아놓았다. 그래서인지 코와 입이 뚫리면서 훨씬 덜한 것 같다. 코피가 터져 당황한 탓에 얻어 들은 대로 응급처치를 한 셈이다.

이곳 열대 아프리카 지방에 오면 겪어야 하는 통과의례 중 하나가 목감기와 기침이다. 허나 업무차 우리 스케줄에 맞추어 진행해야 하는 관계로, 기침이나 목감기는 여간 성가신 존재가 아니다. 더위를 피하기 위한 에어컨 바람에만 의존하자니 차고 건조함으로 목감기를 유발시킨다. 서울에 가야 나을 것 같은 기분이 든다.

이곳엔 한국식당이 없어 하루 세 끼를 이집트 식당에서 닭다리 튀김과 해물탕을 먹었다. 그 중 해물탕은 얼얼하기만 하고 개운치가 않아서 한 번 먹어보면 다시 먹기 싫어지는 음식이다.

13일째가 되니 모두 맥이 빠지고 그늘에 들어오면 잠이 쏟아졌다. 옷

속으로는 땀이 흐르면서 졸음이 오는 특유의 날씨다. 서로 추스르면서 용기를 주고 배려하는 마음이 간절한 때다.

취재 도중 카이로행 비행기 일정을 낮 2시 40분으로 당겼다는 말에 갑자기 짜증이 났으나 꾹 눌러 참은 것도 서로 배려하는 마음과 관용을 베풀기 위함이었다.

급히 서두르는 것보다 차근차근 진행해야 한다. 많은 장비와 챙겨야 할 일정을 확인, 점검하는 일이 빠져서는 안 되기 때문이다.

애스윈 비행장은 어수선했다. 해서 통과절차도 어설프게 부산하고 중복적이었다.

어떤 이는 맨발로 서 있다가 황급히 물건들을 찾아오는 웃지 못할 일도 공항 검색대에서 벌어졌다. 누런 먼지가 날리는 카이로는 매일 황색 경보 날씨였다. 1시간 반의 흐름 차이에 딴 세상이다.

오! 나일강

아프리카의 거대한 붉은 흙더미 사이로
태양을 담은 검은 보석의 한 줄기 나일 강,
그 長江은 6,400km.

외줄기 뻗어내린 사막 하구마다
북적대며 동네를 만들었네
그래서 흙을 쌓고,
번식을 하고,

126

회교사원 〈모스크〉도 높이고…….

빅토리아 호수에서 지중해까지
검은 강은 검은 피부를 낳고,
역사의 연인 클레오파트라는
사랑을 낳고,
아!
피라미드에 부는 흙바람은
오천 년의 나일 강변에서
강물로 흐른다네.

(2006. 10. 27. AM 1시, 이집트 취재 귀국 비행기 안에서)

고색창연한 옥스퍼드 대학촌

오밤중에 찾아든 한인 민박집에서의 하루가 시작되다.

1, 2층 침대는 휘청거리고 모든 방송장비를 바닥에 늘어놓고 보니 너무 비좁아서 행동을 조심해야 했다. 너무 비좁은 탓에 방송장비에 어깨, 팔꿈치 등이 부딪혀 멍이 들었다.

목조 계단과 열악한 화장실, 소음 등이 호텔생활과는 멀기만 한 환경이다. 30여 명의 민박인들이 동거하는 곳에 샤워실 겸 화장실이 두 곳밖에 없다 보니 잽싸게 들어가서 샤워를 해야 했다. 그래도 대부분의 젊은이들이 배낭여행객들로 그 열정에 매료되었고 전문요리사의 아침식사는 서울 식단 부럽지 않았다.

하루 요금이 7만 원 꼴로, 비싸다고도 싸다고 할 수도 없다. 런던의 물가를 알기 때문이다.

시내 취재는 템즈 강과 국회, 트라팔가 광장의 인파 속 넬슨 제독을 만나는 것으로 끝이 났다.

넬슨 제독이 나폴레옹 군단을 쳐부수고 마지막 전투 중 저격수 총에 사망했다. 넬슨 제독과 이순신 장군이 비슷하다는 말을 전해들은 일본 해군 제독이 조선의 영웅인 이순신 장군과는 비교할 수 없다는 평가를 내렸다는 일화가 전해져 오기도 한다. 넬슨 그 분은 광장 드높이 서서 시내를 내려다보고 있었다.

오후엔 런던 서북쪽 두 시간 거리의 옥스퍼드대학가를 방문했다.

붉은 벽돌과 유서 깊은 역사의 유구함이 절절히 배어있는 고색 창연한 건축물로 칸칸이 자리하고 있었다. 수려한 나무보다는 학문의 공간으로써 창틀 하나, 전등 하나가 학구 열기로 연결되어 수백 년을 빛내고 있는 것이다.

만유인력의 법칙을 발표한 아이작 뉴턴 대학자도 이 학교를 드나들면서 사색하고 연구를 했다니 1000년 가까운 학교의 역사에 고개를 숙인다.

누런 황토빛이 주류인 학교 건물 하나하나가 원형 보존에 온 힘을 기울인 정성이 묻어났다. 학교 주변 모두가 작은 도시를 형성하면서 교외에서 오로지 학문의 공간으로서 역할을 다하기 위해 많은 노력이 있었을 것이다.

유명대학 모두가 런던에서 멀리 떨어진 곳에 위치해 학문의 길로만 통한다는 안내자의 말이 수긍이 가고도 남는다. 우리도 그들을 타산지석으로 삼아야 하지 않을까?

어느덧 오색이 깜빡이는 수은등 불빛이 대학촌 거리를 하나 둘씩 수놓기 시작했다. 조용한 변화와 아늑함이다.

성필규씨 안내로 저녁식사를 하기 위해 찾아 들어간 카페가 마음에 쏘옥 들었다. 1, 2층이 목조 공간으로써 적당한 소음의 사람들 소리와 맥주잔 부딪히는 소리, 하루의 노동을 내려놓고 맘 놓고 수저를 들면서 좋은 사람들과 대화를 나누는 따스한 눈빛들이 충만하고, 수백 년 전통의 식당 역사가 사진과 그림에 그대로 담겨 있어 내 시선을 오래도록 머물게 했다.

경쾌한 써빙걸의 웃음과 함께 맥주, 치킨, 쇠고기구이를 푸짐하게 올려놓고는 일주일 만에 넷이서 갖는 단합대회를 과시했다. 꼭 다시

오고 싶은 훈훈한 공간이었다.

서울에도 이런 집이 있다면 가족과 함께 꼭 가보고 싶은 그런 집이다. 대부분 이중 문으로 된 화장실 공간과 뜨거운 온수 제공이 점잖은 나라 영국을 보여주는 듯하다. 요란하지 않은 학문의 전당과 작은 도시에서의 일상의 모습들이 우리를 매료시켰다. 그 마을 대학촌을 떠나올 때 아쉬움이 발목을 잡았다.

2010. 9. 18.(토) 구름

폭풍의 언덕, 웨일즈에서

소설 속 주 무대인 웨일즈 지방으로 출발했다. 다섯 시간의 여정이다.

숲을 이루다가도 긴 능선의 언덕으로 이루어진 웨일즈 지방은 2차선과 4차선이 교대로 이어지며 평원을 이루고 있었다.

폭풍 정도는 아니지만 바람은 언덕 계곡을 타고 출렁였다.

오고가는 긴 'S' 자 도로가 우리를 설레게 한다. 이 바람을 보기 위해 이 긴 여정을 택했나 보다. 이곳저곳에 고대 성곽들이 많기도 하다.

그 중 트레타워 성 마을을 방문해 스위스 산장처럼 신선한 꽃과 별장들을 본다. 그 옛날, 이 곳도 부족 간에 그 얼마나 치열한 전쟁의 삶을 이어갔는가를 성벽 두께가 말해주는 듯하다.

저녁에 바람이 많이 부는 포스콜 해안길을 따라 웨일즈의 수도랄 수 있는 '카디프'에 도착했다. 간신히 이태리 식당을 찾아 지하로 내려가니 한 처녀의 결혼식 전야 축제가 열리고 있었는데 어찌나 소란스럽게 떠들고 웃어대는지, 우린 피자와 양고기 요리를 뚝딱 해치우고 밖으로 피신하듯 나왔다.

축하해야 할 분위기지만 괴성에 가까운 환호이다 보니 우린 피곤함에 식사 분위기를 망쳐버린 것이다.

걸으면서 우리들은 "저렇게 먹어대니 웨일즈 처녀들 모두 뚱뚱보가 될 수밖에"라며 웃었다. 세 시간의 이동을 끝내고 나니 자정이 훨씬 넘어선 시간이다.

2010. 9. 21.(화) 쾌청(런던)
그리니치 천문대와 추석

일어나 보니 대원 중 유광석 기자의 얼굴이 창백하다. 머리가 아프고 체한 것 같다며 진통제와 소화제를 요구한다. 타국에서의 설움이 이런 것이 아니겠는가. 국물을 뜨는 둥 마는 둥 약부터 찾는 폼이 여간 고통스러운 게 아닌가 보다. 그러나 취재 현장으로 가야 할 시간이 다가와 런던영화인들의 미디어협회(BFI) 행사장으로 향했다.

여러 행사 중 눈에 띄는 것은 몇 명씩 그룹 토론을 하고 각자 발표를 한 다음 진행자는 일일이 메모를 했다. 모두 존중되면서 최대 공약수를 찾아 협회 발전 방향을 찾아보는 그들의 열정에 민주주의 원조 국민다운 토론 문화를 확인하고 부럽기도 했다.

오후엔 시내 중심지인 숙소에서 30분 거리에 있는 그리니치 천문대로 향했다. 작은 돔이 있는 건물과 날짜, 시간을 조정하는 관측대, 태양광 실물 확대기 등 교과서에서 많이 보았던 곳인데 의외로 소박하고 작은 공간이었다. 그 밑으로 펼쳐진 푸른 잔디 광장에는 포플러 나무와 커다란 도토리나무들이 그 거대함을 뽐내며 날 유혹했다. 한 시간의 자유시간을 갖기로 했다.

겉옷을 벗어젖히고 한 바퀴가 속보로 1,000보 되는 코스를 걸었다. 걷기 좋은 코스다. 유난히 크고 실한 도토리 열매가 풀섶으로 떨어지자 잿빛 청솔모가 펄펄 날며 주워 먹기 신나는 모양이다. 10,000보를 채우는데 딱 맞는 천문대 뜨락의 공간이다.

여유 있게 민박집에 도착하자마자 욕조에 물을 가득 채우고 온몸을 담갔다. 오늘이 추석 전날이라는 생각이 들자 떠오르는 얼굴, 어머님이었다. 저 세상 분이 되신 지 2년이 됐건만 늘상 내 곁에서 함께하신 분, 난 눈을 감고 중얼거렸다.

"천지신명 조상님들 그리고 어머님, 올 추석에는 못 찾아 뵙네요. 불초소생(不肖小生), 불효를 용서하시옵고 이 세상 가장 검소한 과일 몇 개와 냉수로서 절을 올리오니 받아 주시옵소서" 그리고 온몸을 유난히 구석구석 깨끗이 씻어낸 다음 '조상님 차례상'이라고 백지 위에 써서는 차례상 맨 위에 붙였다.

밤 9시가 돼 가고 있으니 고향은 새벽 5시, 나 홀로 절을 올리고 긴 묵념을 드렸다. 취재진 모두가 기독교인지라 나 혼자 제사를 올렸다.

추석 날이면 매년 나의 어머님께선 7남매와 남편의 추석 옷가지들을 검은 장롱에서 꺼내어 하나하나 입는 것까지 챙기시던 그런 분이셨다.

각자 두루마기 맵시며 행전이 어떠해야 한다면서 옷고름을 매어주시던 늙은 나의 어머닌 이 세상에 안 계신다. 특히 발목에 행전을 칠 때면 투박한 질그릇 같으시던 당신의 검은 손으로 이렇게 매어야 한다고 돌려 쳐 주시던 어머님! 천국에서 내려다보실 나의 어머님.

창문 밖을 바라보니 런던 도착시엔 배부른 반달이었던 모양이 보름달이 되어 나와 마주한다.

기미 낀 모습이 토끼가 떡방아 찧는 모습과 똑같다고 어릴 적엔 생각했었다. 그런데 지금은 그늘진 보름달로 보인다.

꿈속에서라도 내 고향 동네 맞은편 동산으로 오늘 밤은 올라가야겠다. 그리고 '찔레꽃' 노래나 꿈속에서 맘껏 불러보자.

런던 그리니치 천문대 앞 잔디광장.

취재현장 · 국내

1984년~2010년

여의도에서 교황이신 요한바오로 2세.

1984. 5. 5.(토) 맑음
지척에서 본 교황 요한 바오로 2세

"참, 예수"

우리나라 성직자들과 서강대학교 강당에서 만난 그분의 첫 마디다.

40여 분이 지체된 시간에 성 베드로의 후계자, 10억 가톨릭 신도의 지도자가 출입문으로 나타났다. 어린아기 같은 피부 빛깔, 불그레한 귓불, 하얀 머리칼, 고운 손짓, 걸음걸음마다 '비바(viva) 파파(papa)'라 부르면서 따르는 그분은 정녕 성스럽고 눈물 맺히는 사랑의 나눔이었다. 두 손 합장하고 성판에 서 있는 교황을 바라보는 눈망울마다 고요함이, 감동의 눈물이, 믿음이, 겸손함이, 진실함을 담아 다같이 사랑을 노래하고 있었다. 교황께서는 똑바로 서서 50여 분을 강론하시며 우리 모두의 현실이 아무리 고달프고 시련이 있더라도 같이 손잡고 나누자고 설파하신다. 끝으로 고향인 폴란드 민요풍의 성가 합창을 듣고는 당신 고향 사람보다 더 잘 부른다며 성호를 그었다. "참 예수" 참 흐뭇한 하루가 계속된다. 밤 9시부터 문화계 대표들과도 만난 교황은 이낙훈씨 사회로 진행된 모임에서 또 한 번 뜨겁게 소통하였다.

어둠이 짙게 깔린 서강대학교 교정의 도로변에서는 떠나는 교황을 향해 존경스런 마음을 담아 인사하고 손을 흔들었다. 그것은 받는다는 진리의 표현이리라. 환한 웃음속 예수의 아들임에 틀림없다.

1986. 11. 15.(토) 맑음
17중 추돌사고 현장을 발견하고

삶과 죽음의 현장을 목격하고 팔이 아픈 것은 아무것도 아니라면서 지옥에서 빠져나온 듯 오늘 새벽의 일을 끔찍하게 생각하는 것이다.

취재 출동시각은 새벽 1시였다. 인천(仁川) 진입로 내 10중 충돌사고 제보가 날아들어 급히 현장으로 달려갔다.

충돌사고 현장을 발견하고 급(急)브레이크를 밟았는데, 속수무책으로 미끄러져 우리 취재차가 17중 충돌사고의 피해 차량이 되고 말았다. 그리고 뒤를 본 순간 8톤 대형 트럭이 우리에게 다가왔다.

문은 안 열리고 공포의 전율뿐, 다행히 트럭은 1미터 거리를 두고 우리차 뒤에 멎었다. 어느 못된 사람이 고속도로에 폐유를 흘리고 가 버려 17중 충돌사고가 발생한 것이다.

현장으로 급히 달려온 김형태 시경 출입기자도 기름노면 위로 미끄러져 노발대발하고, 이선재 경찰기자도 절룩거리며 상황 파악에 동분서주하고, 우리 정욱씨와 남기문씨도 간신히 현장을 빠져나갔다.

어쨌든 이리저리 몇 시간 동안 간신히 현장 스케치하여 아침뉴스에 내보낼 수 있었다. 범인은 오리무중인 채 20중 추돌로 이어졌다. 악몽 같은 밤이었지만, 사고 현장을 생생하게 전할 수 있어서 나름 위안을 삼았다.

1989. 7. 4.(화) 맑음

전쟁터

전국대학교협의회(全大協)의 출정식.

평양 축전에 참가(참관)하겠다며 강경한 집회를 열다. 한양대 교정에 서다.

맞서는 전경은 같은 또래인 혈기의 진압군이다. 전쟁의 한 장면임에 틀림없다. 학교 층계마다 신나를 뿌리고 책·걸상으로 바리케이트를 쳐 놓았다. 옥상에서는 8백여 명의 학생들이 구호를 외치고 마스크를 한 채 살기가 등등하다.

오후 4시경, 아카시아 나무 비탈길을 뚫고 병원 옆 보도를 내달리기 시작하는데 전경들은 숫적으로 어림도 없다.

순간의 사태에 수백 명은 시내로 잠적하고 몇몇 학생들은 전경에 끌려 경찰차인 닭장으로 연행되다.

쇠파이프를 휘두르며 달려드는 선봉대 데모군단들의 모습이 정말 가공하리만치 두려웠다. 전경의 참패로 끝난 한 판이다. 한양대 골목에서 어머니들이 안쓰러움에 눈물을 흘렸다. 언제까지 우리는 이 무서운 공방을 바라보며 눈물을 흘려야 하나. 학생, 전경, 언론인 모두 눈물을 흘린 하루다.

1990. 4. 30.(월) 맑음

언론인 구속

333명의 언론인(人) 구속, 대량 학살과 다름 없는 일이 우리 동지들에게도 자행되고 말았다.

공권력으로 한국 언론의 심장부에 먹칠하고도 어찌 이 나라가 밝게 빛나리요. 심야 11시 30분에 공채 동료들인 '임찬식, 이중완, 강형식 동지들을 서초경찰서에 강제 투옥시키는 언론 탄압의 진수를 보여줬다. KBS 본관 사무실 계단의 운동화 발자국이 로마군단의 돌격대처럼 순식간에 민주(民主) 광장의 400여 동지들을 휩쓸었다. 그리고 강압적으로 닭장차에 집어 처넣었다. 비극 중 비극이다.

권력의 하수인들이 국민의 입을 봉할 요량으로 언론인을 투옥시킨 사건이다. 전면 제작을 거부한 지 19일째로 통한의 언론 장악의 날인 것이다. 민주 광장에 꽉 들어찬 방송민주화 동지들이 눈앞에 어른거려 밤잠을 못 이루는 밤이다.

1994. 8. 14.(일) 맑음
서울대 상아탑 아래에서

　일요일에 종일 대기상태로 빈둥거리며 TV를 바라보았다. 그러다가 저녁에 일복이 터졌다. 서울대학교의 야간 상황이다.

　수천이 넘는 학생들의 집회 세력과 맞대응하는 경찰의 응전이 심야에 이루어지다. 밤 9시에 서울대학교에 도착하니 상황이 살벌하게 돌아가고 있었다.

　이중우 후배가 하루종일 대기했지만 아무 일이 없다가 내가 도착하자 정문 앞에서부터 최루가스와 쇠파이프가 정면에서 맞붙는다.

　번쩍거리는 메뚜기 모양의 철모를 쓰더니 방독면에 방패로 무장한 전경들이 일시에 서울대학 내부의 긴 도로를 따라 횡대를 만들며 마구 숲 속으로 최루가스를 터트려댔다.

　숲 속엔 학생들이 우글우글 숨어 있다. 오디오맨 권태훈씨와 함께 깜깜한 숲속 연기가 자욱한 골짜기를 이리저리 휘젓는다.

　사이사이 보이는 접전을 카메라에 담기 위해 진땀을 흘린다. 물론 우리도 방독면을 썼다. 피부에 최루가스가 닿아 따갑게 파고드는 괴로움, 곤란한 호흡, 학생들의 돌멩이와 전경들의 최루가스 유탄을 피하기 위한 몸부림. 아, 이것은 이 신림동 골짜기의 대혈전(大血戰).

　뻥뻥 터지는 최루탄, 마구잡이로 휘두르는 쇠파이프, 그 순간만은 완전 무정부 상태, 무원칙의 혼란의 극치다.

　대치 국면이 자정까지 이어지더니 작전상 후퇴로 변경되면서 아침까지 소강상태를 유지했다.

밤새 가스(gas)가 자욱한 골짜기에서 빠져나와 낙성대 구멍가게 앞에서 아이스바(icecake)를 다섯 개나 먹고 한숨을 내쉰다. 아침이다.

가스(gas) 분진 여파로 시민들이 재채기를 한다.

전두환 정권 이후로 6~7년 만에 맡아보는 최루가스(gas), 재채기가 연신 터지는 취재차 안에서 조용히 눈을 감고 있었다.

밤샘 취재의 피곤함이 엄습해 우리 모두는 아침이 온 것도 잊고 있었다.

서울대 철골 상아탑 아래에는 어지러운 공방의 산물인 돌과 쇠파이프가 나뒹굴고 우리는 슬픈 아침을 맞는다.

서울대 야간집회장에서 방독면을 쓰고 취재.

1996. 8. 20.(화) 맑음

중앙청 돔을 깨부수다

    우리 민족을 말살하려던 사무실이랄 수 있는 중앙청(조선총독부)의 돔을 깨부수고 해체하는 현장 취재일.

    건물 꼭대기까지 올라가는데 얼기설기 설치한 비계 철주를 밟고 가는 과정이 여름 피서를 하는 양 써늘함으로 등골이 오싹하기까지하다.

    같이 올라간 역사학자들이 갑자기 건물 옥상에서 만세를 부른다. 일본 치하 식민지의 상징인 건물이 눈 앞에서 해체되니 나 또한 역사학자들과 똑같은 마음이다. 그 옛날, 조선시대의 근엄한 궁궐로 복원한다니 더더욱 의미가 있다.

    70년 이상 쌓인 먼지가 서울 하늘로 올라간다. 그것은 마치 치욕의 국치 순간을 이제야 조상님들께 향불로 사죄드리는 의식과도 같았다.

    우리의 포크레인으로 까부수는 현장은 마치 짓눌려왔던 그들에게 철퇴를 가하듯 비장하기까지 하다.

    중앙청이 사라지는 광경을 보면서 목에 걸린 가시처럼 불편했던 마음이 가라앉았다.

    이젠 강건한 나라로 민족으로 세계 역사에 우뚝 서는 노력을 게을리 하지 않아야 할 것이다.

1996. 10. 11.(금) 맑음

팝의 황제 마이클 잭슨 내한공연

　말도 많던 팝의 황제 마이클 잭슨 공연이 잠실에서 열리다.

　라이브(live) 공연 역사의 신기록을 세우며 월드 투어(world Tourd) 일환으로 한국에 온 것이다. 잠실 주경기장엔 몇 시간 전부터 수만 명의 인파가 운동장으로 밀려들기 시작하다. 드디어 몇 발의 폭죽이 터지는 가운데 잠실벌은 그의 노래와 현란한 춤의 율동에 열광하기 시작한다.

　중계방송에 지장은 없는지 관계자와 상의한 뒤 현장으로 잠입하여 그의 유명세를 확인하다. 깡마른 몸, 껑충한 키가 무대를 압도하면서 관객의 환호소리와 어우러져 한바탕 열광의 분위기가 연출된다. 나는 우리 일행(김남규, 권영창)과 그 배경으로 연신 스틸사진을 찍었다.

　한참이나 멍한 기분으로 몰입할 수밖에 없다. 스텝들과의 조화, 충분한 연습량 등이 엿보이는 라이브 쇼(live show)의 진면목을 보았다.

　가장 감명받은 노래는 역시 '빌리진' 이다. 열창, 열창이다.

　마지막에 탱크가 동원되면서 들려준 평화의 메시지를 위한 노래는 그가 투어(Tour)하는 목적을 보여주려 애를 쓴 듯하다.

　현존하는 최고의 가수답게 가창력 있는 그의 노래를 듣고 보노라니 대중의 영웅임을 실감할 수 있었다. 잠실벌에 그의 노래가 한없이 울려 퍼지는 초가을 저녁이다.

1998. 1. 15.(목) 흐림
재벌 총수들의 회의

　현재 경제난국의 직접적인 가해자이자 피해자라 할 수 있는 대재벌
총수들이 모여서 구조조정에 대하여 논의하는 자리에 밀착 취재를 담
당하다.

　먼저 정몽구 현대그룹 총수의 등장이다. 검버섯 투성이 얼굴로 눈을
껌뻑거리고 뚜벅뚜벅 걷는 모습이 마치 황소를 보는 듯하다. 그의 즉석
인터뷰는 답답함이 지나쳐 어눌하기만 하다. 단색 넥타이를 즐겨매며 옷
과 조화를 이루려 애쓴다. 다음에 이건희 삼성그룹 총수의 입장(入場). 발
소리가 안 난다. 뗑한 눈매에 속눈썹을 치켜 올리고 눈을 크게 뜬다. 목
이 푹 들어간 형상이 부친이신 고 이병철 회장 모습을 떠올리게 한다. 양
입술가엔 언제나 침이 약간 흘러 나와 있다. 윗입술이 아주 얇고 거의 시
선은 한 곳에 머물고 있다. 허스키한 목소리가 낮게 깔린다. 건강하게는
절대 보이지 않는다. 옷은 잘 입는 편이고 넥타이 색깔이 맘에 든다.

　다음에는 대우그룹 김우중 총수의 입장이다. 장기 해외출장 여파로
하품을 연신 해대고 가끔 깜박이는 눈이 특이하다. 백발의 모습에 치
아상태는 틀니를 연상케하는 모습, 약간 굽어보이는 어깨에 재벌 총수
다운 면모를 갖추고 있다. 웃을 때는 윗입술이 많이 드러난다.

　다음으로 LG의 구본무 회장 모습이다. 가장 젊은 40대 총수라서인
지 핸섬하고 깔끔하며 자기관리가 철저한 분 같다. 늦둥이를 근년에
봤다 하니 더더욱 젊어졌다는 평을 주위에서 듣는다. 아버지 구자경씨

보다 강인함에서는 떨어지지만 인자함과 덕장의 풍모가 부친보다 뛰어난 것 같은 인상이다.

　이 경제 난국을 푸는데 이 분들의 역할과 뼈를 깎는 자기반성과 노력 없이는 이 사태를 극복할 수 없다. 아직은 그런 단호한 결심이 보이지 않아서 다소 아쉬운 마음이 앞선다.

1999. 7. 9.(금) 흐림

청계천 복개천

긴 장화를 신고 우의를 겉에 걸치다. 마스크를 한 다음 카메라를 어깨에 메고 청계천 5km를 취재하기 위해 캄캄한 복개천 내부를 손전등을 들고 출발한다. 어느 교수의 논문조사 결과를 확인, 취재하기 위해서다.

청계 고가도로의 시멘트 기둥과 벽들이 허물어져 철근이 나오고 부식되어 헐리고 있다는 것이다. 시청 출입기자들이 그 현장으로 달려갔다.

한기봉 기자, 김성수씨, 서울시 시설관리공단 직원 3명. 양옆에는 1m가 넘는 생활하수 통로가 중랑천까지 이어져 흐르고 중앙엔 기둥들이 8열로 세워져 받치고 있었다. 시커먼 오수들이 흐르는데 냄새가 지독하다. 깊이가 허리까지 차오르는 곳도 있다. 청계천 넓이가 여의도의 반인 약 9만 평으로 들어가 보니 대역사임이 확인되다.

한 바퀴를 돌아 나오는데 얼굴이 땀과 눈물로 범벅이 되었다. 숨이 차오르고 청바지와 윗도리가 땀에 흥건히 젖고 손등 위로 땀은 줄줄이 물처럼 내려온다. 아침마다 시간 반씩 운동을 안 했던들 이 강행군이 퍽이나 고달팠으리라.

전체적으로 구조물들은 건재하지만 몇 군데가 부식되어 철골이 많이 드러나고 벽면이 떨어져 나오는 광경이 취재 앵글 속에 잡혔다. 그 대책과 보수가 시급하다는 것이 오늘 취재 결론이다. 파김치가 된 몸을 시청 옆 사우나실에서 풍덩거리며 냄새를 제거하고 귀사하다. 그 청계천 위를 차로 달릴 때면 나는 새로운 기분으로 달릴 수 있다.

1999. 10. 19.(화) 맑음

주님!
우리 현실은 너무나 각박합니다.
위기의식이,
불안이,
체념이,
허탈이 우리 모두의 마음을 무겁게 짓누르고
있습니다.
아슬아슬한 권력의 절벽,
무섭게 공허한 침묵의 심연,
칠흑 같은 불신의 장막,
이 장막을 벗길 빛은 없습니까?
저 절벽과 심연을 이을 믿음의 다리는
없습니까?

김수환 추기경의 저서 '우리가 서로 사랑한다는 것'

사랑이란

사랑은 抉心하는 것이다.
사랑이 힘든 것은
마음에서 抉心하지 않았기 때문이다.
사랑하는 것은 어렵다.
우리는 한 사람이라도 참으로
사랑한 적이 있었는지 생각해 봐야 한다.
사랑하고 용서하는 것은 어려운 일이다.
사랑하는 사람은 예쁘고 기쁘고
평화(平和) 속에서 살 수 있다.
그러므로 결코 포기할 수 없는 것이다.

인도의 성녀 테레사 수녀를
모두가 존경하고 사랑한다.
사랑을 실천했기 때문이다.
사랑할 때만이 참人間이 된다.
그리고 우리가 얼마나 많은
사랑을 받고 있는지 깨달아야 한다.

(김수환추기경 전국청소년축제 강연록)

2001. 1. 26.(금) 바람

얼음 인터뷰

소의 육질을 판정하는 기기를 발명했다기에 수원농진청 내 축산업
연구단지를 찾았다. 점심을 좀 뒤로 미루고라도 끝내자며 축사에서 취
재는 시작됐다. 아침운동 때만 해도 살랑이는 바람결하며 매서운 겨울
날씨 같지 않게 포근했는데 수원벌에 도착하니 폐부를 저며오는 바람
은 칼바람으로 바뀌어 옷깃을 여미게 한다. 웬만큼의 스케치(sketch)가
끝나고 취재는 종장에 해당하는 담당연구사 인터뷰로 시작되었다.

소를 배경으로 마이크가 채워지고 기자들의 똑같은 질문이 반복되었
다. 담당연구사는 축사를 휘감아 도는 동(冬) 장군의 찬바람이 여지없이
입을 동여매는가 보다. 인터뷰 때면 경상도 억양에 심하게 말을 더듬어
애를 먹었다. 열 번이 넘어가고 주위 사람들의 침묵이 그를 더더욱 얼
어붙게 만들었다. 침착하게 하시라며 안심을 시켰지만 막무가내로 엉
킨다. 배는 고파오고 온몸은 동태몸이어라.

한껏 자켓의 옷깃을 세운 김광국씨의 콧잔등이 아주 빨개졌다. 경상
도 억양의 강석훈 기자의 질문이 계속된다. 꼼짝 않고 서 있는 자세로 상
대와 응시하며 강 추위 속에 인터뷰를 끝내려니 기침도 나오고 콧물도
나왔다. 식당으로 향했다. 그는 내게 잘하셨다는 말도 못하고 못내 미안
한 감정을 수원 갈비집에서 연신 나에게 소주잔을 건네는 것으로 대신
했다. 늦은 점심에 소줏잔을 조금은 더 부딪힌 오후였다.

2001. 8. 13.(월) 비

서민(庶民)의 한(恨)

동대문 재건축아파트 공사 현장에 출동하여 그 문제점을 취재한다. 이주하지 못한 주민들의 아우성이 요란하다. 아직 전체가구 수의 반 이상이 남은 상태에서 빈 집을 때려 부숴대니 그 공포와 시끄러움이 극에 달해 원성이 높을 수밖에. 오래 돼서 재건축해야 되는 것은 누구나 동의(同意)하는 바지만 이렇게 서두름으로 남은 서민들에게 공포를 주어야 되는지 분통이 터졌다. 문제는 이렇게 개판을 쳐도 마땅히 단속할 법률 조항조차 없어서 공권력도 수수방관할 수밖에 없단다. 한심하다. 살벌한 주민의 항의와 조합측의 어깨패들이 대치하는 가운데 출동한 경찰은 힘을 쓰지 못했다. 우린 현장을 영상에 담고 인터뷰하여 취재를 마쳤다.

깡패를 동원한 현장을 목격하고 울분을 토하며 약자들인 서민의 보호법이 있어야겠다고 생각한다.

법보다 주먹이 가깝다는 말 앞에 서민(庶民)들은 한 언론사만을 의지한 채 우리들에게 갖은 수단으로 호소한다. 물론 깡패들은 취재진들에게도 행패 이상의 추태를 보였다.

그럴수록 내 앵글 화면은 독이 올라 그놈들 동작이 바로 찍혀 나온다. 비 내리는 재개발지역의 허름한 아파트단지를 빠져나오면서 내가 찍은 서민들이 9시 뉴스 시간을 장식해 힘 없는 서민들의 박수를 받아 볼까 한다.

2001. 10. 25.(목) 흐림

현장식당 벌레사건

취재길이 막히고 엉키는 날이 있다. 가는 곳마다 정체인 경우는 불안을 동반한 취재 현장임을 직감한다. 이런 날 카메라 앵글(Angle)을 잡노라면 끼어드는 화면으로 NG shot이 되기가 일쑤다. 인천(仁川) 공장 앞에 도착해 보니 12시 30분이었다. 취재원과의 식사 약속은 물 건너 갔고, 우리 넷이서 점심을 해결해야 한다. 물어보니 차를 한참 이동하기 전에는 도로공사 인부의 현장식당인 '함바' 밖에 없단다. 수십 명 분의 인부(人夫)들을 즉석에서 해먹이는 뜨내기 식당이다. 몽골인들도 10여 명이 앉아서 고봉밥에 푸성귀며, 김, 파김치 등을 먹고 있었다. 판자로 지은 허름한 식당이었다. 그러나 맛있겠다며 우리는 김치찌개를 시키고 유난히 맛있는 파김치를 많이도 먹었다. 식당 안이 훈훈해서인지 파리들이 많이도 보였다. 식사가 거의 끝날 무렵, 반찬 주위에 웬 벌레들이 기어다니질 않는가! 특히나 그렇게 맛있게 먹었던 파김치에서 작은 벌레가 많이 보였다. 이건 쇼크였다. 할 말이 없었다. 수저를 놓고 식사를 중단했다. 즉시 항의하자는 동료를 말렸다. 여기는 일선 노동현장 식당이란 것을 주지시키고 얼른 이 곳을 나가자고 재촉했다. 땀과 노동, 식당 아줌마들의 서민적인 얼굴과 후한 인심이 우리들로 하여금 이 사건을 묻어두게 하였던 것이다. 비록 오후 내내 우리들은 입 안에서 쿡쿡거리며 소리를 내고 다녔지만 웃음이 먼저 나온다. 이제는 함바에 가지 못하겠지만 그 건설현장 노동자들의 꾸밈없는 땀방울을 잊지 못하겠다.

152

2002. 1. 10.(목) 흐림
외국계 기업

　오랫만의 지방 출장길은 낯설다. 근년 들어 지방국의 활성화로 서울에서 지방으로 출장 가는 횟수가 급격히 줄었고, 가더라도 비행기 편으로 가는 당일 코스가 대부분이다. 국제비행장을 영종도로 옮겨놓으니 김포는 국내선만 사용한다. 건물들이 너무 크다. 용도 없는 빈 건물들은 시민의 여론에 따라 잘 활용해야 할 것이다.

　김해평야가 눈에 들어온다. 이 들판도 머지않아 건물들이 꽉 들어차고 말 것이다. 낙동강 하구에서는 아직도 철새들이 무리 지어 먹이를 찾고 있다. 창원 시내에 굴지의 외국기업이 들어섰다. 핀란드 국가의 핸드폰 수출 산업 현장과 스웨덴의 볼보 굴삭기 공장이 그것이다. 활기찬 공장 분위기와 처우 개선 노력에 고무되어 직원 전체가 환한 표정들이다. 처음 보는 외국계 기업들은 대단히 인기를 얻고 있었다. 정확한 노무관리와 임금, 복지 차원에서 지급되는 상여금에 고무된 것이다. 굴삭기 공장 내부는 쾌적하게 꾸며져 있고, 사무실도 위화감이 없는 책상 배열로 아늑한 실내 모습을 연출하고 있었다.

　우리네 사무실의 권위주의적 서열 위주의 배치와는 다르다. 내 직장, 내 사무실, 내 화장실 개념을 심어준 것이다. 모처럼 실장님과 김희장 과장 그리고 우리는 자연산 바다회를 원 없이 먹었다. 쫀득쫀득한 혀끝 맛에 남쪽 나라 푸른회는 한없이 입 속으로 녹아 들어갔다. 봄동 배추에 싸서 말이다.

2002. 2. 8.(금) 맑음

세뱃돈

여의도 어느 벤처기업체를 찾았다.

사주(社主)는 설 세뱃돈 명목으로 전 직원들에게 보험을 들어주었다.

보험증서를 펴 놓고 서로를 신뢰하고 흐뭇해 하며 더욱더 열심히 일하고저 하는 의욕을 보인다. 그리고는 한 해를 보내는 고사떡에 돼지머리, 술을 부으며 가족처럼 우애를 다지는 현장을 취재하여 우리 KBS도 7천 명의 사원들이 하나가 되어 새로운 국면을 맞이하길 기대해 본다. 돌이켜 보면 보도본부 500여 명 직원들의 휴식공간, 대화방, 고민해결상담소 등은 아예 없고 그저 하루하루 뉴스 첨병 역할만이 능사인 양 흘러가고 있는 것이다.

결혼기념일, 생일, 부모 기일 등 서로가 관심만 가지면 능히 도와주면서 살아갈 수 있는 것을 악악거리며 살아온 것이 아닌지 반성한다.

오후에는 과외 선물권과 미팅권을 주는 회사를 찾았지만 모든 곳이 실속 위주의 새뱃돈 명목으로 지급되고 있었다. 부담되지 않는 선물, 세뱃돈, 그것을 기뻐해야 하고 그만한 가치가 있는 즐거운 행사인 것이다.

하루종일 세뱃돈에 관련된 취재를 하면서 내 호주머니에도 수십 장의 빳빳한 세뱃돈이 넣어져 있는 사실이 조금은 설레이고 새삼스레 소중한 가족들을 떠올린다. 세뱃돈은 정도 함께 주고받는 아름다운 명절 풍속이다.

154

2002. 5. 10.(금) 맑음

재난지역, 구제역 비상구를 찾아

　멈추는가 싶었던 구제역이 다시 발생한 곳을 취재하다. 구제역은 발굽이 두 개인 동물에게만 바이러스를 전염시킨다는 악종병이다.

　경기도 용인시 장평리 현장을 가는 길목은 방역소독차들이 모든 차량과 사람들에게 소독을 하고 그 발생지에는 얼씬도 못하게 했다. 우리 취재 차량도 예외는 아니어서 그 마을 입구(入口) 삼거리에서만 머물며 오가는 차량과 공무원의 필사적 방역 모습, 군인들과 경찰 등이 지원하는 현장만 멀리서 취재할 수 있었다.

　그 마을의 돈가 옆에 구덩을 파고 15,000여두를 태워서 묻어버린다 하니 그 주인의 마음을 헤아리고도 남는다. 수십 명의 병사들이 군(軍)트럭에 돼지들을 화염방사기로 죽여 매장하기 위해 마을로 들어가는 모습을 보니 이내 농부의 마음으로 돌아간 듯 심란하고 불쌍하다.

　반경 60㎞ 이내의 전 돈사마다 초비상임을 목격한다. 그나마 발병 즉시 신고만 하면 정부에서 전액 보상을 해준다 하니 다행이라 생각된다. 재작년엔 소에게서 나타나 이런 홍역을 치뤘는데 올해는 돼지에게 밀어닥친 것이다.

　60여 년 만에 찾아온 불청객 바이러스 구제역, 전 국민이 하나 되어 물리쳐야 할 그런 악종병이다. 돈사 여주인의 인터뷰 한마디는 절규 그 자체다.

　'살고 싶지 않다. 이 무슨 날벼락이란 말인가. 말 못하는 순하고 착한 우리 돼지에게 이런 병이 올 줄은……"

용인 땅에는 유난히 돈사가 많음을 본다. 이 많은 돼지고기는 거의 일본(日本)으로 수출, 판로가 좋아 짭짤한 수입을 올릴 수 있었는데 일본은 벌써 수입 금지령을 내리고 자국의 돼지 방역에 온 신경을 쓴다니 그 피해는 상상을 초월한다.

국도변에 흐드러지게 핀 아카시아 향기가 구제역을 치유해주길 바라는 마음이다. 아카시아 향기 흩날리는데 내 마음은 편치 않고 농민의 마음이 되어 우울하다.

외양간의 소.

2002. 6. 10.(금) 맑음

붉은바다 응원, 불가마 응원,
가마솥 응원

　붉은 해일 응원, 한반도 응원, 대한민국 응원!

　월드컵 본선인 미국전이 벌어지는 오후 3시, 서울 시내 광화문 일대
는 비가 내리는 데도 요지부동이다. 대형 멀티비전의 중계판 앞으로
수십만 명(약 40만)이 몰려들고 있었다.

　우리 취재팀은 주미대사를 지낸 현홍주씨 인터뷰 때문에 광화문 뒷
골목 '경희궁' 음식점으로 달려가 대기 중에 경기를 볼 수 있었다. 장
맛비를 연상케 하는 굵은 빗방울은 그치지 않고 경기 내내 서울 하늘
에서 뿌렸다.

　광화문 응원 현장에서 빠져나온 일부 붉은악마 응원단은 골목에 진
을 치고 음식점, 카페, 그 어느 곳이든 간에 비맞은 '손님'들로 초만원
이었다. 거의 대다수의 직장인을 오전 근무만 마치고 응원전으로 내몰
아 세우고 있었던 것이다.

　과연 한국 선수들은 잘 싸우고 있었다. 과거의 우리 선수들이 아니
었다. '히딩크'라는 네덜란드 거장을 거액으로 모셔와 노력한 흔적이
축구장 현장에서 나타나고 있었다. 빠르고 조직적이고 재미있는 축구
를 하고 있는 것이다.

　히딩크 감독은 말한다. 분명 즐길 수 있는 우리 선수단의 실력을 보
여주겠노라고. 오늘 그 말이 증명된 셈으로, 우리 선수들은 게임을 리
드하면서 잘 싸웠다.

게임이 끝난 광화문 거리, 빗 속에서 움직이는 사람들의 모습이 질서정연하다. 스스로 청소하고 마무리하며 집으로 가는 응원단의 모습을 보니 이젠 선진 국민이 되었구나 싶었다. 가슴이 찡하다.

　취재는 끝이 나고 구름이 낮게 드리운 여름비 내리는 마포를 지나 여의도로 접어든다.

　붉은 거대한 해일 같은 응원단의 모습이, 그 함성이 정녕 아름답다.

2002. 10. 2.(수) 맑음

국정감사장에서

국회의원들이 국정을 감사하는 현장, 공적자금의 사용처에 대해서 여야를 막론하고 신랄한 추궁과 질문의 열기가 뜨겁다.

국민의 대표인 의원들의 질의 응답을 보노라니 꼭 필요한 과정이라는 생각이 든다. 그런데 질의하는 의원들의 품위에 대해, 먼저 감사 현장의 행사 오점을 지적해 두고자 한다.

감사요원들은 분명 피고가 아님에도 몇몇 의원들은 윽박지르거나, 눈을 부릅뜨거나 종이를 손으로 휙휙 휘두르면서 흥분했다. 탁자를 손으로 치는 행위, 질문을 위한 요식행위 등 참으로 딱해보이기까지 했다.

모름지기 국민이 뽑은 대표성을 띤 국민의 얼굴 아니던가, 겸손과 올바른 지적으로 신뢰를 받아야함은 두말할 것이 없다. 또 하나 점심식사와 저녁만찬 시간표를 보니 놀라지 않을 수 없다. 국회의원들의 식사비용이 다른 감사관계자들의 세 배에 이르는 고가의 식단이다. 뭔가 잘못돼도 한참 잘못된 것이다.

그분들의 자리엔 병풍이 드리워지고 말쑥한 양복쟁이들의 보호와 안내를 수반하며 긴장하는 종업원들을 볼 때 가슴이 아려온다. 민주주의를 외치며 봉사하는 자가 되겠노라고 선거 때마다 부르짖던 그들의 참모습이 이런 모습일까?

국정에 대해 차분한 질의와 응답을 하는 감사관과는 사뭇 다른 모습에 울분을 금할 길이 없었다.

음식점 현장을 취재하려고 하다가 그만 포기한 것이 아쉽기만 하다. 분명 가진 자, 권력자, 기득권자들이 반성하고 앞장서서 고치려고 애를 써야만 밝은 선진국가가 되지 않을까!

2002. 11. 15.(금) 맑음
손기정옹, 당신은 조국이었습니다

그날 겨울 바람은 세차게 불어와 사람들은 응급실 문을 열 때마다 진저리를 치며 들어왔다. 점심을 먹다 말고 삼성병원으로 달려간 나는 아주 작고 초라한 환자를 본 것이다. 발에는 붕대를 칭칭 감고 눈은 감은 채 입만 산소호흡기에 의지하여 가쁜 숨을 간신히 몰아쉬고 계셨다.

그가 누구시던가! 우리 모두 교과서에서 배울 적엔 가장 벅차고 감동적이며 그 모습을 떠올릴 때면 눈물이 저절로 고이지 않았던가.

나라를 잃고 국권을 일본에게 빼앗긴 설움을 안고 북만주벌 시베리아 철도칸에 몸을 의지한 채 올림픽에 참가하러 가는 20대 초반 청년 손기정의 심정은 어떠했을까! 빡빡 밀은 까까머리에 마지막 마라톤 코스를 돌며 흐르는 땀을 훔쳐대는 그 무표정한 손기정의 모습, 일장기를 가슴에 달고 뛰어야 하는 설움이 혼재한 일그러진 그 얼굴을 우리는 교과서에서 똑똑히 보았던 것이다. 그분이 오늘 새벽 운명하셨다.

90세의 나이로 한을 훌훌 털어내면서 하늘나라로 승천하신 것이다. 그저께 특실로 옮겨지는 그분의 몸은 작고, 야위고, 숨가빠 보였지만 정녕 국가였고, 민족이었고, 거대한 정신적 지주가 되기에 충분했고 그 무엇보다 커다란 함성으로 와 닿았던 것이다. 후배들도 그 뒤를 따라 열심히 뛰고 뛰어 이제는 마라톤 강국이 될 수 있었던 것이리라.

승천하신 거룩한 민족의 님이시여, 어른이시여, 고이 잠드소서.

2003. 10. 22.(수) 맑음

리더십에 대하여

강원도 출장길은 단풍으로 타오르는 붉은 주단길 같다. 기온 차이에서 오는 스트레스 때문에 생긴다는 붉은 단풍이 절정이다. 그 단풍의 아름다움을 충분히 즐기지 못하는 데는 이유가 있다. 공무로 가는 출장길은 일의 연속이라는 책임감이 따르기 때문이다.

임무 수행을 위해 목적지까지 가는 그 황홀한 가을길도 막히거나 차고장이 나면 짜증이요, 스트레스다. 긴장감이 온몸에 흐를 수밖에 없다.

오후 3시에 도착하여 컵라면, 김밥으로 점심을 때웠다. 동해 체육관엔 식당이 없고 간이 포장마차 뿐이다.

배구선수 이경수 선수 취재를 무난히 끝내고 강릉으로 올라가 저녁 늦게까지 굶주리면서 서울로의 송출을 끝내고 홀가분하게 고깃집으로 향했다. 십여 년 만에 만난 현태설 후배와 함께 소줏잔을 기울이며 저녁식사를 했다. 현 후배는 우람한 체격에 어울리도록 술도 잘 마셨다.

이튿날 10시에 서울을 향해 출발했다. 나이 든 운전기사가 3만 원을 꾸어 달랬다. 가는 길에 물오징어를 사 간다는 것이다. 그러라고 했다. 나도 2만 원 어치를 사 가지고 차를 타는 순간 취재기자 모씨의 얼굴이 일그러져 있었다.

서울로 빨리 올라오라는 독촉전화가 온 모양이었다. 한계령 고갯길을 물리치고 고속도로를 택해 쉬지 않고 가기로 하고 기사는 속력을 내기 시작했다.

162

10분도 안 되는 점심시간을 빼고는 쉬지 않고 달려 5시간 만에 서울에 도착했다. 도착하기까지 우리 일행은 불안했다. 몇 번이고 본사 부장께서 독촉하는 전화라니, 도대체 출장을 뭘로 보고 그런단 말인가.

모름지기 방송이란 조화와 합심 속에 이루어지지 않는 것이 하나도 없거늘 개인 비서를 독촉하듯 하는 부장의 행태가 못마땅하기 그지 없다. 설령 개인적인(그 기자에 대해서) 무슨 감정이 내재해 있더라도 다른 부서인들과 같이하는 출장 중에 닦달하는 일은 삼가해야 한다.

한 부대, 한 부서, 한 국가를 운영할 때의 리더십은 진심으로 따라오게 하는 편안한 대인관계에 기초한다 할 것이다. 금번 출장은 막판 무거운 분위기로 끝을 맺었다.

그 신참내기 기자의 안절부절이 어느 조직인들 생명력 있는 활력이 될까, 아무런 잘못도 없는 기자의 얼굴에는 불만, 수심, 오기, 반항으로 가득 차 있었다.

현장을 뛰는 기자들은 무엇 때문에 현장으로 갔는가를 너무 잘 안다. 전화질만 해대는 부장은 기자가 아니란 말인가.

2004. 8. 5.(목) 맑음

야구장 풍경

　인천(仁川) 문학경기장의 밤, 삼성과 SK의 3연전 야구경기가 열렸다. 타자의 정면 뒷자리가 우리 취재 진영이기에, 앞좌석 모두 로얄박스 (Royal box)로 지정돼 있다. 초대석, 언론사석, 경기 기록석 등 비싼 좌석들이 차지하고 있다.

　우리 취재진 바로 앞에는 진작부터 네 자매들인 중년부인이 자녀들을 데리고 자리했다. 애들은 연신 엄마, 이모들을 불러대며 몇천 원씩을 타 갖고는 쥐포, 오징어, 통닭, 과자, 음료수를 사 먹었다. 바로 뒤편에 앉아 있는 내 코를 자극하는 쥐포 냄새가 허기를 느끼게 한다. 살 만큼 사는 자매들 같은데, 클 때는 질투와 싸움도 했으련만 소녀들처럼 깔깔대며 즐거워했다.

　저쪽 편 홈구장 응원석은 치어걸들의 기계춤 율동에 맞춰 자리에서 불꽃처럼 살아났다 죽었다를 반복한다.

　몇 시간이 지난 8회초 공수 교대 시기였다. 하도 더워서 양말을 벗고 신문을 깔아 놓은 곳에 웃옷을 벗은 채 여유를 부릴 때였다.

　SK 김기태 선수가 비호같이 상대편 삼성 'Dogout'으로 빨려들어 갔고, 뒤이어 우르르 몰려간 양팀 수십 명의 선수가 뒤엉킨 대 혼란이 벌어졌다. 싸움이 일어난 것이다.

　삼성투수 '호지스(백인)'가 던진 공이 빈볼로 '브리또(흑인)' 타자의 신경을 건드리자 분을 못참은 브리또 타자가 방망이를 들고 삼성의 호

164

지스에게 달려가 덤비고 양진영 간에 밀고 밀치는 싸움이 벌어졌다.

일촉 즉발! 나는 용수철처럼 튕겨 일어나 달려갔다.

내 등에서는 시냇물처럼 땀이 흐르고, 위아래를 오가며 기민성을 발휘해 수습에 나섰다. 개발에 땀 나듯 뛰어다닌 30여 분 후에 경기는 속개되고 결국 밤 11시가 되어서야 끝났다. 동업자들끼리의 반란, 더욱이 용병인 외국 선수들끼리의 묵은 감정까지 겹쳐진 폭발이다.

운동장엔 강렬했던 전구 촉도 턱턱 꺼져갔다. 마치 인간들의 험한 꼴불견을 꾸짖듯 야간 조명의 강렬한 불빛이 사라지며 장엄한 어둠 속으로 사람들을 소리 없이 묻히게 했다.

증오는 증오를 낳고, 악은 다른 악을 잉태하노니 악수와 격려, 늘어진 어깨를 서로 두드리며 서로를 부추기면서 잘 살아야 하지 않겠나.

2005. 1. 12.(수) 맑음
미국 메이저리그 선수들

　지난해 미국에서 좋은 성적을 올리고 귀국해 따뜻한 남쪽을 찾아 겨울 훈련에 열심인 미 야구 메이져리그 선인수 최희섭 타자와 봉중근 투수를 근접 취재하다.

　두 선수는 우선 큰 덩치에 듬직한 무게감이 우리들을 압도하고도 남는다. 철저한 훈련 스케쥴 때문에 그들 뒤를 졸졸 따라 다니며 카메라를 들이대야 했다.

　미국 프로 선수생활의 타성에 젖어 우리 입맛에 맞는 요구를 배격하고, 있는 그대로를 요구하기 때문이다. 두 선수 다 겸손한 자세로 최선을 다했다.

　봉 선수는 택시기사인 아버지 밑에서 어렵게 자랐다. 궁핍한 생활 속에서도 아들에게 쏟는 가족들의 정성을 생각해서라도 그는 더욱더 훈련에 성의를 다했다. 오고가는 말투에서도 서민적인 친근감이 물씬 느껴진다.

　순간 달리기와 근력, 지구력이 탁월해 그의 우수함을 증명해 주었다. 최희섭 선수 또한 부러운 육체를 뽑낸다.

　1m 95cm의 키에 110kg이 넘는 거구에서 뿜어내는 올려치기 야구공은 대포알처럼 그물망을 뚫을 듯이 날아갔다. 올 한 해가 인생의 고비이자 전환점으로 생각한 그 선한 눈망울로 각오를 다짐하고 있었다.

　저녁 무렵, 남해의 붉디 붉은 황혼빛이 바닷가 일식집의 대형 유리

창 너머에 흘러 넘친다. 그리고 방금 친 생선 대가리는 벌름벌름 입을 벌리며 먹거리를 자랑했다.

커다랗게 네모진 접시 위에 놓인 고기 입에는 금방 잡아 올린 듯 낚시 바늘이 물려 있고 몸통은 칼질당한 채로 초장에 찍어 내 입 속에 들어가고 있는데 아직도 주둥이는 벌름거린다.

싱싱한 회 한 접시를 놓고 소줏잔을 기울이면서 메이저리그 선수들과 함께 남해의 밤을 얘기한다.

2005. 3. 11.(금) 맑음
의료사고, 사기에 관하여

　의료 분쟁 현장을 증언과 기록을 중심으로 파헤쳐 보는 12분 짜리 집중 취재가 계속됐다.

　김포 중부동에 사는 주부는 유방이 너무 커서 축소 수술한 이후 수술 부위가 악화돼 안한 것만 훨씬 못한 사례다.

　응접실에서 시작한 인터뷰와 증거 사진을 찍으면서 여자는 점점 언성을 높이며 취재에 매우 협조적으로 변한다.

　무성의와 저급한 의술에 분노하며 급기야는 법으로 억울함을 호소하겠다면서 그래도 안 되면 포크레인 운전기사인 남편과 병원에서의 시위도 불사하겠단다. 한 쪽 가슴의 붕대를 풀어 올리고 염증으로 뭉개진 곳을 보여주기까지 한다.

　또 한 사례는 60대 남자의 경우로, 가족들은 뿔뿔이 흩어지고 재산도 날렸다면서 응징하겠다는 집념 하나로 승합차에서 먹고 자면서 버티고 있었다. 어깨와 목 사이의 교통사고 부상 부위를 잘못된 주사와 시술로 온몸이 망가져 정신이 없어지고 시력과 말하기, 걷기를 매우 불편해 했다. 그러나 재판 과정상 최상위 심판도 끝난 현 상태를 부여잡고 헤매고 있으니 아내와 딸도 만류하다 가출해 버려 단신으로 외롭게 투쟁하고 있었다. 담배 연기에 전신이 찌들고 차 안에는 일용 반찬과 이부자리 등이 어지럽게 흩어져 있었다.

　물론 의료진은 반대의 설명으로 일관한다. 의사들은 잘하려다가 부작용과 합병증세가 나타났다며 지루하게 설명한다. 인간적으로는 미안하고 안 됐지만 의료 분쟁은 많은 인내와 고통이 수반됨을 되풀이하여 강조했다.

인간(人間)과 과학(科學)의 만남에서 생기는 그 고통은 처절하기까지 하다. 그것은 욕망의 선상에서 필히 만나게 되는 첨단과학 문명(文明)과의 갈등으로 비춰진다. 얼마나 많은 사람들이 과학 때문에 혜택을 보고 고마워 하는가.

흔히 가해자(의사쪽)와 피해자(환자)라는 사람들도 같은 욕망에서 출발하지만 아름다운 희망으로 시작함이 원망과 회한의 결말을 보면서 돌아서는 취재 발길 또한 여간 무겁지가 않았다.

2005. 4. 18.(월) 맑음

소정원에서

여기는 해안가 어느 시골학교.

시멘트 계단 위에 소정원(小庭園)이 있다.

야생화 만발하고 목련꽃 피고 지고

개나리, 동백꽃도 질 세라 거센 기운 넘친다.

4月 중순 춘풍(春風)은 바지가랑이를 흔들어 대고

목까지 간질이니 음력 춘삼월(春三月)의 부드러움이여

벌나비 참새가 어우러져 놀고 나는 오후,

까치까지 둥지 짓기에 위 아래로 분주히

들락거린다.

잔디밭 위 아지랑이 속 노란 학생들의 땀방울 소리.

온통 천지가 새싹들 뿐이구나.

목련꽃 아래서 흘러가는 세월을

바라다보며 흥분해하는

한 봄날의 심사(心事)!

〈서산태안 중학교 교정 오후〉

170

2005. 6. 7.(화) 맑음
군(軍) 골프장은 시궁창

전국에 군 골프장이 29개나 있다. 전체의 20%에 가까운 숫자인데 국민의 혈세로 운영되는 그 곳에서는 맹독성 농약을 잔디에 뿌리고는 사후 수질검사와 환경검사를 안 받고 있는 현장을 긴급 취재했다.

과거 수십 년간, 적어도 해방 이후 군이라는 특수 집단의 무소불위의 특권지대를 건드리지 못한 게 사실이었다. 그만큼 언론에서도 관대한 눈으로 봐온 것이 사실이다.

처음으로 겪는 일이라서 완강한 저항에 부딪히면 어쩌나 하는 걱정이 컸다.

먼저 부산지역의 김해 공군 골프장과 진해의 해군 골프장 입구부터 취재 카메라 샷터를 눌러댔다. 간판부터가 달라져 있었다. 골프라는 말은 쏙 빠지고 모두가 무슨무슨 체력 단련장이라는 문구 뿐이었다. 물론 일반인도 저렴한 값에 입장이 허용되었다.

정훈실 담당 장교들이 공손하게 안내하고 지금은 잘하고 있다는 설명을 장황하게 늘어 놓는다. 그러나 어느 곳에서도 규정에 맞는 검사와 감독한 흔적은 없었기에 그들의 설명이 허구임을 알자 씁쓸하기 그지 없다.

문제는 서울 근교의 남서울 군(軍) 골프장에서 극명한 오염이 한눈에 들어왔다. 천만 인구를 껴안고 있는 수도권이 문제는 문제였다.

정화조는 형식뿐이고 흘러내리는 물은 썩고 썩어 검정 숯처럼 오염

171

의 냇물을 이루며 탄천지류로 합류되어 유입된 한강은 죽은 강으로 변해가고 있었다.

　국민 건강에 직결되는 맹독의 농약 성분이 걸러지지도 않고 그냥 흐르게 한다는 것은 심각한 범죄에 해당된다. 군(軍)이라는 특수 집단이라고 해서 절대 간과해선 안 될 일이기에 우리 취재진은 악취가 나는 오염된 개천을 쑤시고 파헤쳤다. 국민의 눈이 되어 밝혀낸다는 사명감에 피곤한 줄도 모른 하루였다.

2006. 12. 13.(수) 맑음

염전 노예

　어머니는 대성통곡이다. 참혹한 얼굴을 지켜보며 그의 아버지, 외할머니, 여동생도 운다. 고등학교를 졸업하고 서울을 전전하다 직업소개소를 통해서 단돈 400만 원에 팔려가 그 후 15년을 배로 2시간을 가야 하는 섬에서 소금 생산 노동을 하다가 탈출한 서른네 살의 청년 권형수 씨의 얘기다. 그는 노숙자보다도 못한 기름때가 낀 얼굴에 우왕좌왕, 정서까지 불안하기가 이를 데 없어 보인다.

　충남 서천군 저산리 마을에 오후 늦게 도착하니 모두들 우리를 반갑게 맞이한다. 농가 풍경이 그러하듯이 모든 것이 순진하고 평화롭다. 누구한테 아쉬운 소리 안 하고 서로를 보듬으며 살아가는 시골 사람들이다. 그런 가정에 평지 풍파가 찾아든 것은 장남인 아들이 행방불명된 뒤부터란다. 그리고 나서 갑자기 15년 만에 나타난 아들 모습이라니, 그것도 기가 막힌 몰골을 하고 반병신이 다 되어 나타난 것이다.

　우리는 손, 발, 허리 등 이상 증세 부위를 환한 조명을 켜 놓고 찍었다. 손바닥에 박힌 굳은 살이 소발바닥 같았다. 발바닥은 된가뭄 속에 갈라진 논바닥처럼 갈기갈기 금이 가 터져 있었고, 허리는 맞아서 제대로 가눌 수가 없었다. 염전 노예가 되어 학대받아 그렇다는 것이다. 소름이 끼쳤다.

　염전 주인도 농부의 마음이 아니던가. 소, 돼지처럼 남의 자식을 부려 먹으면서 입히지도 않음은 물론 임금은 고사하고 폭력으로 일관했

173

단 말인가! 어머니와 아들은 서로 부둥켜안은 채 울기만 했다.

탈출은 엄두도 못내고 지낸 악몽의 15년, 한국땅에서도 이런 일이 존재한단 말인가라며 우리는 혀를 내둘렀다. 이 농가에서의 취재를 마치고 이분들과 함께 내일부터 그 고용주와 그 염전을 찾아서 입체 추적을 해보기로 했다. 밤이 되어 서해안 도로를 따라 두 시간 거리의 목포 시내에 다다랐다.

내일 새벽 6시 배를 타고 신안군 상의면의 섬으로 가기 위해 윗풍이 없는 여관방을 구하러 늦은 밤에 시내를 배회했다.

2006. 12. 14.(목) 맑음
노예섬이라는 곳

새벽 공기를 가르며 목포와 신안군 상의면 섬까지 왕래하는 여객선은 검은 바다 속으로 빠져든다.

2, 3층 객실은 통장판으로 되어 있어서 제멋대로 누워 잠들을 청하고 있었다. 바닥이 뜨끈뜨끈하니 눕기만 하면 사르르 눈이 감긴다.

노예로 살았다는 그 청년의 가족들과 목포 인권단체 사람들 그리고 우리 일행은 갑판 위에 신문지를 깔고 아침식사로 김밥을 같이 먹었다.

지난 15년간 세 군데의 집을 전전하며 막일로 보낸 그 사람은 제일 오랜 세월(11년)을 탈출 직전까지 살았다는 집으로 안내했다. 주인집 옆에 세워진 헛간 같이 생긴 컴컴한 방이었다. 돼지우리 같은 방에 넝마나 다름없는 이불, 영락없는 거지꼴 방이다. 어머니와 그는 또 한 차례 부둥켜 안고 흐느꼈다.

그는 개 패듯이 팼다는 몽둥이와 쇠파이프도 서슴없이 내보이며 맞는 시늉을 했다. 뒷산으로 도망쳐 부둣가까지 몇 번이나 가 봤지만 감시망 속에서 개처럼 맞기만 하고 닷시 붙잡혀 왔다고 실토한다.

이웃들이 나타나자 그는 당신들은 모르는 사람들이니 가라고 소리친다. 고용주는 집 안에 없었고 오후에 파출소로 출두한다기에 자못 그들의 대응이 궁금했다.

부부는 시간차를 두고 나타났다. 파출소 긴 소파에서 인터뷰를 시작했다. 임금을 준 적도 없고 같이 밥조차 먹지도 않은 사실이 확인되었다.

그러나 폭력 부분은 극구 부인하며 동생처럼, 아들처럼 잘해줬다는 앞뒤가 안 맞는 소리를 구차하게 늘어놓았다. 때마침 그의 부인도 뒤늦게 나타나 잘해줬다는 변명을 늘어놓았지만 공허하게만 들렸다. 뜨거운 염전에서 고생을 한 일꾼의 방이 오버랩되면서 분노가 일었다.

두 번째 집에서 3년 6개월을 살았다는 부부를 찾아갔다. 한 술 더 떠 오갈 데 없는 사람을 친아들처럼 돌봐줬다는 말로 일관했다. 이 부분은 나중에 우리 숙소로 찾아온 동네 주민들의 입에서 정반대의 증언을 들을 수 있었다. 화풀이 대상으로 폭력을 일삼았다는 내용이었다. 머슴처럼 부리면서 온갖 학대를 했다는 청년의 증언은 절절하기만 했다.

"섬으로 팔려온 사람들"

이들의 진실, 정체를 과연 어떻게 입증하고 풀어가야 옳은 취재가 될까. 우선 경찰 수사를 지켜보고 나타난 현실을 가지고 취재 구성을 할 수밖에 없는데, 중요한 것은 현재 이 청년의 정신상태가 정상이 아님은 틀림없어 보인다는 것이다. 섬에서 만들어진 비정상인일까를 생각해 보면서 비인간적인 대우와 학대가 자행되고 있음은 기정사실인 것 같았다. 좀더 그 실체를 찾아서 고발해 보기로 했다.

2007. 1. 22.(월) 맑음

어떤 기업인

인천 남동공단으로 향했다. 전량 수출로 불황을 타개해 가고 있는
애국기업인을 찾아간 것이다.

40대 중반의 그는 열정 그것이 없다. 우릴 먼저 사원휴게실로 안내
했다. 자기 집 TV보다 크고 좋은 제품이라면서 사원 복지가 최우선이
란 걸 강조한다. 휴식(休息) 공간이 아늑하며 음악적임이 인상적이다.

전화기인 모토로라 부품 생산라인(Line)으로서 안으로 들어서니 직
원들이 적극적으로 앞장서 취재하는 그 모든 것들을 도와주며 자기 일
을 한다.

고마웠다. 단결함이며 화목함이며 웃음이 여기저기 보였다. 앞장서
는 사장과 직원이 하나됨을 곳곳에서 감지하고 감명을 받는다. 골프도
꼭 필요한 업무 접대 외엔 금하는 기업인이었다. 가족들은 현장에서 고
생하는데 유유자적하며 골프장에 드나드는 것은 상상할 수가 없단다.

나는 그분에게 충고 한마디를 건넸다.

그 골프장에 갔다 와서도 투명한 일정을 공개하여 한 점 의혹을 직
원들에게 남겨서는 안 됨을 알려주었더니 크게 공감한다 하였다. 무슨
식사와 몇 시간을 쳤다는 구체적 내용 말이다.

공개할 수 없다는 연구실만 빼고 그 큰 공장을 두루 취재한 우린 공
장을 배경으로 단체 기념사진을 찍었다. 그것은 우리의 만남을 기억하
고 추억함이 좋을 것 같다는 내 제안을 받아들였기 때문이었다.

177

우리와 아쉬운 작별을 고한 그 기업인은 점심식사도 잊은 채 호텔로 기업 홍보차 떠났다. 그 초심을 잃지 않길 바라면서 우리는 경인도로 위를 달렸다.

2009. 4. 22.(수) 쌀쌀

투기자본 응징하라

　경제 불황을 이겨낸다고 구조조정의 칼을 뽑은 회사현장을 찾았다. 구조조정, 그것은 감원이다. 당하는 자, 그렇지 않은 자들의 표정은 하나같이 어둡고 음산하다.

　외국계 회사들이 더욱 아우성이다. 국내기술, 자본을 빼돌리고는 노동자 수를 줄여 착취하고 도망간다는 논리를 앞세운다.

　천안 쌍용자동차 조합원 수천명이 일손을 놓고 생명줄을 지키기 위한 처절한 싸움을 하고 있는 것이다. 물결을 이루는 투쟁기들, 핏대 올리며 주먹 쥔 구호소리, 사수대들의 전열 정비 작업이 감시와 독려의 몸짓으로 격렬하다. 사무실 한 켠에선 "아빠 힘내세요" 구호가 적힌 노란옷을 입은 어린 자녀들이 율동과 함께 가족애를 과시한다. 월급은 안 나오고 출구도 막혀가는 현실에 어린이들의 고사리 손까지 삶의 현장으로 끌어낸 환경이 어쨌든 안타깝기만 하다. 밤에도 야광을 밝힌 채 집회는 더 격해지고 소리가 높아진다. 인터뷰하는 사람들마다 끝까지 가자며 절규하는 소리 뿐이다.

　회사측 경비대의 무서운 눈초리마저 무색해지고 넓은 광장 인파는 허기진 배들을 움켜쥔 채 구호들로 허공을 가른다. 같이 배고프며 취재한 영상은 많기도 많았다.

　우리 취재진은 그들을 뒤로 하고 떠났다. 씁쓸하다. 평택, 수원을 지나는 가로등이 쌀쌀한 바람에 휘청거리고 있다.

2009. 5. 14.(목) 화사함

미친 사람

인삼을 끓여서 증류액을 가지고 주사함으로써 말기암 환자를 낫게 해준다는 한방을 찾았다.

소문을 듣고 여기저기서 모여든 각양각색의 사람들이 심각한 얼굴로 가족과 함께 치료를 받고 있었다. 담당의사 얼굴은 깡마르고 헝클어진 머리에 신경이 예민해 보인다. 사기죄로 벌써 영창 생활도 해보고 권력층 사람들에게조차 엄청 시달림을 받아 그의 말 속에는 한과 함께 꺾을 수 없는 실험정신과 모험심, 자신감으로 똘똘 뭉쳐져 있다.

전국에서 찾아온 손님들 중 큰 효험을 본 환자들에게서 그 육성 증언을 모두 녹취했다.

현대 의술과는 좀 동떨어진 미개척 분야를 파고드는 이 의사에게 우리는 빠져들고 싶은 것이다. 인삼과 암의 관계를 풀어내고 있는 의사에게 엄청 많은 양의 인터뷰를 했다. 치료방은 10여 개뿐, 공간도 비좁다.

앞뒤로 대라이트를 설치하고 예민하기 그지 없는 환자를 취재하려니 여간 조심스럽지가 않았다. 드디어 중년의 남자 환자가 잔뜩 짜증과 함께 이게 무슨 짓들이냐며 항의를 하는 것이 아닌가. 난감했다.

의사, 간호사가 간신히 양해를 구했으나 우리는 취재를 위해 조심 또 조심해야 했다. 우리는 위암 말기 환자와 간암 환자의 희망에 찬 모습을 보고 약침의 연구가 완료만 된다면 죽어가는 암환자들에게 청신호임엔 틀림이 없다는 생각이다.

한 가지 일에 미쳐 있는 한 인간을 보면서 성공하길 빌어본다. 더욱이 죽은 자라 할 수 있는 말기암 환자에게 그 무슨 말이 필요하겠는가.

종일토록 비좁은 한방병원에서 다섯 시간을 서서 취재한 하루가 보람이 있어야 하겠다. 자기 일에 미친 사람이 되자.

2009. 6. 23.(화) 따가운 더위

한강 경찰대(1)

'한강 수상 경찰들의 24시'를 취재하다.

33명이 한강의 낮과 밤을 감시하며 인명을 구조하고 치안을 담당하는 특수직 경찰이다. 오늘 8명을 추가로 뽑는데 지원자가 40명이 왔다.

한강 망원동 경찰지구대 건물 앞에서 수영, 잠수, 순시선 운전시험이 있어 취재 현장으로 내달리며 같이 바쁘다.

한강 위로 더위와 함께 투명한 무공해의 햇살이 강렬하게도 내리쬐고 있다. 현직 경찰인 이들은 직종 변경을 위해 이 곳에 시험을 치려고 온 것이다.

수영에서 실력은 확실히 구별이 된다. 심판관은 기본도 안 된 사람이 어찌 여기까지 왔느냐며 혀를 찼다.

다음은 순시선 운전시험이다. 우린 배에 동승했다. 좁은 공간에서 처음부터 카메라 작동을 끊지 못해 끝까지 작동시켜야만 했다.

요동치는 배는 미숙한 운전 솜씨로 그만 밖으로 튕겨져 나갈 것만 같은 불안한 포즈가 연속된다. 이리저리 혼비백산 그것이었다. 질주하는 모습과 울렁거림으로 카메라 잡기가 여간 어려운 게 아니었다.

6mm 카메라를 동원했기에 위안이 좀 된다. 능숙한 시험생이 한둘 뿐이다.

마지막으로 잠수 실력 테스트다.

잠수 카메라 실력파인 장만석 형님께서 강물 속의 그들을 찍고, 난

위에서 모든 걸 찍었다. 실력의 우열이 더욱 극명하게 나타나는 것이 이 테스트다.

무거운 산소탱크에다 호흡법을 다스리지 못해 위험한 지경까지 가는 사람이 나타나서 초긴장 일때도 있었다(웃음이 저절로 나온다.).

난 웃고 그 사람은 사경을 헤맨 격이니 미안하기도 하다.

오후 1시에서 5시까지 4시간 동안 한강 햇빛 시험대를 취재했다. 벌겋게 달아오른 팔뚝과 얼굴의 홍조에서 취재 열기를 감지한다.

지루함보다는 생존의 현장을 취재하느라고 같이 격렬하게 움직이고

한강경찰구조대원들과 함께(망원동).

호흡함에 금세 시간이 지난 기분이다.

귀사길에 장 형님께서 반강제로 고생 끝에 한잔씩 해야지 하며 해물식당으로 안내했다.

전복이며 낙지매운탕 등 푸짐하게도 상차림을 해냈다.

소맥 폭탄주 열 잔 이상씩을 돌려대니 피곤이 풀리는 듯 말 듯 알딸딸하다.

폭탄주에 어우러졌으니 저녁 식사까지 해결하고 한강변 24시 취재 첫날은 마무리 되었다.

한강은 한줄기 밤 비가 지나간 뒤 빛나는 불빛을 흠뻑 담고 흘렀다.

2009. 6. 25.(목) 쾌청

한강 경찰대(2)

최고 시속 40노트(78km/h)까지 달리는 대형 경찰순시선을 타고 한강을 뒤졌다. 큰 사고가 발생했다는 비상 울림, 행주대교 아래쯤 배에서 화재 발생이다. 전 속력으로 물살을 가르는 순시선을 뒤쫓다. 긴박한 순간이다. 그러나 현장에 도착해 보니 허위신고였다.

잠실 수중보까지 오르며 스케치하고 인터뷰하며 한강을 본다. 바다 같이 넓다. 그리고 그동안 못 본 광경이 수두룩하다. 부자들의 요트가 정해진 장소에 정박해 둔 것과 고양 어촌계 소속의 고깃배들이 한강변에 늘어선 모습 등 한강은 이것저것 많이 담고 있었다.

태양을 달고 배는 한강을 달린다. 가마우지의 비상, 갈매기의 울음소리, 밤섬의 꿩소리, 붉은색을 띠우며 흐르는 한강물 속, 잠실대교 가까이 갈수록 물냄새가 덜 나고 투명해진 강을 느낄 수가 있었다. 청소년들은 경찰의 보호를 받아가면서 한낮 윈드서핑 키를 휘저으며 여가를 만끽한다.

좁은 경찰선 내에서 이리저리 취재 동선을 택하자니 여간 옹색한 것이 아니었다. 오디오맨의 부축을 받고 촬영에 임하지만 쏠림 현상은 카메라 무게와 함께 더 심해진다. 배 천장에 머리를 들이받고 번갯불이 튀어 혹여 머리를 다쳤나, 손으로 쓸어보지만 피는 흐르지 않았다. 태양의 배에서 보낸 하루, 녹초가 된다.

2009. 6. 27.(토) 무더움
한강 경찰대(3)

　휴일의 한강을 즐기기 위해 시민(市民)들은 강변으로 쏟아져 나왔다. 걷고 뛰고, 페달을 밟고, 잔디 위에선 가족 단위로 망중한을 즐긴다.

　망원동 경찰지구대에 도착하니 두 자녀를 둔 젊은 어머니가 깡소주를 먹고 한강에 투신 자살했다는 사고 정황보고에 따라 분주하게 움직이고 있었다. 이혼녀인 그가 새벽 4시까지 친구와 통화한 내용의 휴대전화기와 신발, 유품을 강둑에 나란히 놓은 채 물 속으로 직행했다는 것이다.

　그녀의 지갑을 물 속에서 건졌기에 더욱더 자살의 의혹을 가지고 수중 탐문에 열중했다. 이미 그 언니와 형부, 오빠가 경찰지구대에서 시신인양을 고대하며 눈물을 흘리고 있는 중이었다. 무슨 사연이 있기에 어린 자식둘을 남겨두고 강물 속으로 사라진 것일까.

　한강은 이미 한낮의 더위를 흡수하며 익어가고 있었다. 수색 경찰들과 호흡을 함께하며 한 시간여를 아래 위로 살폈지만 허사였다. 역시 그 언니라는 분은 피를 나눈 자매인지라 연신 눈물을 흘리며 만삭의 몸으로 근심천배의 불안함에 휩싸여 현장을 배회한다.

　오후 들어서 윈드서핑 강사가 돛대에 맞아 강물 속으로 추락, 익사했다는 현장으로 출동하다. 119구조대와 합동으로 잠수교 밑을 뒤져보지만 몇 시간 동안 헛수고를 하고 만다. 3일이 돼야 시신이 물 위로 뜬다는 것이다.

186

컴컴한 강물 속에서 흐르는 시체를 발견하기가 그렇게 힘들다는 대원의 육성은 실감을 나고도 남는다.

저녁 무렵에는 익사한 시체를 보았다.

여든이 넘은 할아버지가 강변에서 줄낚시를 하다 미끄러져 익사한 현장으로, 금세 출동해 보니 뻣뻣해진 깡마른 어른의 시체를 인양하고 있는 것이다. 생(生)과 사(死)가 가고오는 죽음의 현장이다. 할머니의 오열이 가슴 아프고 과년한 딸은 말없이 울었다. 가지 말라는 낚시는 왜 가서는 이 황천길이냐며 오매불망 주저앉아 땅을 치신다.

하루 동안 큰 사건을 세 번 목격하고 취재를 했다.

한강을 즐기며 친구로 대하는 시민이 있는가 하면, 한강을 자살장소로 택하고 사고의 원인을 제공하는 한강이. 그 한강은 수천 년 동안 그 길로 흘러갈 뿐 뭐라고 말을 하지 않는다. 다만 인간(人間)이 그 한강을 보고 여러 말들을 하는 것 같은 하루다.

2009. 8. 18.(화) 무더위

밀착 취재

    주민 소환 대상자인 김태환 도지사가 민생 탐방 중이다. 직무가 정지된 상태에서 도정 점검을 위해 두 곳을 방문했다. 그런 행동 역시 도지사 업무 같아 보이지만 민생 탐방이란다. 그 한 군데가 광어 양식장이다.

    제주도 수출 효자종목 광어를 잡아 보고 먹이를 던져주는 것이 전부지만 우리가 목표한 주민 소환 투표에 대한 소감을 물어보는 것이 최대 관심이다. 마이크를 들이대니 장황하게 설명하기 시작했다. 취재 성공이었다. 영상 구성도 만족스럽게 도와주셔서 밀도 있게 화면에 담을 수 있었다.

    또 한 군데 간 곳이 갈옷(감물감옷) 말리는 현장이다. 주부들과 식사하면서 여론을 청취하고 한 때를 보내는 것으로 하루 일정을 끝냈다. 시종일관 자신감 넘치는 표정에서 도민들의 여론을 그는 읽고 있는 듯했다. 1조억 원이 투자되어 건설되는 해군기지 국책사업은 도민들을 위해 반드시 필요하다는 자신감이 절절히 배어있었던 것이다.

    점심이 좀 늦어진 오후에 한라산 종단 도로인 평화로를 지나 제주시로 접어들 즈음 택시 라디오에선 긴급 뉴스가 터져 나왔다. 김대중 전 대통령께서 오후 1시 43분에 서거했다는 뉴스였다.

    엄청난 고생과 핍박을 이겨내면서 대통령의 꿈을 이룬 인동초 인간 (人間)으로 기억되는 정치인이기에 오후 뉴스 특보가 귓전에서 맴돌고 맴돌며 떠나질 않는다. 보통 사람 이상의 사람으로 평가됐던 분이기에

188

내 감회가 클 수밖에 없다.

오전 오후를 한 사람만 집중 조명하며 밀착 취재를 한다는 것이 그얼마나 어려운 것이던가. 오랜만에 경찰 기자 시절(사슴아리)이 재생된 그런 기분이다. 그분이 가는 곳에 먼저 도착하여 예상 진로를 추적해 보고 어느 시점에서 질문을 하며, 주변 여러 환경을 꿰뚫고 있어야만 하는 것이다.

일반기자의 돌출 행동은 간혹 특종을 얻게 되지만 우리 카메라 기자들은 무거운 카메라를 어깨에 얹고(데모찌 촬영) 먼저 끝없이 찍어야만 하는 경우가 다반사인 것이다. 오늘이 그러했다.

김 지사 경우 말을 녹취하기 위해 근접 촬영이 필수라 집요하게 들이댔더니 어깨는 녹아나는 것만 같았다. 이번 아이템의 주인공인 김지사 취재기한이 단 오늘 하루 뿐이기에 더더욱 긴장과 시간적인 촉박함이 내 육신을 압박한 하루였다. 일찍 잠이 들다.

2009. 9. 14.(월) 흐림

원산지 표시 식당

시중 생필품은 알고 보면 수입산이 많으나 국내산으로 교묘히 속여서 폭리를 챙기는 현장 취재날이다. 오늘은 식당의 육류 표시가 국산, 외국산이 정확하게 적시해 놓았는지를 급습하여 단속하는 현장을 영상에 담는 것이다.

경기도 농산물 단속반이 서울까지 단속을 한다니 그 광범위한 지역을 턱없이 부족한 인원으로는 참 힘들겠다 싶고, 의아스럽다.

서울 강남의 한 고기식당 골목으로 들어섰다. 소고기, 돼지고기 전문음식점이다. 밖에는 국산을 파는 양 엉거주춤하니 고객들이 착각하게 만들고 식당 안에서의 메뉴판에는 아주 작게 또는 정확히 적어놓지 않은점을 찾아내는 단속반의 지적이 매서웠다. 이리저리 꼼짝없는 지적사항에 주인 부부는 어쩔 줄을 몰라 했다.

부부행색을 보니 매상이 적은 서민 식당의 하루살이 시민일 뿐이었다. 중년 남자는 울먹이기까지 하면서 전세 내어 이 짓을 하는데 적자를 보기 때문에 식당도 처분하기 위해 내놓은 상태라는 둥 중얼거리다가 자포자기식 행동이 불쑥불쑥 튀어나왔다.

냉장고 내용물도 빈약한 데다 차림표도 엉망이다. 벌금을 수 백만 원 넘게 때려도 할 말이 없는 상황이다. 아내는 연신 눈물을 닦으며 선처를 호소하고, 한 시간 가량 식당의 불법 원산지 표시 위반조사가 끝났다. 단단히 훈계와 고치라는 지시를 하고는 문을 나왔다.

190

몇 군데를 더 들어간 본 결과는 대체로 정착되어 가고 있는 수입산, 국내산 표시제라는 생각이 들었다.

어떤 곳은 당당히 맞서다가 규정 잣대를 들이미는 단속반에게 홍당무가 되어 머리를 조아리는 모습도 보았다. 수입산도 고기다. 떳떳하게 구별하여 소비자 마음대로 제 가격에 먹었으면 한다.

우리는 수출 지향국이다. 그러므로 국민들에게 선택할 권리를 충분히 주고 맛과 품질면에서 경쟁을 하면 되는 것이 아닐까 한다. 오후 내내 발품 팔아 취재한 보람이 있는 하루다.

척추 수술환자

천안의 하은철 환자는 31세다.

척추수술(디스크) 휴유증에 몸과 마음이 망가져 홀몸으로 셋집에서 울먹이고 있었다. 앉거나 일어나기를 반복해 가면서 취재진들을 위해 보여줄 때면 내가 끙끙거리며 환자가 된 기분이다. 물론 병원에서 수술부터 하자고 서둘러 강행한 결과다.

또 한 사례는 백조현씨 같은 경우 마흔 살로써, 인생(人生)을 망쳤다면서 병원 원망이 하늘을 찔렀다. 공원 벤치까지 간신히 걸어온 그 역시 수술 이후 가혹한 불편이 이만저만이 아닌 모양이었다.

이런저런 하소연에 우리는 사실을 알아보기 위해 담당병원을 방문했다. 샹들리에 등이 현관 위에서 빛나고 원무과장의 눈빛부터 우리를 대함이 기분 나쁘게 한다. 원장은 한참 후에야 만나줄 수 없다는 대리 대답으로 전해왔다.

내 카메라 셔터는 이미 눌려져 있고 이곳저곳에 대고 휘둘러 놓았다. 제2 제3의 환자가 조금 전 그분들처럼 잘못된 만남으로 이 병원을 원망할 것 같은 환자들이 복대를 하고 오고가고 있었다.

갑자기 그 수술을 했다는 의사가 나타났다. 우리를 향해 협박조로 퍼붓기 시작한다. "무슨 근거로 무단 침입하여 영업을 방해하는가?"라고 따지며 대든다. 우리 측 김원장 기자는 대꾸했다.

"영업을 방해한 적 없으니 정히 그러시면 법적으로 하시오."

그 의사와의 대면은 금방 끝났다.

정상절차를 밟았을 뿐이고 그 해명을 듣기 위해 온 방송기자들에게 불친절한 언사로 거부하는 몸짓들이 여간 빗나가는 수술병원이 아닌가 하는 불신만 안겨주는 것이다.

삼성병원 의대 학장님의 말이 떠올랐다. 쉬면 낫는 경우가 꽤 많은데 칼부터 들이대 젊은이들이 평생 고생하는 경우가 많다는 경고였다. 그 경고의 메아리가 귀사하는 차 안에서 내 머리를 혼란스럽게 만들었다.

디스크로 신음하는 환자분들이시여.

명의를 만나 건강한 삶을 사실 수 있도록 심사숙고, 대처하시라는 말씀을 드리고 싶다. 수술하는 것만이 능사가 아니다.

2009. 12. 28.(월) 쾌청

폭설과 출장길

어제 내린 눈과 한파가 겹쳐 오전 7시 출근길이 퍼런 빙판길이다. 눈은 눈대로 휩쓸리며 영하 12도의 거리를 어지럽게 하고, 차량 바퀴 따라 떡가루처럼 흩어지는 눈은 모든 차량들에게 경고등을 켜게 한다. 겁먹은 불빛들이 사납게 상대방 차들에게 쏘아댄다.

아내는 전철 9호선 출발지인 개화역 광장까지만 태워다 주고 이내 차를 돌려 사라졌다. 전철 안으로 밀려드는 승객들이 종종걸음으로 금세 붐빈다. 텅텅 비었던 평소와는 사뭇 다른 비상 출근길 모습이다. 대중교통편을 이용해 달라는 아침뉴스 대로 사람들은 자기 살 길을 따라 움직이고 있는 것이다.

지나는 역마다 늘어나는 승객들로 발조심을 해야 하는 긴장감이 더욱 피곤함을 가중시킨다. 움츠러진 목덜미에 식식거리는 숨소리, 그렇게 국회의사당 역에 당도하니 인파로 꽉꽉 들이차 대형 파도를 이룬다. 오늘은 창원까지 당일 출장길, 서울역 KTX 대합실은 폭설로 인한 피난처와도 같다. 도로, 공항이 묶이니 사람들의 발길이 기차역으로 몰린 것이다. 밀양까지는 특실행이라기에 안심하고 신문을 펴들었다. 그런데 다른 손님이 왔다.

자기 자리라면서 비워 줄 것을 요구하는 것이다.

우리 취재진의 실수로 예약날짜가 지나 자동 무효가 되어 그만 일반석으로 쫓겨나야 하는 신세가 된 것이다. 취재장비까지 자리를 차지하니 비좁기가 이를 데 없다. 어쩌겠는가, 오늘의 일진이 그럴진대.

밀양에서 다시 창원까지는 새마을호로 갈아 타면서 점심을 먹어야 했다. 그나마 장어덮밥밖에 먹거리가 없었다.

냉장고 찬물에 찬얼음밥이 아니던가. 정말 너무했다. 관광대국을 꿈꾼다면서 최상의 기차가 이것인가. 소화될 리가 없다. 현장에 도착하여 온수 몇 컵을 들이켰어도 속이 따뜻해지지 않는다.

바람도 거세다. 취재지역도 여러 군데였으니 허둥대는 하루인가 보다. KTX로 원위치 된 서울역의 밤은 하얀 나라다.

빙판길을 엉금엉금 가다싶피 하여 회사에 도착하니 밤 11시가 넘었다. 당일 출장길 치고는 고된 여정이었다. 김포로 가는 찬바람 속, 새벽부터 오밤중까지 헤매는 하루다.

2010. 10. 22.(금) 쾌청

농부밴드

　다섯 명의 농부, 농사일 속에서도 시간을 내어 5인조 밴드를 결성하고 여가활동으로 이곳저곳 위문 공연을 다니는 사람들. 경기도 화성에 그런 사람들이 있다 하여 벼베기 현장으로 출동을 하다.

　황금빛의 가을은 깊어만 갔다. 가을 추수걷이는 반 이상이 끝나고 있고 황금 같은 벼 이삭, 들 콩밭 언저리, 검은 해바라기 열매가 흔들리며 간신히 무게를 지탱하고 있다. 까칠해진 코스모스 꽃씨들도 길가에 스치는 바람에 대궁을 맡긴 채로 곱디 고왔던 분홍색의 추억을 뿌린다.

　가을은 남자의 계절이라고 했던가.

　도로공사판에도 추수 현장에도 검은 얼굴의 남자들 일색이다. 달리는 차 안의 남자, 나도 가을을 타는 것만은 틀림없다. 이 계절은 그렇게 신이 나기도 하다가도 그렇게 명상 속 상념에 젖는 경우가 많기에 흔들리는 갈대의 계절이라 말하고 싶다.

　대형 도로공사장을 지나 감나무골 마을 안으로 들어가니 단장이신 농부 가족이 계셨다. 잔디밭 정원 속에 원두막도 세워 놓은 차분한 농가였다. 아내는 포도주와 찐밤을 내놓고는 밖으로 나도는 남편을 흉보는 너스레가 밉지 않았다. 그를 웃으면서 숙명으로 받아내고 즐기는 아내 같기에 그런 생각을 하는 것이다.

　서로 보완재의 부부로서 다른 점들을 보석처럼 생각하며 살다 보면 가장 멋있는 부부가 되리라 믿어 확신한다.

196

홍시감 몇 개를 주워 먹으니 배가 든든하다.

농촌은 먹거리로 골목마다 들판마다 주렁주렁, 그들이 흘린 땀을 증거하고 있었다. 또 한 명의 단원과 같이 도착한 곳은 계곡의 콤바인 추수 모습을 영상에 담는 일이다.

"그놈의 친구 땜에 반 수확도 어림없다."는 가수인 단원의 푸념이 우습다가도 짠하게 다가온다. 지난 곤파스 태풍이 그놈의 친구란다.

이리저리 엎친 데다가 잦은 비로 인해 물구덩이에 처박힌 벼 이삭이 처연해 보인다. 콤바인 톱니바퀴는 그 속에서 기계음을 내며 단장의 손놀림에 의해 나락으로 담겨졌다.

진흙 속에서의 기계 작업은 고장도 없이 잘도 진척이 되었다. 진일보한 농업 기계화의 현주소를 보는 것만 같다.

나는 논구덩이에 빠져 아래 바지에 온통 논흙이 범벅이 됐어도 취재 현장이 고통스럽지는 않았다. 농부의 아들인 기자로서 논흙은 피나 다름없는 생존의 바탕이기에 그 냄새, 그 빛깔이 고왔던 것이리라.

끝나갈 무렵, 그들은 막소주 한 사발에 오이 한 개로 휴식을 취한다. 나도 한 사발을 들이켰다. 해설피 논두렁에서 그들은 아랫논까지 끝내고 갈 모양이다. 바지에 묻은 논흙은 비벼대니 신기하게 없어졌다. 농부의 흙은 노란 햇살에 부서지는 머드팩 원료로서 일반 흙과 다른 모양이다.

비록 그들의 연주 모습은 보지 못했어도 검은 얼굴, 검은 손으로 건반 위의 악기와 악보를 보며 두드린다는 걸 생각하면 벌써 흥분이 되었다. 5인조 농부 밴드 여러분, 건투를 빌고 아내분들도 훌륭히 동참하시길 빌어봅니다.

귀사하는 서해로에는 어둠이 어느새 검게 내려 앉았다.

가족

1990년~2010년

1990. 11. 11.(일) 맑음

전 가족 제주행

그동안 미루어오던 아버님, 어머님 모시고 7남매와의 제주여행. 수현이 형제(兄任) 내외분도 같이한 제주행(行)이다.

새벽부터 아내는 김밥 준비에, 애들 뒷바라지 때문에 잠을 통 설친 모양이다. 오전 8시발 제주행 비행기는 10,000m 고도를 유지하며 서울(seoul) 상공을 둥실 떠올랐다.

다리가 불편하신 어머님께서 멀미가 한결 덜하시다니 마음이 놓인다. 창가에 앉아 바깥 세상에 마냥 신기해 하시는 두 분 모습에 정말 즐겁다. 어느새 저만치 '노인'이라는 회색지대에 앉아 계신 두 분, 머리칼과 주름살, 손 마디마디의 젊다고는 할 수 없는 두 분 모습을 본다.

삼방산(돌산)에 도착하여 24명(名)이 기념 촬영하고, 해풍(海風)의 가을 바람은 싸늘하지만 드넓은 바다를 끼고는 정겨운 형제들의 우애를 마음껏 확인 할 수 있다.

술 몇 잔을 드신 아버지는 항상 저만치 물러 앉으셔서 자식들의 즐거운 모습들을 바라보신다. 약수터까지의 등정, 중간 막걸리 맛, 25인승 버스(bus)는 감귤농장으로, 서귀포로, 횟집 식당으로 떠들썩한 유람은 계속된다. 천제연폭포에 와서 내 등에 업히라고 해도 업히지 않는 어머님 고집에 그래도 자식들은 부축하며 즐겁다. 절뚝거리는 어머니 왼쪽다리의 불편함에 끝없는 안쓰러움이 더해 오지만 계속 웃으시는 모습에서 삶의 고귀함과 많은 자손을 낳아 놓으신 두 분의 거룩한 뜻을 헤아려 보기도 한다. 다음으로는 버스(bus) 안에서 흥겨운 분위기가 자동적으로 이루어지다. 24명(名) 전 가족이 마이크를 잡고 노래도 하고 스치는 차창 건너 남쪽의 이국적인 모습에 저절로 박수를 친다.

원래 아버지는 가수 뺨치는 목소리의 소유자이시다. 그 어릴적 시골에서 상여가 출발하면 맨 앞에서 이끌고 가는 향도, 즉 요령잡이 노릇을 수십 년간 하셨다. 그 심금을 울리는 음성으로 망자를 이승에서 저승으로 인도하는 회심곡의 주인공이시다. 물론 한 곡을 시원스럽게 뽑아 주셨다. 정말 들을만 했다. 어렵게 들어보는 분위기 충만한 아버지의 노래다. 바람 때문에 머리가 헝클어진 어머니의 비녀머리와 하얀 양말에, 어색하시기만 한 넥타이 차림의 아버지를 해풍의 길가에 나란히 앉게 하여 찰칵 사진을 찍어드렸다. 같이 웃으시는 내 아버지 어머니. 전 가족이 함께한 여행의 밤은 왁자지껄하면서도 평화로왔다.

제주도 용두암 우리 가족.

1996. 5. 25.(토) 맑음

어머니 결혼 60주년에

웃음 속 부모님.

204

열일곱 청춘에 시집 와 보낸 세월, 아! 그리고 60년이다.

붉은 토담집을 산기슭에 기대어 지은 그 단칸방이 신혼방이었을 것이다.

형제 자매가 외롭지 말라며 낳고 낳아 10남매를 낳았고, 풀뿌리죽, 무명옷감으로 7남매를 키워온 세월아.

허기진 배 움켜쥔 밭고랑 세월, 제사떡, 홍시감, 뜨거운 고구마를 벽장에 간직한 세월, 학교길은 육성회비, 소풍비, 교복맞춤비 등으로 아침 밥상머리를 한숨으로 달래야 했던 세월. 우리 어머니의 세월은 계속된다.

움푹 패여만 가는 주름살 속에 질곡의 세월은 도장처럼 박히고, 이제 결혼 60주년을 맞는 어머니는 오늘도 항해를 멈추지 아니하신다.

늘 맛있게 드시는 입맛은 아니시지만 그 칼칼하고 선선한 음식 솜씨는 동네에서, 집안 사람들 입에서 칭찬의 소리 배고 배었다.

올해 연세 77세!

당신의 자식들은 30대(代), 40代대(代), 50대(代)로 촘촘히 나이가 박혀 있습니다. 지나온 어머님 삶의 무게를 아직도 모르면서 말이어요. 그냥 어리광을 부리면서 말입니다. 어떻게 어머니를 저희들이 알까요. 어머니께서 저희들을 알 뿐이지요.

1996. 8. 12.(월) 맑음
경운기 사고

고향의 부모님 곁에서 휴가를 보낸 지 4일째다.

자욱한 안개를 헤치며 아침 일찍 농약을 뿌리기 위해 아래뜰로 내려갔다. 매형과 매제 그리고 아버지 나 이렇게 넷이서 몇 시간이면 다 하리라 생각됐다.

안개가 걷히면 8월의 더위는 들녘에 불덩이를 쏟아 붓고 일손은 바쁘기만 하리라.

논농약이 거의 끝날 무렵, 경운기 벨트를 아버지께서 벗기시려고 끙끙거리며 애쓰신다. 새끼 벨트를 벗겨내야만 이동할 수 있기 때문이다. 나는 안 벗겨지는 벨트 끝부분에 약간만 힘을 가하면 벗겨질 것 같아 오른손을 댔다. 조금만 힘을 더하면 쉽게 벗겨지리라 생각했으나 그것이 아니었다.

찰나였다. 내 오른손 새끼손가락 끝부분이 거의 잘려 버린 것이다. 덜렁거리며 선혈이 낭자하여 피가 뚝뚝 떨어진다. 옷에 흠뻑 밴 농약과 땀, 옷자락은 피로 물들어 있었다.

아버지의 떨리는 음성, 천을 대고 비닐봉대로 간단한 응급처치를 한 후 매형과 누나의 차에 올랐다. 그리고 사장 뜰에서 기다림 속에 아픔을 참고 30여분 만에 공주병원으로 갈 수 있었다.

덜렁거리는 잘린 끝부분을 소독하고 마취와 X-ray 그리고는 2~3일간 입원을 권유하기에 그것은 불가라 말하고 상경해서 서울에서 수술, 치료를 하기로 하다. 집으로 돌아오는 차 속에서 본 자식과 아내가 더욱 안쓰러워 하다.

욱신거리는 쓰라림, 절단된 뼈의 봉합여부가 궁금한 채 세 시간 만에 집 근처에 있는 연세외과에서 수술을 하다. 고향 공주병원보다 훨씬 신뢰가 가는 마음이다. 마취와 봉합수술에서는 진땀을 흘리면서 신음하다. 아내의 걱정과 한숨이 옆에서 또렷이 들렸다.

내 생애에 78년(年) 8월26일 고속도로 교통사고 이후 최고 수위의 다침이다. 집에 돌아오니 마취가 풀려서인지 그 아픈 심정은 말할 수 없다. 휴가 동안 부모님 곁에서 작은 효도나마 실천코자 하다가 오히려 사고를 당했으니 또한 불효를 저지른 기분이다.

아내와 자식들, 나 자신에게는 떳떳하면서도 부주의를 질책하다. 농사일이란 것이 얼마나 어렵고 또한 기술이 요구되는가가 증명이 됐다. 몸소 또 하나 배운 고향 땅에서의 산 교육이다. 어서 낫기를 바라면서 잠을 청해본다.

1997. 9. 21.(일) 맑음

한없이 기분 좋은 날

기상과 동시에 하늘을 본다. 호주에서 보았던 드높고 남푸른 하늘이 전부였다.

오늘 마포 둘째 형(兄)이 이사하는 날이다. 10대(代)에 상경해 부뚜막 온기에 몸을 얹어 자고, 공중화장실 옆의 전세방은 매우 옹색했다.

내 총각 시절, 단칸방에 날 재워주고 먹여준 시원한 동태찌개 한 그릇을 어찌 잊을까.

가난을 숙명처럼 여기면서 주야가 교대로 바뀐 서울생활 30여 년, 그 형의 얼굴은 부석부석하고 주름이 가득하시다. 그러나 오늘은 흐뭇한 웃음이 두 분 얼굴에 배어 흐른다.

그 30년의 가팔랐던 삶을 마감하고 큼직한 아파트로 두 아들을 데리고 이사를 하는 날이다. 그 기쁨을 난 서럽도록 아름다운 이삿날이라 부르고 싶다.

전 식구가 한데 모여 이 방 저 방을 수없이 왔다갔다 했다.

"둘째형! 고생 많았쑤."

저쪽 여의도며 뒤편으론 남산이 훤히 보이는 이 곳 형님집이 그렇게 좋아 보였다.

형제 중 제일 고생이 많으신 분,

부모님 재산 증식에 일등으로 공헌하신 분,

식성은 짧으셔도 수덕(手德)이 계셔서 손재주와 그 덕이 크신 분,

술 한모금, 노래 한자락은 못 깔아도 담배는 지금까지도 많이 피우시는 분,

야간 좀도둑을 꽤나 퇴치하신 야경대장이셨던 분,

형제 중 힘이 제일 쎄셨던 분께선 강건함으로 노후를 맞이하시길 바래본다.

둘째 형님과 함께.

1997. 12. 28.(일) 맑음

조카 결혼식

우리 집 장조카인 상종이가 결혼하는 날이다. 소년 시절, 쑥쑥 잘도 크다가 청년기에 와서는 멈춰진 키에 연약하지만 착실한 조카다. 어느새 서른이 넘어 장가를 들다니 나로서는 감회가 남다르다.

어린 시절, 조카는 풍족하지 않은 가정환경 속에서 삼촌들과 나눠 써야 했던 큰형님의 박봉 살림은 지금 와서 생각해 보면 모두 아찔할 정도로 아슬아슬한 어려움이었다. 그런 가난 속에서 어엿하게 성장한 모습이 대견하다. 아내도 한복으로 쏙 빼입고 나 또한 정갈한 정장으로 최선을 다한다. 정말 기분이 좋았다.

아이스 거품 속에 웨딩 카는 공중에서 내려오고, 설레임 속에 식은 거행된다. 고향의 늙으신 어르신네들이 오셔서 식장을 꽉 메워 주셨다. 어머님이 허리디스크 때문에 못내 참석치 못한 것이 제일 아쉬움으로 남는다.

결혼식이 그리도 빨리 진행이 되는지 그 또한 아쉽다. 친인척과 그리운 얼굴들을 날아가는 화살처럼 놓치기만 하니 너무나 바쁘기만한 식장 모습이다. 폐백을 조카한테 받고 나니 행사는 끝이다.

지난날 부족함이 많았던 조카의 성장사가 앞으로는 두 내외 지간에 화목한 결혼생활로 풍요로운 남은 여생을 장식하길 바라면서 조카들 2세 선두주자로서의 너의 장도에 영광만이 있기를 작은아버지는 빌 뿐이다. 행복하여라.

1999. 4. 5.(월) 맑음
아버지와 용변

　보통 통증이 아닌 모양이다. 5시간의 엉치뼈 인공관절 수술이 성공적으로 끝난 지 4일째다. 신음소리에 땀까지, 참으로 수술 뒤의 통증은 상상을 초월하는 고통인가 보다. 아버지께선 연신 그 아픔을 호소한다. 오후에 딸과 아들을 데리고 할아버지를 뵙게 하다. 일종이 손자를 보고는 엉엉 우신다. 어린애처럼······.

　나도 눈물이 났다. 움푹 패인 주름살 위로 아버지의 눈물은 진하게 흘러 내렸다. 아마도 손자를 보는 순간, 그 고통 속에서 삶이라는 질곡을 살아오신 과거와 현재가 교차하면서 메어져 오는 그 무엇이 눈물의 울음소리를 내게 했나 보다.

　엉치뼈 수술인지라 대소변을 받아내야 한다. 대변을 보기 위해 병실 밖 환자용 변소로 침대차를 이동한다. 성인용 기저귀를 빈틈없이 채워드리고는 그 밑에는 신문 몇 장을 더 깔았다. 용변 묻음을 방지하고 붕대 감은 부위가 특히나 신경이 쓰였다.

　두 손에 힘을 잔뜩 주시고는 이틀 만에 대변 방출 작업이 시작 되었다. 아버지께서는 날보고 불을 끄고 밖에 대기하라는 것이다. 이해가 갔다. 깜깜한 데서(뒷간) 용변을 보시던 습관이 80년 가까이 계속됐으니 그러하시리라. 몇 분 뒤에 들어오라고 하셨다. 기저귀를 뜯어보니 시원스레 많이도 내놓으셨다. 그나마 건강함이 느껴진다. 잔뜩 오므려서는 기저귀를 휴지통에 버리고 청소 작업이 시작됐다. 아버지 연세가

79세 빼기 76세 하여 3살로 보였다.

　난 휴지를 연신 사용하였다. 신음소릴 내면서 아버지는 "옴망 패인 엉덩이를 잘 닦아내라."는 말씀을 하신다. 웃음이 마스크 밖으로 새어 나왔다. 옴망이란 말은 움푹이라는 아버지만의 사투리다. 열 번 이상의 휴지 사용이 끝나고서야 깨끗함을 인정할 수 있었다. 아버지의 개운한 표정에 나 또한 흐뭇했다. 뜨거운 물수건으로 얼굴과 발을 마사지하듯 여러 번 닦고 훔치고 문질러 드렸다. 병실용 침대를 밀어대며 아버지께 "이제는 어린아이의 3살 연세"라며 농담을 드렸다.

　2인용(人用) 병실로 돌아온 아버지는 조용한 가운데 눈을 감으신 모습이 완연한 중환자 모습이다. 저며오는 통증을 얼굴에 담고 수없는 풍상을, 질곡 속으로 점철된 삶의 역사를 증거하는 것이리라.

　이 아들은 그저 이마에 손을 대보고 다리를 만져 드리는 것으로 보호자 소임을 다했다고 자처하지만 어찌 아버지의 긴 역사를 헤아릴까. 그 굵은 주름살의 역사를!

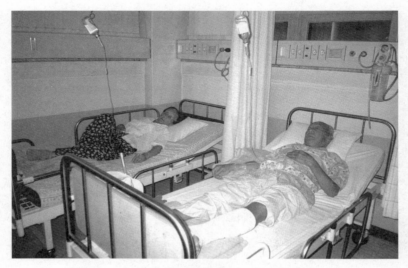

응급실의 부모님.

2000. 2. 13.(일) 맑음

팔순(八旬) 잔칫날

영광의 아버지 팔순 잔칫날, 한 명도 빠짐 없이 2세, 3세들이 모두 모였다. 36명(名)의 대가족이 모인 것이다. 군에서 제대한 봉종이도, 작년 이맘때 결혼한 조카딸도 임신한 몸으로 참석하니 이 얼마나 자랑스런 회동이란 말인가. 찐한 감동의 한마당이다.

웅장한 상다리 너머로 이제는 완전 백발이 되신 8순의 아버지와 어머니께서 앉아 계신다. 손자들까지 모두 한 잔씩 따라 올리고 두 잔째 받아마신 노부모님은 지난 세월을 말씀하고 계신다.

파란만장한 고난의 세월이 많으셨으리라. 가난이란 멍에 속에 비, 눈, 사계절을 줄타기하시며 7남매를 이곳까지 끌고 오신 것이다. 상기되신 아버지 눈빛 속에서 그 내용을 읽을 수 있었다.

붉게 충혈된 눈, 아버지는 울고 계셨다. 자손의 풍요와 성장과 질곡에서 살아오신 지난 세월을 한순간 스치는 감회로 어찌 다 형용하오리요. 이웃집 경종씨까지 모든 집안 후손들이 절을 올리고 술잔을 바쳤다. 그 잔은 감사의 잔이요, 용서의 잔이요, 번영의 잔이며, 축원의 잔이리라. 그리고 풍악이 울리고 넓은 무대에서 8순 잔치의 마당은 흥겹게 무르익어갔다.

어느새 아버지는 집으로 가고 안 계셨다. 며느리들이 맘 놓고 놀라며 가신 것이다.

부모님 팔순잔칫상의 7남매 부부.

2000. 5. 7.(일) 맑음

고추모종

　살맛 나는 싱그런 봄 날씨가 연출되는 우리 집 전원마을 고향 땅 텃밭에서는 예년처럼 고추 모종이 따끈따끈한 초여름의 날씨 속에 진행됐다. 내일은 어버이날이기에 잠시나마 부모님과 호흡을 맞추며 이 봄날을 노래하니 이 얼마나 행복하단 말인가. 다리를 절며 모종판에 물도 주고 튼튼하게 심으라는 아버지의 농사 교본 말씀을 듣는 자식들은 얼마나 정확하게 알아들었는지 궁금하다. 어머니는 허리춤이 내려간 줄도 모르고 구부린 채 일어날 줄을 모른다. 엄마의 두툼한 흙손길을 누가 이기겠는가. 그렇게 모종 작업은 몇 시간 후에 끝났다.

　농사일 치고 어렵지 않은 일이 없으나 노동의 대가는 과실로 돌아오는 참 진리 앞에 겸허한 마음뿐이다. 저녁 때가 되어 보니 그 몸살 앓던 모종 고추들은 꿋꿋하게도 일어나 있었다. 신기한 생(生)의 의욕이 아니던가. 오후에 대전 막내가 풍성한 꽃바구니를 들고 어버이날 효(孝)를 다하기 위해 방문했다. 튼튼한 막내도 마흔을 넘기니 그 곱던 20대 시절, 나와 함께 자취 생활하던 모습이 오버랩(overlap)되며 안쓰럽다. 복실하게 커 버린 진돗개를 데리고 굴양골로 넘어갔다. 어린 시절, 계곡을 따라 소 몰던 고갯길로 올라가 나의 논으로 향했다. 올해 융자받아 구입한 논이기에 애정 또한 남다르다. 그런데 이 놈의 개가 갑자기 못자리한 논으로 첨벙거리며 들어갔다. 곤죽이 된 황토 못자리 논에 온몸을 뒹굴며 장난을 친다. 밖에 나와 먼지 나는 길바닥 길에서 뒹굴

고 또 못자리 논으로, 이렇게 몇 번을 해댄 복실이는 온몸이 황색빛깔
나는 야생동물이 됐다. 웃음이 절로 나온다. 쨍쨍 내려쬐는 굴양골 뻘
에서 오후의 진흙 일광욕은 그야말로 동물의 세계였다. 네놈도 정녕
야생동물 본색이렸다.

2000. 8. 2.(수) 맑음
10남매의 전설

매년 휴가 때면 행복한 마음으로 고향(故鄕) 땅을 밟는다.

삼태기처럼 움푹 들어간 60여 가구의 조왕골(助王骨) 마을, 아랫말, 중말, 웃말, 항고개로 구성된 노씨문중 일색의 집안이다. 재미난 텃새 말을 보면 장터고개, 산신령골, 군량골, 때막골, 증골, 할미터골, 서당골, 뱀골, 최봉골, 사장뜰.

수십 년 전 방앗간 중말에서는 둥근 느티나무 고목을 중심으로 풍요를 비는 농악이 쟁쟁 울리고, 새납소리며 꿩깃발 달아 올린 왕대나무는 칠권이 형님 손에서 춤바람으로 신명이 났다.

동네 가운데를 S자로 굽어져 시냇물이 흐르고 털게, 장어, 가재, 미꾸라지, 쌀붕어가 잡히는 청정 개울물이 있었고, 호드기 불며불며 학교를 오가던 개울둑에는 수려한 왕버들나무가 줄줄이 서 있는 그런 뚝방동네다. 그 길 가에 있던 질경이 풀숲은 발길을 붙잡게 하고 풍뎅이 나는 소리, 때때기 나는 소리며 이 뜨거운 여름날에는 오후 내내 매미소리가 시끌벅적했다. 어언 수십 년을 건너 뛰어 지금 고향에 들어선다. 그 아홉 마지기 논도 없어지고 뚝방길은 동서로 4차선 고속도로 공사에 잘려나가고 잔잔한 장뜰은 온통 공사판인 것을! 둘째 어머님이 여름을 나셨던 동구 밖과 구원밭은 도로로 변해 있으니 상전벽해가 아니고 무엇이란 말인가. 낮더위를 피해 밤이 되니 어머니, 아버지와 마주 앉았다. 수십 년 전이나 지금이나 변함없이 사랑을, 마음을, 눈물을, 그리움을 가득

217

주시는 분들이시다. 나는 여쭈었다. 어머니는 몇이나 두셨었는데 유실 자식이 몇 명이냐고. 맨 큰딸과 나와 지금 형 사이에 두 아들을 잃어 3명이 죽었고, 나머지 7남매가 현재 너희들이라면서 내 위로 죽은 두 형님들 얘기를 들려주셨다. 한 분은 돌이 막 지나서 아프기 시작했단다.

그럴 때는 산 넘어 석송쟁이 할머니를 찾아 살풀이를 했기에 평촌마을로 넘어가 말씀을 드리니 석송쟁이 할머니가 가지 않겠다며 옷걸이 밑에 숨더란다. 죽을 운이니 오늘 저녁이 끝이기에 안 가시겠다는 것이다. 오늘을 넘기고 가시겠다고 우기시니 도로 그냥 넘어 오시는 어머니 발걸음은 어땠으랴. 그날 밤 형님은 그분 말씀대로 숨이 끊어지셨고 또 한 분은 9살 되던 해에 세상을 떴다. 마른 체구에 영리하기 그지 없었던 애가 시름시름 자주 앓아 누웠단다.

거기에다 홍시감이 익을 무렵 동네 친구가 올라가 따던 장대에 머리를 맞아 더욱 건강이 니빠졌다는 것이다. 그래서 그 해에 그 아들을 가슴에 묻으셨단다. 이웃집 정근이 부친과 아버지가 날지게에 지고는 공동묘지 애장터에 묻고 오셨다는 어머니 말씀.

결국 세 자식을 먼저 저승에 보내야 하셨던 어머니, 아버지. 참혹한 시련의 아픔이었을 두 분의 고통, 궁금증을 풀어주셨다. 물론 아버지는 들으시기만 하시고 어머니께서 기억의 저 편 너머 가둬두셨던 그 생생한 진실을 끄집어 내어 실타래를 풀어내듯 토해내셨다.

10남매의 시작인 60여 년 전부터 지금까지 한올의 실타래도 헛됨없이 짜오신 두 분 말씀에 한여름밤은 깊어만 갔다.

2001. 2. 4.(일) 맑음

불효자식들

아버지의 여든두 해 생신 날 여느 때와 같이 자식들이 한데 모였다. 얼마나 행복하고 뿌듯한 날이던가. 큰 사고 하나 없이 무난히 자식들과 함께 80여 년을 살아 오신 두 분께선 행복하셔야 할 충분한 자격이 있으시다고 큰 케익을 자르면서 환호를 한다. 특히 "작년 한 해만 같아도" 하시면서 그런 대로 건강을 유지하셨던 작년이 그지없이 기분이 좋으셨단다.

그 날 아침에 작은 파문이 일었다. 내용인즉, 아버지께서 도로 보상비를 받았던 돈으로 다시 논 너마지기 800평을 사셨다. 그 땅의 등기 때문에 형제 자매간에 불만이 터져 나온 것이다. 큰형님께서는 응당 자기 앞으로 등기를 낼 기세이고 누님이나 여타 형제들은 아버지 앞으로 등기를 내서 사후에라도 형제들의 공동 땅으로 보존해야 된다는 아버지의 뜻을 존중한 데서 원인이 생긴 것이다. 서울에서 의견 정리를 끝내고 내려간 일들을 큰형님께서 불쑥 꺼내니 난감했다. 즐거운 생신날에 이 무슨 불효막심한 행동이란 말인가. 경악했다. 그리고 큰 변고라 생각했다. 중간 형제로서 큰형님을 나무랄 수도 없는 일, 곧 진정이 되었지만 부모님의 안색이 편해 보이지 않는다. 결국 아버지의 뜻대로 하기로 결론이 났다. 하지만 노후에 편히 모시는 자식하나 없이 늙으신 노구를 이끌고 조석으로 밥 해 잡수시고, 밭일을 하시는 부모님께 이럴 수는 없는데, 하고는 좋게 반전시키려고 무진 애를 썼다. 오늘 하루, 불효자식들은 반성해야 한다고 절규한다. 욕심은 아니된다.

2001. 10. 9.(화) 비/10. 10.(수) 비

저승사자의 밤과 낮

불야성이었다.

상가(喪家)로 통하는 길목에는 백열전구가 늘어서 있고, 대형 천막은 휘영청 밝혀 놓은 불빛으로 하얀 집이 되어 하얀 소복을 입혀 놓았다. 저기가 저승사자가 인간 세상인 이승의 한 분을 데려 가려고 밝혀 놓은 불빛이던가, 하얀 성(成)!

밤새 달려온 형제들은 낯익은 형님 한 분의 죽음에 두 손을 얼굴에 비비며 주검 앞에서 흐느꼈다. 통곡이었다. 곱추춤의 대가, 잔잔한 미소에 담배, 술의 미학(美學)을 즐긴 분.

일찍 바람을 피운 탓에 아들 하나를 우리 집에서 낳아 어디론가 떠나보낸 자. 일찍 아버지를 여윈 장남의 눈가엔 늘 쓸쓸함이 서려 있었지만 이리도 일찍 저승사자의 동행인이 되어 누워 있을 줄은 까맣게 몰랐다. 반쯤 식어버린 돼지머리 고기를 입에 한점 넣었다. 그리고 찬 소주 한 컵을 단숨에 들이켰다. 화투 치는 사랑채 사람소리, 부엌의 부산거림. 문상객들은 멍석 위에 선 채 무언가 떠들면서 찌개소주를 마신다. 야심한 상가집은 저승사자가 주재함을 느낀다.

100촉 전구 불빛 사이로 흰비가 내린다. 자정으로 넘어가면서 굵어지는 밤비는 스물스물 스산한 초상집 풍경을 압축해 놓은 슬픈 농가(農家)! 싸늘한 시신으로 누워서는, 그냥 천년을 만년을 고요함으로 채우며 사라질 전설 그것이었다.

220

뜨락으로 흰 아침이 밝아오면서 100촉 전구는 꺼지고 골목마다, 소구유 밖에도, 감나무 울타리에도, 흰 비는 더욱 세차게 내린다. 슬픈 비이기에 그 속에 섞여 있는 흰 소복 역시 엊저녁 저승사자들이 입혀 놓은 옷 같다.

종일토록 흰비는 세차게, 여리게 상가집 천막을 흔들고, 망자가 생전에 닳고닳게 드나들었던 마루턱까지 뿌려댔다. 발인을 못 보고 상경해야 하기에 저녁 8시, 망자 촛불에 향불을 올리고 앉았다. 내일이면 깊고 깊은 망망대해 저승세계의 골짜기로 사라지실 분이기에 하직인사를 하니 무형의 대화가 오간다. 그리도 급하게 가셔야 할 그 무엇이 있단 말이냐고…….

밤비를 저승사자집에 남겨두고 귀경길을 재촉했다. 칠흑 같은 고속도로의 밤길은 짙은 물안개가 피워 오르듯 시야에 펼쳐지는 드넓은 검은 구름단지 밑으로 하얀 물보라가 일어나 커다란 태산 아래 밤 풍광을 보노라니 괴이한 상상 속으로 빠져든다.

지금쯤 마치 망자(亡子) 형님이신 수해 형께서 저승에도 있는, 바로 저기 태산(太山) 속으로 걸어가고 계시는 것 같다. 착각일까 혹은 환상일까. 밤 고속도로 상에 펼쳐진 검은 태산을 보며, 그분은 어디쯤 가고 계실까를 중얼거렸다. 깊은 밤, 검은 밤에…….

2002. 2. 27.(수) 맑음
조카 졸업식

　평상시 내 머릿 속 잔상 중의 하나는 집안 결혼식, 졸업식 등의 행사에 적극 참여함을 성스런 임무라고 생각하고 있다. 특히 졸업식엔 더욱 그렇다. 나의 대학 졸업식 날은 누님과 여동생 둘 뿐이었다. 부모님은 어디에도 안 계셨다. 농사꾼이신 그분들께서 오시기를 그 당시에는 기대했었던 기억이 있다.

　지금은 그런 습관에 젖어 있지는 않겠지만 얼마나 오시고 싶었던 마음이었을까. 요즘도 졸업·입학 계절에 전화로 안부인사 드리면 그때 졸업식장에 못 간 것이 가슴 속에 한으로 남았는지, 울먹이시기까지 하신다. 불효자는 서운함만을 마음에 뒀던 못난 생각에 부끄러울 뿐이다. 그 큰 명(命)을 받아 오늘 조카 봉종이의 대학 졸업식장으로 달린다.

　마포 둘째 형님은 모진 가난 때문에 초등학교만 졸업하고서 상경, 고생 끝에 오늘에 이르신 분이다. 지금은 삼부자(三父子)가 부자(富者)가 되기 위해 모두 돈을 벌어들이는 훨씬 나은 조건이 되어 있다.

　용인 계곡 캠퍼스는 수천 명의 축하객이 붐빈다. 하지만 조카는 내내 아쉬운 표정이다. 번데기, 홍합 국물, 소주 한잔, 돼지볶음 요리. 졸업식장에서의 메뉴가 다양하다. 용인 시내를 통과하다 보니 아뿔싸 식당이 없다. 사당동까지 굶주리며 참아온 텅빈 배를 아구찜으로 채웠다. 졸업식과 아구찜이었다. 오후 4시의 늦은 점심식사다. 사회라는 광장에 내몰린 조카의 앞날에 행운과 부귀가 있길 바란다.

222

2002. 3. 23.(토) 맑음

변산반도에서

　서해안 고속도로를 따라 휴가길을 가는 기분은 날아가는 기분 그것
이다. 서해대교, 당진, 서산, 해미곶에서 숨을 고른다. 수덕사를 찾아
보기 위함이다. 고찰은 보수에 보수로 고쳤어도 여기저기 천 년의 숨
결이 배어 있음을 곳곳에서 만져본다.

　낡은 문양, 처마끝 석가래, 무거운 돌탑, 아주 오래된 초가집 여관은
노 화백 이응노 씨도 잠시 머물렀다던가. 고창 앞 광장에서의 돌솥 누
룽지 점심은 아주 여유 있고 감칠맛 나는 봄날의 정식이었다. 개울 건
너 언덕바지에 산수유, 진달래, 개나리……. 봄바람에 온몸을 맡기는
꽃단장의 화사함이여!

　초행길 수덕사 길은 확실한 봄날을 연출하고 있었다. 그러나 변산
길은 멀었다. 지방도로를 굽이굽이 돌아 물어물어 콘도에 도착하다.
10여 년 만에 후배인 조장현 부부를 만난 것은 그때였다.

　가냘퍼 보이는 친구지만 의리가 있고 섬세한 마음씨를 지녔다. 해외
취재를 통해서 아주 가까워진 5년 후배다. 더욱이 결혼 후 아이를 낳다
가 상처한 본부인과의 이별이 얼굴에 남아 있는 듯하여 이번 휴가길에
꼭 보고 싶었다. 그리고 단숨에 달려온 가족과 반주를 겸한 저녁식사
로 해후했다.

　참으로 할 말이 많았다. 어려웠던 해외 취재시의 경험들, 어려운 시
절에 열악한 환경에서 살아 남은 지난 일들이 주마등처럼 스치며 술잔

이 오갔다. 변산에서 저녁, 밤, 아침까지 동숙하며 그 친구 가족과 함께 하다. 쑥이며 냉이들이 들녘에 지천이어서 그 향기가 진동한다. 이 봄을 열창하는 굉음과 함께 변산반도의 하루가 간다.

2002. 8. 25.(일) 맑음
어머니의 개 이야기

어머니는 우리 집은 늘 개가 잘 안 된다 하면서도 또 키우신다. 밥풀데기 하며 비린내 나는 생선토막들을 버리시기가 무엇해서 그런지, 아니면 키워 가지고 1년에 한 번 복중의 자식들을 모두 불러 질펀하게 한 그릇씩 주시려고 키우는지 모르겠다. 하여튼 이모님이 주셨다는 귀가 큰 강아지를 달포 전에 가져다 키우고 계셨다.

그런데 없다. 검은 중 강아지가 사라지고 없어서 여쭈어 보았다. 어머니는 소름끼치신다며 개 이야기를 하시는 것이다. 시름시름 앓던 개는 아침밥을 주려고 해도 잘 나오지 않더란 것이다. 하루는 개 집에서 안 나오길래 가 봤더니 웅크린 채 개 목덜미의 허연 뼈가 나오도록 목덜미살이 없어져 있더란 것이다. 소행은 도둑고양이인 들고양이가 뜯어 먹은 자리였던 것이다.

어머니는 하도 측은하여 붙어 있는 목숨을 살리려고 문간에 옮겨 놓고 지극정성을 다하셨다. 약을 바르고 간신히 음식을 입에다 먹였더니 소생 기미가 보였다. 그러나 네 운명이려니 하고 있으려니 이번에는 구더기 사건이 터져서 봤더니 문간에 엎드려 있던 개 목덜미에 쉬파리 구더기가 달랑달랑 붙어서 기어다니더란 것이다.

아버지를 불러 빗자루로 쓸어내리게 하고 파리, 모기 살충제를 마구 뿌려 퇴치한 다음 약을 발라주었다고 한다. 몇 시간 후인 저녁 무렵, 축 처진 강아지는 죽음을 앞에 둔 터라 어머니는 아버지에게 앞 텃밭 구덩이에 묻어버리라고 하신 모양이었다.

곡괭이를 들고 축 늘어진 강아지와 함께 가신 아버지, 구덩이 속에 던지니까 곧바로 '캐갱' 하면서 살려고 뛰어 오르는 게 아닌가.

아버지는 그 길로 집에 와서는 죽지 않은 강아지를 나보고 묻으라 했다고 어머니에게 언성을 높이신 것이다. 재수 없어 못 묻겠다는 말씀이시니 어머니는 할 수 없이 손수 구덩이에 죽어가고 있는 개를 돌로 누르고 묻어주었다는 드라마 같은 얘기를 하셨다.

돌아오시는 어머니의 마음은 어땠을까.

다시는 개 안 키우겠다는 다짐하지만 아마 또 키우실 것이다. 자식들이 더 소중하기 때문이실 것이고, 그 주모스러움에 버리는 음식이 싫은 것이다. 살아가는 얘기치고는 너무 처절하지만 진실이 담긴 어머니 아버지의 얘기다.

2시간 동안의 벌초를 끝내고 점심과 오후를 마곡사 계곡에서 사촌들과 야유회를 가졌다. 어머니의 얘기와 오후 나들이는 살아가는 재미를 만끽케 하는 삶의 옹달샘이다. 견원지간이라더니, 납량특집 드라마 한 편을 본 듯하다.

2002. 10. 24.(목) 맑음
여동생

만 6년 동안 시어머님을 지극 정성으로 모셔왔던 여동생. 장남한테 시집 가서 큰며느리가 모든 것을 끌어 안고 선두에 서서 지휘해야만 집안 일이 되어 간다면서 군말 없이 대소변을 받아내는 등 묵묵히 이끌어온 여동생이다. 오늘은 그동안 모셔온 시어머님께서 운명을 달리하셨단다. 시간에 쫓겨야 하고 시댁 집안 일에도 결석해야 했다. 그 바람에 동생은 못 하던 술도 몇 잔씩 늘어간 셈이 됐다.

동생은 우리 형제들 중 마음이 제일 유순하다. 무던하게 일도 잘하고 호응적이고 부모님의 속을 덜 썩인 형제다.

어렸을 적엔 나무 타는 솜씨가 일품이었다. 남들은 장대에 의존해서 감이나 호두를 딸라치면 이 사람은 신발 벗고 올라가서 두들기니 밑에 서서 구세주라고 할밖에. 흔들어대는 나뭇가지에 앉아 있는 동생은 무서움을 정말 몰랐다. 그런 동생은 가난 때문에 일찍 상경하여 직업전선에 뛰어들어 집안 가계를 보태주었다.

식성 좋고 멋도 부릴 줄 모르던 그가 신혼부터 중년의 지금까지 가정사에 파묻혀 젊음을 보내야 했다. 시어머니에게 그리도 잘하니 친정인 우리 어머니 아버지께 얼마나 잘했을까, 짐작하고도 남는다.

만족할 줄도, 감사한 줄도, 베풀 줄도 잘 아는 동생. 오늘 그 어른이 승천하신 날. 그 어른께서는 아마도 동생에게 큰 복을 내리고 하늘에 가셨을 것이다.

까칠한 얼굴에 화장수 한 번 바르기 어려웠던 동생아!

고생 많이 하였느니, 남은 여생 이 형제(兄弟)들과 좋은 삶을 살자꾸나. 고맙고 대견하기만 하다. 동생 정남아.

2003. 7. 7.(목) 맑음
도시와 어머니

　그렇게도 절규하듯이 무릎관절 수술을 거부하시던 어머니께서 며칠 사이 서두르시더니 급기야 어제 저녁에 여동생 차편에 올라오시고야 말았다. 수술을 위한 진찰 때문이다.

　밤잠을 설칠 정도의 통증이라니 그 심정이야 오죽하랴. 정상 출근을 한 다음 하루 스케줄을 점검한 후 휴가(休暇)를 내기로 결심하고 얻어냈다. 곧장 누님 댁으로 달려갔다. 내 차편으로 병원으로 향했다. 점심으로 누님은 뜨거운 울면이 좋다며 어머님에게 부드러운 면발을 권했다. 드는 둥 마는 둥 하시던 어머니는 김치국물과 함께 좀 드셨다. 그 점심이 어머니에게는 차멀미의 빌미가 되어 출발과 함께 휴지통에 몽땅 토하시는 것이 아닌가. 비온 뒤라 한강변은 모처럼 무공해 하늘빛과 어울린 깨끗한 건물의 흐름이 긴 병풍처럼 드리워진 아름다운 도시의 오후가 어머니에게는 아무것도 아닌 채 긴 고행의 병원길이었던것이다. 조수석에 타신 어머니는 머릿칼이 흩어지고 여든 중반의 육신은 여지없이 무너져내린 채 눈을 지그시 감은 채 연신 '어머니'를 부르시기만 하는 것이다. "어머니, 음" "어머니가 어머니를 부르신다." 어머니께서는 뚝섬 언저리를 지나 잠실대교를 건너 아산병원에 도착하니 차에서 내리시자마자 비틀거리신다. 그 작은 몸짓으로 육중한 종합병원 문을 기어들어가신다.

　병원 대기 벤치는 모두가 궁금한 것들로 꽉 차 있다.

어디가 아프고, 이런저런 이유가 있고, 몇 번째 수술이라는 등 정보를 주고받으며 호기심 어린 눈빛들을 하고는 서로에게 관심을 갖는다. 그래서 '동병상련'(同病相憐)이라던가. 수술여부를 알아보기 위해 두 다리를 정밀사진으로 찍었던 무서운 시간이 지나고 어머니는 다시 한강을 끼고 귀가길에 오르셨다. 그런데 멀미가 다시 시작된다. 더 심하면 심했지 덜하지가 않다. 아! 세월이여, 육신은 늙어 가고 병마는 찾아와 긴 세월 고생하신 어머님을 더 괴롭히구나.

고향 옛 집 앞에서의 어머니.

2003. 11. 28.(금) 비

종손 큰며느리, 조규순 님 영면

  우리 두만이 댁 큰며느리로 들어오신 지 50여 성상, 층층시하 위아래로 어렵고 어려운 시댁 식구들을 거두어 먹이고, 마음을 베풀며 참고, 이겨내며 묵묵히 살아오셨던 형수님께서 세상을 하직하여 그 육신을 한줌 흙으로 보내는 날이다.

  어저께 11月 26일 음력 동짓달 초사흗날 오전 10시 30분 1년 반 동안 치매에 걸려 시름시름 앓고, 제정신 없이 비틀거리더니만 영영 돌아오지 못할 저 세상으로, 떠나신 것이다.

  아침부터 비는 오락가락하는 게 그분이 가시는 길목마다 슬픔의 눈물을 뿌리나 보다. 유난히 정이 많으신 분인지라 주위 사람들이 퉁퉁 부은 눈을 감싸며 연신 눈물을 닦아냈다. 특히 아버지 어머니 사이의 정분이야 어떠했겠는가.

  아버지하고는 때론 술좌석 동반자로, 일터 일꾼으로 정성을 다했던 조카며느리에 대한 애절함이 남달랐을 것이다. 어머니하고야 친 시어머니처럼, 시댁 대소사를 의논하면서 의지하여 같이 울고 웃으며 살아오신 50년, 형수님 시신이 문지방을 나설 때 제일 서럽게 우신 분이 어머니가 아니었든가!

  젊은 시절, 시집살이는 정말 고난의 연속이었다는 어머니 말씀. 시할머니, 시어머니의 간섭과 등살에 가까운 여러 정황이 남편으로 하여금 구타와 잔소리로 이어져 우리 집에 피난온 것이 한두 번이 아니란다.

그러고 보니 큰 형수님 생전에 밝은 표정이 거의 없는 수심이 가득한 얼굴이었다.

10여 년 전에 남편을 잃고 소주 몇 잔을 마신 얼굴에 형언할 수 없는 표정으로 말이 없으셨다. 내 손을 꼬옥 끌어 잡고는 큰집 마루턱에서 소주를 따라 주시던 그 형수님이 칸나무대에 누워 있는 꽃상여가 동네 한 바퀴를 너울거리며 북망산으로 이동하고 있었다.

"여보게들 잘 사시오" 혼백의 손짓이 산 중턱 행여 위에서 계속 너울거리는 한낮의 비오는 저승길!

삼베에 온몸이 묶인 채로 지하 고운 흙 속으로 사라지실 때까지는 몇시간도 안걸렸다. 옷가지며 유품은 산소 아래 공터에서 영면하시라는, 영혼 소각이 이루어졌다. 흰 연기를 길게 남기며 하늘로 하늘로 올라가는 고인 조규순 여사님의 76평생의 영혼은 길이길이, 오래도록 후손들의 입에서 자랑거리로 남아 있을 게 분명하다.

인자, 교류, 대화, 순리, 정성, 효도가 온몸에 흐르시던 어른이시여! 지하 3.4m 작은 방에서 편히 잠드소서.

2004. 5. 24.(월) 맑음

대장 혹을 떼다

얼마 전부터 아래쪽 지방 항문 주위가 뻐근하고 찌뿌듯한 것이 기분이 안 좋기 이 를데 없었다. 이젠 나이가 나이인 만큼 전립선 전선에 이상이 왔구나 하고선 집중검사를 받았다. 병증이 없었다. 그래서 대변에 나타난 잠혈 현상을 알아보기로 한 것이다. 그런데 내시경으로 검사해야만 알 수 있단다.

삼성병원에서 대장내시경을 강행했다. 내시경을 받기 위해서 4리터의 장세척 약물을 먹어야 한단다. 2리터씩 나눠서 하얀 대접으로 다섯 대접씩을 마신다는 것이 얼마나 고역이었던지. 그야말로 빈 배에 물 붓기였다. 억지 세척을 하기 위해 안절부절못한 채 변기통에 수시로 다녀왔다. 그리고 대접을 노려보면서 눈을 질끈 감고 먹어치웠다. 총 설사 횟수가 자그마치 20여 회, 설사농도는 마지막에 투명물로만 대포알처럼 쏟아내고서야 끝이 났다.

일곱시간 후 수면상태에서 대장현미경을 투입한다. 혹(용정) 하나를 찾아내 떼내는 수술이 한 시간에 걸쳐 수면 중 무의식상태에서 실시됐다. 내 몸 안에 칼을 댄 경우는 처음이다. 입원수속을 마치고 6인용 병실 흰침대에 앉아 있노라니, 환자의 입장과 방문자, 즉 병문안하는 사람들의 입장에 대해 느낌이 상반되어 다가온다.

나도 그랬던 것이다. 병원문을 들어서면 나쁜 공기를 연상해 숨쉬기조차 싫어했고, 병원 식사는 불결해 보였으며 모든 기물은 병균으로 득실거려 만지기가 꺼려졌고, 만나는 사람들 모두 기피대상으로 보았던 나였던 것이다. 그러나 나는 환자의 입장에서 알루미늄 침대 위에 앉아 벌써 사람을 그리워하고 식사를 기다리는 것이 아닌가.

혹이 있다는 말에 덜컥 겁을 먹고 입원까지 결행하여 이 못된 혹을 제거하고 난 뒤 환자로 병원의 밤을 보낸다.

2004. 10. 30.(토) 맑음

어머니 자매의 눈물

　　어머니는 손을 꼬옥 잡고 소리 없이 울고만 계신다. 눈엔 핏발이 서 있어 벌겋게 되신 지 오래다. 그리움의 핏발이요, 단둘이 이 세상에 남아 있는 지난 세월의 한과 못다한 정의 핏발이리라. 올해 여든여덟, 여든다섯 자매들의 상봉 모습이다. 이모님은 더욱 나빠진 건강 탓에 휠체어를 타고 나타나 하나밖에 없는 동생을 보기 위해 오신 터라 둘이서는 7개월 만인데도 그렇게 우셨나 보다. 유난히 다섯 자매 중에 넷째, 다섯째가 다정하여 얼굴도 제일 닮았다니 서로가 늙어가심에 애뜻한 정이야 오죽하시랴. 이종사촌끼리 금년부터 모임을 결성하고 두 번째로 만나다 보니 시끌벅적 얘기꽃을 피운다. 다섯 이모님들이 각자 결혼하여 마치 경쟁이라도 하듯 출산들을 하다 보;니 생년월일이 비슷하여 모두 물어야 할 판이다. 그래야 위 아래 손위관계가 결정이 나는 것이다. 그동안 무관심했던 세월을 탓할 수밖에 없는 노릇이다.

　　아버지는 조카들과 아련히 떠오르는 지난 추억을 캐가면서 끊었던 술잔을 들이키신다. 젊은 장사 시절, 꼬마였던 너희들이 나를 추격해오며 백발이 다 됐다시며 한잔 마시는 그 술은 정녕 보배로운 술이요, 회한의 술이요, 잊혀진 시절의 안타까운 정의 잔이 아니겠는가. 밤은 이슥해지고 추억담은 차기 모임으로 넘긴 채 밤 열 시에 각자 집으로 향했다. 휠체어를 탄 이모님의 모습이 맨 먼저 사라지신 것이다. 하얀 연기처럼. 이종간 모임은 끝없는 향수를 일으키게 하는 보배로운 향연이다.

2004. 11. 21.(일) 맑음

북망산, 납골당에서

   할아버지 자손 46명의 이름으로 죽어서 편안히 영생을 누리실 집, 납골당이 완성됨으로 주위에 잔디를 심기 위해 산으로 오른다. 그 옛날 이 고개 너머 시장이 섰다 해서 장터고개가 된 고향 뒷동산 고갯마루. 선산의 명칭이 '장터고개'로 불리게 된 것이다. 전체가 4000평이니 한눈에도 좌에서 우로 휜히 보인다.

   납골당을 보아 하니 정면 좌우엔 하늘로 날아갈듯 용 두 마리가 활개를 치는 양 새겨져 있고 좌, 우 측면엔 사군자 꽃을 사계절 풍상을 표상하면서 돌면에 새겨 놓았으니 가로세로 4.5m의 거대한 영생당으로 손색 없이 자리하고 있었다. 제단 양 옆으로는 마지막 악귀가 못 오도록 웅장한 동물의 제왕 사자상이 입을 딱 벌린 채 포효하고 있다. 이젠 우리 손으로 가꾸리라. 금잔디를 주위에 담요처럼 펼치고 양 날개엔 진달래, 철쭉으로 붉은수수밭처럼 불길을 지피며 향나무, 주목, 단풍나무 등을 향기나게 지킬 목으로 세워 놓으리라. 저 멀리 수촌 강이 흐르는 공주평야가 한눈에 보이고 월미산, 수미산이 병풍처럼 드리운다. 꽃과 새가 영생당을 오가며 극락을 노래하리. 한 세상을 살다 간 한 줌의 재가 청자 항아리에 모아져 한가족끼리 죽어서도 아래윗집에 모여 오순도순 옛 얘기로 이승과 저승의 다리가 되어 아름다움과 풍요로움으로 안내하시리. 잔디 덮기는 오후 늦게, 돼지머리 고사 지내기로 끝났다.

   30여 명이 돌을 골라내고 땅 고르기를 한 다음 잔디를 심어낸다는 것이 쉽지가 않았다. 아버지께서도 내내 이리저리 살피며 새로운 저승길 터잡이를 감독하셨다. 여든다섯의 어른께서는 더욱이 남다르기에 건너 조카 산소 옆에 앉아 오래도록 우리의 작업을 지켜보고 계셨다.

"풀씨"

조태일 作

풀씨가 날아다니다 멈추는 곳
그곳이 나의 고향,
그곳에 묻히리
햇볕 하염없이 뛰노는 언덕빼기면 어떻고
소나기 쏜살같이 꽂히는 시냇가면 어떠리.

온갖 짐승 제 멋에 뛰노는 산속이면 어떻고
노오란 미꾸라지 꾸물대는 진흙밭이면 어떠리

풀씨가 날아다니다
멈출 곳 없어 언제까지나 떠다니는 길목,
그곳이면 어떠리,
그곳이 나의 고향,
그곳에 묻히리.

2005. 1. 28.(일) 맑음
6인용 병실

　며칠째 입원해 계신 매형의 병실문을 열고 들어섰다. 고요한 잠바다에 빠져 들었지만 실상은 다르다. 꿈틀거리며 병마와 싸우는 내면의 신음 소리가 병실 안 가득함으로 직감케 한다.

　"주변을 정리하고 마음을 단단히 가져야 한다."는 의사의 말에 누님은 충혈된 눈으로 말을 잊지 못하셨다. 폐가 부어 오르고 복수가 차올라 심장의 안위가 위급하기 그지 없다는 요 며칠새의 다급함이여!

　회사 일과 문상을 끝내고 뒤늦은 한밤 중 병문안인데 매형에게 달려온 내 심사는 참으로 심란하다.

　매형!

　이 분은 지난 40여 년 동안 내 생활이었고 행동이었다. 육군 중사모를 반듯하게 눌러쓰고 누나를 데리러 올 때부터 소년인 내가 마중해 모셨고, 결혼과 동시에 월남전에 참가하여 공과 함께 돈도 벌어와 신혼의 애환을 달래야 했다. 가난한 후손들 중의 한 분이었다. 아주 강한 곱슬머리지만 의리를 신조로 돌쇠처럼 살아온 강인함의 소유자이시다. 최전방 월세방을 전전하다, 서울시민으로서 운전직으로 평생을 바치신 거리의 인생이셨고, 내 대학 시절에는 이 눈치 저 눈치 보시며 빈곤에 몰릴 때면 슬며시 용돈을 내밀며 힘을 주셨던 분.

　그 시절, 조카들이 한참 성장하던 셋방살이 시절이 아니었던가.

　누나 몰래 호주머니에 찔러주시던 어려운 돈을 생각하면 눈시울과

238

함께 내 지난한 시절 속에는 매형의 아름다운 영혼이 있는 것이다. 어눌한 언변에 바둑과 권투, 야구를 좋아하고 고스톱 실력은 상도동 관내에선 최고라고 자타가 공인하시던 분. 그 체력을 뽐내시던 분이 얼굴에 홍색을 잃어버려 링거줄에 산소 호흡기를 끼고 힘없이 눈을 감은 채 이겨울 밤을 중압감과 함께 폐가 부은 악마와 싸우고 있음이여!

내 심사는 그저 바라만 볼 뿐 말문이 닫히고 만다. 누나는 빈 옆 침대 위에서 자다 일어나 몇 마디 말도 못하고 나는 병원 밖으로 나왔다.

매서운 한강변 바람을 쐬며 집으로 향한다. 억세게 살아오신 60여 년의 매형 삶이 평안할 즈음 웬 병마와의 마주침으로 주춤하단 말인가. 쾌차하시기만을 비는 맘으로 추운 강바람을 맞는다.

2005. 2. 1.(화) 맑음
아버지의 이발

고향 어머니에게 전화를 걸었다.

매일 문안을 드리는 전화, 일상(日常)의 얘기가 오간다. 건강이며, 소는 여물을 잘 먹는지, 이웃 집어른은 도로공사 잡일을 아직도 나가시는지, 나 어렸을 적의 부엌 아궁이 불은 잘 때드렸는지 등 거의 어머니와 웃으면서 대화가 끝날 즈음 귀가 어두우신 아버지의 근황을 여쭙게 된다.

"너의 아버진 동구 밖 이발소엘 가셨다. 머리숱도 없는 양반이 무슨 이발이냐."

80중반의 어른이시니 머리숱이래야 얼마나 남아있을까만. 그러나 민족의 명절인 설을 앞두고 깔끔한 모습로 조상님을 모실 요량으로 가신 게 분명하다.

그 옛날부터 으레 명절이면 그러했다. 뎁힌 가마솥 물로 추운 장독대 옆에서 목욕을 하고, 바리캉으로 머리를 뜯기면서 이발을 했다.

어른들은 샘 가에서 큰 돼지를 잡아서는 김이 무럭무럭 나는 간을 왕소금에 덥썩 찍어 드시고 어린 우리는 옆에서 그 간 한점을 얻어먹으면서 명절을 맞는 것이다.

설빔이래야 검정 학생복이나 운동화이고, 가래떡 빼는 방앗간 피대소리는 요란하기만 했다. 설 전야(그믐날)에서는 여물죽을 쑨 불쏘시개 화롯불이 온 방의 온기를 화끈덕하게 만들고 가래떡을 구워 먹으며 밤새도록 켜놓은 호야 등불과 함께 날밤을 새운다.

잠을 자면 눈썹이 센다는 속설을 믿고 말이다.

40여 년이 지난 지금, 이발하러 가셨다는 아버지의 하얀 머리가 왜 이리 새롭게 다가오는지 명절 세밑, 어머니와의 대화가 참으로 좋다.

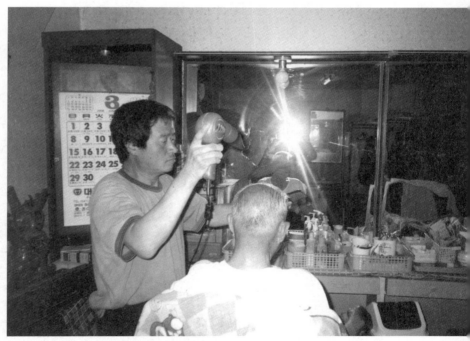

토종 이발소에서 아버지는 이발하시길 즐기신다.

2005. 2. 24.(목) 맑음

正月 대보름달

사랑채 넘어 앞산 위로 맑은 큰달 이 오른다.
대보름달,
하얀 달,
고향 달이 뜨는 밤이면,
쥐불 돌려 불기둥이 돌아가는 소리,
찰쌉떡 사려 소리,
밥 훔쳐 먹으러 다니는 소리,
달 속 토끼에게 짖어대는 덕구개 소리,
성냥치기, 윷놀이 사랑방 소리,
그 해 떠들썩한 풍장치는 밤 풍경과 함께
저 하얀 달 속을 보면
일 년의 풍년떡이 찧어지고 있었네.

2005. 4. 16.(목) 맑음
집들이 보고

식사 대접하려고 부모님을 초대했다. 새 집들이에 모시는 것이다.

달랑 두 분만이 계시는 고향 언덕집에서 이 서울까지 나들이하기란 참으로 어려워 보였다.

귀 밑에 멀미 딱지를 붙여드리고 먹는 물약도 드시게 하고는 여동생 차편에 오시게는 했지만 그 길이 얼마나 힘드실까를 생각하면 또 불효를 저지른 것 같아 편치 않다.

7남매, 조카까지 모여 보니 서른 명이 넘었다.

이내 늙어버린 어머니 아버지는 아무리 맛있는 음식이 있어도 별로인 것 같으시다. 옆에 앉아 어린아이에게 이 반찬 저 반찬 시중 들어 먹게 하듯이 부모님 곁에서 연신 들어 보시라고 권해드렸지만 젊은 아버지, 어머니가 아닌 8순 중반을 넘기신 극노인임에 어쩌랴.

50평 아파트란 나에게는 꿈의 궁전이다. 그곳이 우리의 집이기에 아내에게 이사 후 한 번은 '꿈인가 생시인가' 모르겠노라며 꼬집어 달라고 하며 웃은 적이 있다. 참으로 내외지간의 노력 없이는 이룰 수 없는 공간이기에 더더욱 뿌듯하였다.

조카들과 형제들, 부모가 다 모인 대가족 잔치다.

소파에서 서재에서 작은 방에서 떠들고, 춤추고 이야기꽃을 피우니 어찌 아름다운 밤이 아니란 말인가.

맥주 몇 잔을 드신 아버지께서는 여전히 TV에 시선을 멈추고 그냥 앉아 계신다. 평소 무뚝뚝하시다가도 술이 몇 잔 들어가시면 늘상 이런저런 말씀을 많이 하시며 잘 웃으시기도 하신 분이기에 조용하심이 싫었다.

어머닌 약해질 대로 약해진 허리, 다리 때문에 연신 끙끙거리다가 결국 누워 계신다. "내 생에 마지막 서울 나들이다"라시며 거금 십오만 원을 집들이 자금으로 움켜 쥐시고 오신 어머니의 가슴이 아니시던가.

온 방마다 불을 켜 놓고 과일이며 차를 대접하는 아내와 나는 전 가족의 평화가 이대로 계속되길 빈다.

조금만 더 부모님이 건강을 찾아만 주신다면 더할 나위 없이 좋으련만! 이렇게 집들이 보고대회는 끝났다. 많은 형제들이 넓은 응접실에서 주무시고, 모처럼 제수씨와 여럿이 어울려 양주 한 병을 해치운 후 동생에게 갖은 푸념을 하니 이 또한 집들이 모양새가 값지지 않을 수 없었던 것이다. 부모님을 모시고 자식들은 애교를 떤 밤이라고나 할까.

어머니의 발닦기

　어머니의 양말을 벗겼다. 하얀 비늘껍질이 푸석푸석 날린다. 발등은 검고 투박한 가죽으로 거칠기만 하다. 내 평생 처음으로 뜨거운 물을 대야에 담아 어머니의 발을 닦아드렸다.

　발톱은 문드러져 제멋대로 자라나 괴상한 모양이었다. 왜 이리 흰 비늘이 거품처럼 일어나면서 온기가 없을까. 비누칠을 하고 물 속 깊이 담그면서 꾹꾹 눌러 닦아드렸다.

　어떤 발이신가. 수만 밤을 지내오면서 걷고, 뛰고, 구르고, 밭을 일구며 칠 남매를 끌어 올려낸 발이다. 농사꾼의 아내로서 종종걸음으로 비탈길을 오지게도 오르내렸을 발이 아닌가. 그 더운 화전밭 고랑 속에서 소나기 퍼부으매 볏나락 담아채던 그 발이고 패여만 가는 주름 속에 묻혔을 뿐, 거기 발바닥, 발 등 언저리는 검은 흙 속에서 사셨던 지난 날의 애환이 고스란히 서리고 서려 있었다. 마른 수건으로 또 한번 지압을 하면서 깨끗하게 닦아드렸다. 개운하시냐고 여쭙기가 그랬다.

　그 수많은 낮 밤을 보낸 뒤 다 늙으신 어머니의 발 한 번 닦아드린 것이 뭘 잘했다고 여쭙겠는가.

　어머니 얼굴은 노인일 뿐으로 앉아 계시기만 했다. 그 젊은 초상화는 어디에도 없었다. 어머니의 발은 굳어 있어 딱딱한 마른 장작 같다고나 할까. 불효자의 작은 손을 탓하여 주세요.

봄소풍. 차 안에서의 어머니 노래.

2005. 12. 19.(월) 맑음

102세 할머니의 죽음

백여 명이 모여 사는 고향 마을의 어른께서 운명하셨다. 102세(ㅑ).

지난 추석 때 뵈올 때만 해도 내 손을 잡으신 기운이 쎄 보였지만 갑자기 가시는 걸 보니 연세는 어쩔 수 없는 운명의 숫자인 것 같다.

공주 장례식장은 조문객으로 붐볐다.

팔순을 바라보는 외아들 상주께서는 지팡이에 몸을 의지한 채 '사실만큼 사셨기에 슬픔이 덜할 줄 알았는데…….' 하시면서 눈물을 연신 흘리신다.

할머니께서는 일찌기 일제시대에 징용당하여 타국 객지에서 죽음을 맞은 남편 몫까지 오래 사시면서 아들과의 100여 년 대화를 이제 접으신 모양이다. 그 숱한 바람의 얘기는 모자지간 만이 알 수 있으리오. 그 며느리 또한 기쁨의 순간들보다 시어머니를 모시는 고통과 조심성이 훨씬 많았음이라.

4대가 같은 집에 살던 집안이라서 그런지 상가엔 손자 손녀들이 많기도 많았다. 문상객을 맞이하기에 도움이 되고도 남는다. 그곳에서는 응당 하얀 소주 발이 받는다.

상주의 곡소리와 그 조문객들의 교차되는 발걸음 속에 술에 담긴 얘기들과 절절한 사연이 술술 풀어지는 장소가 된다. 삼사십 년 만의 동네 어귀, 조문상 앞에서 조우하게 되노니 하얀 백소주가 안 넘어가고 배기겠는가. 나는 기꺼이 이런 곳에 오고 싶어지는 것이다.

247

돌아가신 어른께서는 이런 넓은 시간과 공간을 열어 놓고 저승길을 가고 계실 것이다.

"자네들, 아웅다웅거리지 말고 한 백년 사는 동안 서로 서로 이웃끼리 잘 살아라."

'생명'의 고귀함을 한잔 술에 담아 읊어보고 저 향불 냄새를 온몸에 휘감고 더러운 악귀는 모두 날리고 새 신선한 축복의 인생을 살라는 저승길 메시지가 눈에 아른거리는 것이다.

깡마른 체구로 사신 백수(百壽)의 장수 노인께서는 한 달여 앞으로 다가오는 설날 세뱃돈도 이제는 못 챙기시고 홀홀히 저승세계로 떠나셨구나. 그의 작은 빈방 만을 이승에 남기고 가셨구나.

영정사진 속의 노인은 향 연기 속에서 웃고 계신다.

2006. 4. 4.(화) 비 그리고 흐림

아들, 군대가다

아들놈이 입대(入隊)하는 길 위로 몇 방울씩 비가 내린다.

경춘가도를 달리며 앞자리의 아내와 나는 뒷자리의 아들놈을 바라본다.

여전히 귓구멍에 이어폰을 꽂은 평상시의 모습으로 음악에 취해 있는 모습이다.

아내의 심란하고 근심스러운 얼굴과 불안정한 모습에 말을 제대로 걸어볼 수가 없다.

군대를 보내는 어머니들의 공통된 심사일 게다.

아들놈 심사도 그리 편치는 않을 텐데 태연한 모습이 듬직하게 보이기까지 한다.

친구 여섯 놈과 동반 입대(入隊)하는 훈이까지 여덟 명이 102보충대 입구의 닭갈비 집으로 점심을 먹기 위해 들어갔다.

1, 2층을 꽉 메운 입대가족(入隊家族)들이 넓은 철판 위에 붉은 닭고기를 볶아대며 입대자 심정을 달래주기라도 할 양으로 소줏잔과 닭가슴살을 한 입에 넣어가며 점심 행사를 치르고 있었다.

들뜨고 흥분된 분위기임에는 틀림없다.

그리고 어미들은 아들을 바라볼 뿐 그냥 앉아 있는 듯하다.

보내는 친구들은 들어가는 친구를 위해 술잔으로 위로해 주듯이 연신 마셨다.

수천 명의 가족, 입영자들이 연병장과 언덕에 집합이 되고 대기병으로서의 3박4일간의 일정에 대하여 장교는 떠들어댔다.

그리고는 어머니 품속에서 빼내어 까까머리들을 따로 모이게 하는 순간부터 어머니들은 훌쩍거리기 시작한다.

일차 울음의 시작이다.

친구들의 잘 가라는 고함과 울음 소리가 곳곳에 퍼진다.

그리고 이별하여 긴 행렬을 이루면서 건물 안으로 속속 빨려 들어간다.

걸어가다가는 멈춰서 어머니들이 2차 흐느낌이 시작된다.

아버지들은 먼산을 보면서 붉은 눈을 애써 감추고…….

수백 대 차량의 주차장에서는 귀가하기 위해 군대 연병장을 빠져나가기 시작한다.

봉고차, 승용차 안 어딜 봐도 어머니들은 손수건으로 얼굴을 닦고 있다.

아내는 또 다시 3차 울음이 시작되는 것이다.

주차장에서의 흐느낌이다.

아무 말 없이 주차장을 빠져나오다가 아들들이 들어 있는 군 막사를 보면서 전방 보충대를 지나오니 또 4차 울음이 터지고 만다.

애비들은 같이 울 수도 없는 입영의 여행길 운명을 받아들이며 서울로 향하는 것이다.

집에 도착하니 아내의 발길은 허둥대며 맥이 빠진 걸음걸이다.

현관문을 들어서 아들방을 지나올 때 아내는 5차 울음이 계속됐다.

울음 전염병은 오래도 갔다.

자식과의 이별식이 5차에 걸친 울음으로 끝을 맺는 것이다.

국가의 부름을 받아 정식 성년식이라고 할 수 있는 통과의례가 입영
이라고 할 때 어머니와 아들의 관계는 '울음'이라는 끈끈한 정을 으레
치룬다고들 한다.

내 군대 갈 때 고향 노모는 얼마나 울었을꼬!
내 아내가 했듯이 말이다.
어머니, 그때의 그 맘을 지금도 이 불효자는 모른답니다.
아들 입대(入臺)라는 말에 5차례의 아내 울음을 보고 나서!

아들 제대 축하하면서 아내가.

2006. 5. 7.(일) 맑음
묵은 때

내일이 어버이날인데 근래 아버지의 건강이 급격히 나빠지셔서 형님들과 고향집으로 향했다. 어두운 방에서 어머니는 으레 그러셨듯 누워 계시고 어른께서는 침대에 비스듬히 앉아 주무시고 계셨다. 어머니께서 "너희 아버지가 저리 잠만 주무시고 깨지를 못한다." 하시며 늙어서 그렇지 뭐, 한숨뿐이다. 여러 가지의 약을 복용한 관계로 부작용이 온 듯, 저리 잠만 오는 모양이라시며 오늘 아침부터는 영양제만 드려야겠다는 것이다.

아버지의 미동도 없이 누워 계신 모습이 작년과는 비교가 안 될 정도로 쇠약해져 있다.

형님 두 분은 두렁을 메우러 나가시고 난 대전에 있는 친구의 화원에 갔다. 초청 방문이다. 난생 처음 가장 큰 카네이션 꽃다발을 선물로 받은 것이다. 부모님께 드리라는 꽃선물이다. 묵직한 꽃동산을 어머니에게 바치니 환한 얼굴로 꽃다발에 물을 뿌리신다. 주름진 얼굴에 미소가 스쳐가니 잠시나마 고마운 부모님의 은혜를 헤아려 본다. 부모님을 못 모시는 자식(子息)들에게 서운한 마음을 내비치시기는커녕 자상하게 보듬어주신다.

오후에는 아버지, 어머니, 형수님들과 시내 대중목욕탕 일명 효도온천장에 모시고 갔다. 男子는 아버지와 단 둘인지라 남탕으로 들어가는데 누가 봐도 아버지께서 제일 연세 높은 어른이셨기에 밀착 경호를 해야만 했다. 옷을 벗고 탕 안에 들어가서 안전한 장소에 앉히고 머리와 등을 천천히 적시면서 당신이 닦으시도록 알려드렸다. 어린아이가 되신 것인지, 탕 속으로는 절대 들어가시길 거부하신다. 주위를 맴돌면서 아버지의 때가 불기를 기다렸다.

극노인의 몸으로 목욕과는 먼 일상 속에서 아버지의 등 곳곳엔 두껍고 두꺼운 각질 때가 쌓이셨을 터. 20분이 지나 등과 팔을 나는 살살 밀어대기 시작했다. 등에서 허리 아래로 아주 굵고 굵은 때가 죽죽 밀렸다. 팔뒤꿈치와 겨드랑이도 마찬가지다. 묵은 때였다. 늙은 아버지의 숨은 먼지덩이다.

아직 아버지의 가슴은 두꺼운 근육이 있어 내심 흐뭇하기도 했다. 80이 넘도록 괭이질, 삽질로 다져진 노동의 대가이리라! 마른 수건 두 장을 가져다 드리니 끙끙거리면서 온몸을 정갈하게 닦아내셨다. 그러고는 나가자신다.

바닥은 미끄럽고 주위는 수증기로 자욱하다. 부축하여 옷장 앞에 앉히고 옷 하나하나를 입혀드려야 했다. 작년과는 확실히 달랐다.

계단으로 내려와 1층 매점 앞에서 어머니를 기다리기로 하고 딸기 아이스크림과 바나나 아이스크림 두 통을 다 비우신 아버지께서 멍하니 앉아 있기만 하신다. 저 모습이 아버지 초상화란 말인가, 아무런 감흥 없이 주면 드시고 그리고는 말없이 무표정하게 앉아 있기만 하시니 천진난만한 착한 어린아이의 모습과 다르지 않았다.

30여 분이 지나서야 어머니 일행이 나왔다.

어머니는 번들번들한 얼굴에 로션을 두껍게 바르고 홍조를 띤 모습이 보기에도 좋았다.

공짜 로션이어서 많이 바르셨다며 어머닐 놀리니 웃음꽃이 핀 오후의 여유 있는 한때였다. 하나씩 아이스바를 물고 시골 길을 달리는 아버지, 어머니가 탄 이 세상에서 가장 행복한 차가 되면서 마냥 즐겁기만 했다. 가락국수 같은 때밀이 손길이 웃음이 되어 공중에 날리는 오후!

농사꾼인 아버지 85 성상의 발.

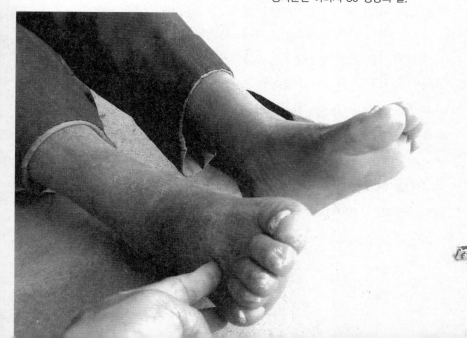

2006. 7. 6.(목) 흐림

장어탕 붕어탕

　1박 2일의 휴가를 얻어 부모님 집으로 향하다.

　장마통에 산야는 짙푸른 검은색의 습기를 머금고 푹푹 찌는 날씨가 계속되었다. 아산만 방조제에 이르러 시장끼를 느낀 아내와 나는 연신 손짓을 해대는 늙은 아주머니의 안내로 조개구이 식당으로 들어갔다.

　3만 원 어치의 조개구이가 넓은 접시에 그득하다. 대여섯 가지의 조개와 참기름 낙지를 내 왔다. 한 손에 장갑을 끼고 딱딱거리며 조개가 익어가는 뜨거운 껍질을 잡으면서 속살을 빼먹었다.

　얼마쯤 지났을까. 주인 아주머니는 구경이나 해보라며 나를 큰 어항 물주머니에 데려가는 것이다. 그곳엔 내 팔뚝보다 굵은 뱀장어 한 마리와 우글대는 장어 수십 마리, 엄청나게 큰 떡붕어가 싱싱한 모습으로 파닥거리고 있었다.

　즉시 사겠다고 했다. 진정 민물장어가 틀림이 없기에 아내의 동의를 얻어 주인장에게 내 의사를 전했다. 물론 이 더위에 부모님과 내 건강을 생각해 내린 결정이다. 후식으로 나온 칼국수를 남기고 조개 식사를 끝냈다. 장어와 붕어를 아이스박스에 담아 싣고는 고향집으로 향했다.

　장어가 가끔씩 퍼덕일 때면 장어 박스가 요동을 쳐서 우리 부부는 놀라고 당황스러웠다.

　아버지께서도 난생 처음 보는 뱀장어 크기에 놀라워하셨다.

　뒤꼍에 무쇠솥을 청소하고 장작불로 끓이기 시작했다. 먼저 사망선고 일 순위가 왕장어와 그밖의 장어들이다. 두 바께쓰의 물을 실하게 붓고 황기 한 다발, 대추 한 사발, 마늘 한사발, 생강 한 사발을 넣은 다음 펄펄 끓는 물에 왕장어부터 입수(入水)시켰다. 희뿌옇고 눈알이 선명했던 왕장어를 간신히 두 손으로 진정시켜 가면서 솥뚜껑을 반쯤 열고는 미끄러지듯 고열탕으로 곤두박질시켰다.

"어쩔 수 없다. 너의 죽음이 내 건강을 위해서라면."

그냥 딱 한 번 힘을 써보는가 싶더니 황천길이었다. S자를 그린 채 굳어져 용해돼가는 모습이 내 땀방울 속으로 옮겨와 줄줄 흐르고 흐른다. 모든 장어의 일은 끝나고 네 시간을 끓여대고 나니 노오란 기름이 둥둥뜨는 장어탕이 돼 있었다.

한약 냄새가 뒤뜰에 진동한다. 두바켓쓰의 물이 딱 한통으로 줄어들었다. 아버지, 어머니께서는 참으로 구수하시다며 한 탕끼씩 죽죽 마셨다. 붕어탕도 전과 동일한 방법으로 한 통을 만들었다. 장마통에 장어탕을 마신 덕에 여름의 더위를 거뜬히 이겨낼 수 있었다.

고향 뒤꼍의 무쇠솥 보약.

2007. 1. 27.(토) 맑음
주례 개봉

나는 말했다.

"내 앞에는 이 세상 가장 찬란한 한 쌍의 부부가 서 있다. 세 가지를 인생살이 중에 지킬 것을 부탁한다.

첫째, 믿음의 부부가 되라.

사랑의 최정상에서 결혼했으므로 지금부터는 그 사랑을 지켜 나가기 위해 어떤 일이 있어도 믿음의 공식을 깨서는 안 된다는 것. 2인 3각 경기의 조화처럼 호흡을 맞춰가며 달려 나갈 을 강조했다.

둘째, 장수하는 부부가 되라.

하버드 대학에서 장수조건 논문 중 그 첫째가 가족·친구간의 우애와 연락, 친목, 소통을 예로 들면서 동서고금을 통털어 가족이 화목한 집안만큼 장수하지 않는 사람이 없다는 것과 진정한 우정은 말년이 행복하다고 말이다.

셋째, 감사와 고마운 마음의 부부가 되라.

일생 동안 자중자애함은 곧 이웃들에게 베풀며 감사하는 마음으로 살아야 함을 뜻한다고.

끝으로 영화 〈흐르는 강물처럼〉의 마지막 대사를 이 부부에게 메시지로 전한다.

「지구의 대 홍수로 생겨난 흐르는 강물은 시간의 원점을 출발하여 조약돌과 이끼들을 어루만지며 흘러가노라.」 희노애락의 인생살이에 여유를 가지고 잘 대처하라는 뜻이다.

가족의 소중함을 크게 일깨워주는 영화이기에 새 출발하는 부부에게 전하노라." 9분의 주례사 개봉을 마쳤다. 맨 뒷좌석의 아내와 동창들이 중간에서 크게 박수쳐 주었다. 친한 친구 여식의 결혼 주례를 개봉의 신호탄으로 쏘아 올린 것이다. 지금 생각하면 친구와 고향의 시골 양반들이 내 주례사 중에서 믿고 살아가라는 부분에서 제일 공감했던 것 같다. 주례단 위치에서 바라본 표정이 생생하기에 그러하다.

200여 명의 하객들이 떠들지 않고 조용한 가운데 진행한 것을 보면 주례는 성공한 것 같다. 아내가 제일 극찬을 해주니 좋았다. 친구들은 주례 그 직업 하나를 늘리라고 조크한다.

현대 본관 지하식당에서 아내와 점심을 먹고 빠져나오니 창덕궁의 겨울은 우리 부부의 검은 코트 깃 사이를 파고 들었다. 그리고 그 간격을 좁힌 채 얼마 간의 거리를 걷게 했다. 새 출발인 신랑신부의 한 쌍처럼 말이다. 그대들이여! 잘 살기를 바란다.

친구의 딸 결혼식장에서 주례를 처음으로 서다.

2007. 3. 26.(월) 맑음

불나는 전화통

가족 중 한 분이 위기다. 매형이다.

몇 년 전에 발견되어 입원 치료를 받았던 심부전증에 의한 심근경색이 재발되어 재입원하게 된 것이다. 병원 측에선 너무 암울한 수치에 포기에 가까운 언질을 주어 가족들은 좌불안석일 수밖에 없다. 그러던 중 아침부터 매형 자신이 답답함에 폭발한 것이다.

병원에 대한 불안이 증폭되어 가장 크고 신뢰할 만한 병원으로 이동하자고 하신 것이다. 처남인 나로선 응당 명분이 있는 그럴 만한 이유일 수 있고 요구일수 있다고 생각하면서도 타 병원으로의 이동이 간단치 않음을 너무 잘 알기에 내 마음은 답답하기만 했다. 누님과 형님의 전화가 빗발쳤다.

취재 현장을 돌며 오후 세 시경까지 주고받은 전화 통화 수가 100여 회에 가까웠다. 매형께서는 앰뷸런스를 불러서 그 병원으로 옮기자며 난리를 치고, 그 병원 측에선 절대 출발해서는 안 되기에 와 봤자 응급실에서 고생만 한다는 설명이다. 할 수 없이 외래환자로 진찰을 받게 하여 의사로 하여금 입원 가능한 방법을 찾기로 했다. 그것도 여의치 않을 즈음, 매형을 실은 앰뷸런스가 그 병원 응급실에 도착하여도 엉거주춤한 채 내 능력만 믿고 있으니 난감하기 그지없다.

병원 홍보실 대리에게 전화로 매달렸다. '살리고 봅시다' 하며 굽신굽신 조아리기를 수십 번, 결국 중환자실에 대기한 뒤 1시간여 만에 옮길 수 있었으니 오후 다섯 시경까지의 상황은 일단 종료된 셈이다. 불붙은 전화 통화로 해결된 입원 소동이었다.

평생 택시기사로 술, 담배, 투전의 세월 끝자락에 달라붙은 심장병의 액운!

오늘 그분의 하루는 삶과 죽음의 문턱까지 오갔던 고강도 투쟁의 하루였으리라. 막무가내 식의 고집으로 결행한 타 병원으로의 이동이 결국은 잘 된 것 같다. 그러나 매형의 병이 완쾌해야만 길고 긴 오늘의 하루를 추억으로 간직할 수 있으리라.

'자중자애' 라는 인간사(人間事)의 진리를 매형께서 다 나으신 후에는 명심하리라 믿고 믿는다. 평소 부탁만 하고 신세만 지다 또 일을 내고만 내가 홍보실 대리에게 뭐라 말할 수 있을까!

고맙기 그지 없다. 가족의 의미는 그냥 최선을 다할 뿐 아무런 대가가 필 요없다는 사실을 깨닫게 된다.

부모님 7순잔칫날. 맨왼쪽이 매형.

2007. 5. 26.(토) 맑음
무너진 장모님

몇 년 만에 전 자식들이 처가 고향으로 내려가 점심식사를 하기로 하고 새마을호에 올랐다.

농촌 들녘은 농번기를 맞아 모내기의 진행 속도가 한 고개를 넘어 마무리하는 단계다. 하나같이 기계로 심는 가로세로줄의 푸른 논 물결, 그 옆 냇가 언저리에 핀 아카시아 꽃 향기, 아직 베지 않은 짙은 누런 보리밭, 일렁이는 바람소리.

저 보리밭 언덕 사이 어딘가에는 지금쯤 종달새 새끼가 뙤약볕을 야금야금 들이마시며 붉은 살갗을 익히고 있겠지. 사잇길에 여름으로 가는 들녘은 그렇게 부산하게만 보인다. 하얀 찔레꽃 무리와 더불어 피어나는 빨간 장미꽃 행렬이 촌담장을 넘나든다.

여자 자매들의 뜻모를 수다는 끝이 없다. 옆 사람이 들을까 무서워 귀를 세우고 하는 얘기들이 차창 밖 풍경과는 거리가 한참 멀다.

남자 동서지간이라는 것이 위 아래 서열 따라 조금도 신세를 지지 않으려고 '내가 먼저 하는 고운 마음씨의 인간들' 이라고 생각 된다. 몇 마디의 안부와 세상사를 논하고는 잠도 좀 자다가 바깥 풍경을 보고 과거와 현재를 넘나드는 사색의 줄타기 시간도 갖는다.

용산발~여수간 급행열차는 어느새 남원역에 도착했다.

내 몸 그림자는 조각처럼 선명하다.

햇볕이 떨어진 그 자리에 하얀 자외선이 여과없이 내려 쏘고 있었다.

유난히 많은 대나무 숲속과 춘향이와 이도령의 애정 행각이 넘쳐나던 광한루를 휘돌아 관광가게에서 아내에게 차양막이 긴 밀짚 모자를 사서 씌워줬다.

끈적거리는 더위를 피해 가족 오찬장소인 고가(古家)로 들어섰다.

숙부님들과 우리 가족이 대청마루에 앉아 안부를 묻는 사이에 장인 장모님이 들어오신다.

장인어른은 그냥 그대로신데 장모님은 딴 사람이 되어 부축받고 오시는 행색이 전혀 몰라보게 변해 있었다. 치매였다.

작년부터 치매증상이 생겼다는 말은 들었지만 이런 낭패가 어디 있단 말인가. 이 정도인 줄은 몰랐다.

그 풍채는 온데간데 없고 완전 무너진 몸매에다가 그저 살아 숨쉴 뿐, 알아보는 사람 하나 없으니 갑갑하고 어지럽고 한탄스런 지경이었다.

장인어른은 어서 먹고 가자며 서두르셨다. 자식들 불편하게 안 하고 오로지 당신 스스로 버티시려는 모습에 오찬장소의 분위기를 숙연하게 만들었다.

그 누가 정신병이랄 수 있는 치매환자를 일으킬 수 있을까.

지금으로서는 전 가족이 애정을 보이며 용기를 드릴 수밖에 없을텐데, 가능이나 할까.

왜소해질 대로 왜소해진 장모님을 처남의 차 속으로 밀어 넣고는 사라져 가는 그 뒷모습에 못난 자식들은 죄책감을 떨칠 수가 없었다.

외로이 두 분만 계시게 한 것이 마음에 걸리는 것은 용서를 빌기에도 부족한 불효자들임을 잘 알기에 그렇다.

오후 들어 더욱 찌는 듯 덥다.

동서들끼리 지리산 철쭉 축제 현장으로 올라갔다.

인파 속으로 묻혀 들어가 하얀 은어회를 씹어가며 소주를 마셨다.

큰 동서 형님이 부르는 노래 '불효자는 웁니다' 가 지리산 중턱에 울려 퍼지며 하루 해가 저문다.

못 드신다는 숙모님의 술실력도 대단했다.

남원발~서울행의 새마을호 의자에 앉아 이 밤을 헤매실 장모님이 그냥 눈앞에서 어른거렸다.

우리 자식들과 장인장모님.

2007. 11. 18.(일) 바람

겨울로 가는 마차

겨울 산에서 내려오는 바람인가
겨울 바다에서 몰려오는 바람인가

거리는 심난하다.
색종이 조각처럼 때굴때굴 굴러다니는
단풍잎의 안간힘.

가을이 추락하는 날,
사람들은 바삐도 겨울로 가는 마차를 타고
겨울산으로 들어가고 있었다.

2008. 4. 5.(토) 맑음

납골당과 사촌형님

한식을 맞아 산 중에 흩어져 계신 종친네의 조상 묘를 파헤쳐 화장을 한 다음 납골당으로 모시는 날이다.

스물한 분의 시신을 납골당 아래 옹달샘 근처로 운반한 다음 한 분씩 철망 위에 안치한 후 고열을 가하게 되면 육신은 하늘로 승천하고 영혼의 한 줌 재만이 납골함에 넣어져 봉함과 함께 산 정상 영혼당으로 모시게 되는 것이다.

몇 미터 되는 지하 땅 속 한 평도 못 되는 곳에서 흙으로 돌아가시는 중이셨으리라. 스물스물 육체를 썩히고 계셨던 조상님들, 그렇게 재가 되어 나란히 옆집으로 옹기종기 모셔 드렸으니 저 세상에서 회포들을 푸시면서 끝없는 영원의 세계를 훨훨 날아 다니시기를 바라는 것이다.

오늘 행사에 진귀한 손님이 찾아주셨다.

지난 33년 동안 행방불명 되어 죽었다고 단정해 버린 사촌형님 수철이 형께서 고향을 찾아온 것이다. 수많은 곡절을 뒤로 한 채 비교적 건강한 모습으로 나타난 것이 반갑기 그지 없다. 하얀 대머리가 되었지만 훤칠한 키에 시원시원한 말솜씨까지, 옛날 그 모습 그대로였다. 유구무언, 모든 것이 죄송하고 고맙기만 할 뿐이라며 산 정상에서 제주(祭主)가 되어 납골당 제사를 주도하셨다. 그러나 이 형님의 부인께서는 아직까지 만나지 않았다는 사실에 친척들 또한 난감하기만 하다.

아들들은 용서를 하고 만났지만 딸들과 아내는 절대 용서하지 못하겠다고 주장하니 어찌하겠는가.

　오후 내내 납골당 주위에는 밤나무 가지치기와 비료주기, 떼 입히기로 두만이 댁 가문의 후손들은 바쁘기만 하였다.

　바람 잘 통하는 현대식 가옥에 조상님들을 말끔히 모셔 놓은 기분으로 하산하면서 유난히 곱게 피어난 진달래꽃 몇 송이를 따서 입 안에 넣어 보았다. 신맛이 약간 났지만 향기는 살아 있었다. 산소 주변에 피어나는 할미꽃의 진보라 꽃잎은 내가 어릴 적 봤던 모습 그대로 피어나고 있는 중이었다.

옛집 어머니의 마당일.

2008. 4. 30.(토) 맑음

通話

난 매일매일 전화를 건다.
150㎞ 떨어진 어머니 방에 전화를 건다.
아버지 장에 간 얘기며,
송아지 새끼 얘기며,
텃밭 얘기며,
이웃집 정근네 소식이며,
사장뜰 물논 얘기며,
끼니 얘기며.

1분이면 끝이나는 어머니와의 통화,
올 해 여든하고 아홉인
당신의 목소리 온도는 20° 언저리,
수화기를 끊고
수화기 구멍을 바라보면
어머니 목소리가 향기처럼 흘러나온다.

2008. 5. 4.(일) 흐림

惡喪

　　집안 장조카의 외아들이 아주 젊은 나이에 저 세상으로 갔다. 딸 둘 만 남겨두고 갔으니 집안 종손의 대가 끊긴 셈이다.

　　오늘은 북망산 장터 고갯마루에 묻는 날, 고향 회관에선 상여소리가 울려 퍼졌다. 그러나 그 소리는 기어 들어가고 그 아비, 어미의 통곡 소 리만 온 동네를 피바람처럼 가르고 만다. 악상은 소리 없는 울음과 애 꿎은 소줏잔만 비우게 만든다.

　　아버지도 두 눈이 벌겋게 달아오르며 종손자 조카를 부둥켜 안고 우 신다. 어머니는 건너 오시지도 못하고 문설주에 기대어 연신 눈물만 훔치시며 상여 가는 길을 눈물로 배웅하신다. 간간히 떨어지는 빗방울 은 한 젊은이의 죽음을 더더욱 애처롭게 하는 듯하다. 그 할머니의 무 덤 아래 3m 땅속, 그는 북망산 자락에 영원히 잠들었다.

동네 한 중앙으로 꽃상여는 나가고.

2008. 6. 7.(토) 맑음

아버지와 이발

물논인가 싶더니 어느덧 들녘은 기계 모내기가 끝나고 생기 있고 활기찬 푸른 벌판이다. 부실한 뜬모를 때우기 위한 농부의 허리 놀림과 백로들은 물고기를 사냥하기 위한 부지런함으로 들판은 그저 꿈틀댈 뿐 한가롭다.

길가엔 어느새 이런저런 여름꽃으로 물결을 이룬다. 텃밭에서는 주인에게 선물할 주먹만 한 씨감자에서 씨알을 불려내고, 태양빛 홍상추는 양철 샘가에서 뽀송뽀송 오골오골 잎새들을 볶아내고 있다.

초여름 빛깔은 그렇게 생명력으로 충만하다. 기력이 쇠한 아버지께서 헛간터에 앉아 내내 졸다가 나를 보자 이발을 하러 가자고 하신다.

백두대간 머리등성이 너머로 얼마 남지 않은 아주 하얀 머리칼과 듬성듬성, 삐죽삐죽 내민 구렛나루와 턱 라인에 걸친 1cm짜리 새털들을 깎으시기 위해 나서자고 하신다.

몇 km 떨어진 도천 이발관 주인은 소를 키우는 농부다.

바짓가랑이 걷어 올린 채 찢긴 이발 의자 소파에 아버지를 앉히고 이발 가위 손놀림도 유연하게 사각사각, 아버지의 지붕 수리를 하신다. 그리고 90도 눕힌 채로 우렁 거품을 얼굴에 칠한 다음 면도날을 세운 채 잡털 한 올 없이 말끔하게 밀어댔다.

마지막으로 세면과 머리 감기다.

다이알 비누로 깨끗이 닦아 내리는 것으로 10분 간의 아버지 헤어스

타일 작업은 모두 끝이 났다.

아버지에게 점퍼를 입혀드리고 난 외쳤다.

"아버지, 새신랑 같네요."

그러자 붉은 얼굴의 깔끔한 아버지께선 "허허허" 빙그레 웃음 뿐이
셨다.

2008. 6. 30.(월) 맑음

미이라 장모님!

　어제 저녁 7시경, 아내는 울부짖으며 전화를 했다. 불쌍한 어머님을 어찌하냐고, 엉엉 울며 장모님 사망을 알렸다. 휴일 숙직 근무 중 여의도 하늘을 보며 저 세상으로 떠나신 어머님의 생전 모습에 눈앞이 흐려진다.

　생전에 한번도 장모님이라 부르지 않았다. 늘 어머님이라 불렀고, 젊은 어머니가 그냥 좋았다.

　첫 맞선 보는 날, 통닭과 맥주를 한아름 사오시고는 사위가 애주가란걸 어찌 아셨는지, 사위는 백년 손님이라며 잘 먹어야 한다고 연신 맥주를 따라 주시고 제 잔을 잘도 받아 마셨던 어머니. 그리고 26년이 지난 오늘, 구름 속 저 세상으로 홀연히 떠나셨다.

　가수 심수봉씨처럼 복스런 얼굴에 시원시원한 남정네 성격을 빼닮아 거침 없이 웃으시고 행동에 옮기는 그런 분이셨다.

　내가 결혼 13년만에 이 분에 대해 비로소 알게 된 사실이 하나 있다. 딸 셋과 아들 하나를 모두 제 뱃속으로 낳지 않으셨다는 것이다. 생모께서 일찍 운명하셔서 넷을 억척스레 키우신 실질적인 어머니인 셈이다. 그 뒤로 그 어머니를 더더욱 따르고 모시려고 애써야 함에도 변변치 못한 사위는 그렇지를 못했다. 그분께선 얼마나 질곡의 세월을 감내하면서 살아 오셨을까.

　때론 이 세상 가장 무거운 슬픈 교향곡을 들으면서 홀로 오솔길을 걸으셨을 것이다.

혼자만이 간직한 그 많은 사연들을 가슴에 안고 75성상의 필름을 이제 접으신 어머니, 근래 2년여 동안 갑자기 치매 현상이 오더니 조금씩 악화일로를 걷다가 지난 5월 생신에는 너무 말라 도저히 알아볼 수 없을 지경이었다.

오늘 오후, 전 가족 입회 하에 '염'이라는 행사를 통해 어머니와의 마지막 상면이 있었다. 그것은 5월의 그 모습이 아니었다.

어찌 저리도 인간이 마를 수가 있을까. 수분은 1g도 없는, 수천만 년 전 빙하 속에서 발견된 미이라의 형상이 어머니의 형상인 것이다. 그 좋던 풍채가 백분의 일로 줄어든 어머니. 그 많은 치매의 종류 중 새색시 치매(얌전한 치매)로 한 곳만 응시하며 얌전히 앉아 계심으로 당신의 몸 속 수분을 말리고만 계셨단 말인가.

딸들은 눈물로 그곳을 피하며 오열을 한다.

장인어른이자 남편은 옆에서 말없이 거들면서 한평생을 같이 한 여인에게 마지막 정성을 쏟으신다. 문상객들과 향불이 뒤섞인 장례식장에서 난 많은 말없이 소줏잔만 비웠다.

장모님, 어머님, 이젠 편히 눈을 감으십시오.

2008. 9. 5.(금) 비

비오는 사립문

나는 50년 전 사립문을 기억한다.
쇠고랑 문을 달고 비스듬히 서 있는 사립문에
여름비가 내렸다.

높은 처마 밑의 황토 마루턱
마당도 황토마당,
비 오는 처마 밑에 줄줄이 서있는 동네 청년들.

사립문에서 마당으로 빗물이 흐른다.
외양간 수채구까지
깻잎이 옹글어가는 그 해 여름,
비스듬한 사립문에 종일토록 비가 내렸다.

2008. 10. 15.(수) 쾌청

여행 단축과 어머니

셋째날의 북경은 오랜만에 쾌청한 날씨를 보이며 가로수 잎파리를 거리에 뿌려대고 있었다. 모처럼 보여주는 북경의 하늘이란다. 이곳까지 초청해주신 최송화 사장님의 부인이신 박 여사님께서 몸소 시내를 안내하셨다. 그분은 어쩌면 그렇게도 생각면에서나 행동하는 것이 아내와 유사할까 새삼 놀라곤 한다. 화장을 싫어하고 액세서리 부착을 싫어하며 조용히 내조함을 제일의 덕목으로 삼는 그 모든 것에서 말이다. 둘이는 출발부터 짝짜꿍이 되어 잘도 지껄이며 세상사를 논하고 발산시킨다.

청나라 시대의 거리를 재현해 놓은 몇 km에 달하는 거리를 걸었다. 아뿔싸 내가 들어간 화장실 수도꼭지는 새꼭다리인 데도 막무가내 물이 나오지 않았다. 갑자기 잘 나가던 관광길이 찜찜하다. 잘 가꾸어 놓은 그 시대 건축물이 아까워 보였다.

점심을 한국식당에서 한 뒤 오후에는 호텔 근처에서 아내와 운동을 했다. 배가 꺼질 무렵, 최 사장과 부인께서 호텔로 직접 방문하셨다. 저녁을 같이하기 위함이다.

하반신이 불구인 최 사장의 내방에 적잖이 고맙고도 미안스럽다. 큰 사업체의 바쁜 일정에도 모든 일정을 소화해 줄 정도로 오실 수 있다는 것이 얼마나 어려운가.

양고기 샤브샤브로 분위기가 무르익을 즈음에 서울의 딸한테서 급한 비보가 날아들었다.

어머니가 중태라는 것이다. 심근경색에 합병증으로 힘들다는 비보였다. 황급히 자리를 정리하고 비행기표를 내일 아침편으로 바꿔서 가기로 양해를 구하면서 호텔방으로 뛰어 올라왔다. 여기저기 전화 끝에 조카딸하고 통화가 연결됐다. 어머니는 중환자실에서 사경을 헤매고 계신 것이다. 7남매 중 나만 빼고 모두 대기중이라니, 기가 막히고 기가 막힐 노릇이다. 마음은 급하고 가슴은 뛴다.

어머니의 죽음을 그동안 상상이나 했던가, 여든아홉의 연세에 노환이셨지만 매일매일 수십 년 통화한 나의 어머니, 서울을 떠날 때도 며칠 동안 전화를 못 드린다고 하니 "몸만 성히 잘 다녀오라"시던 어머니께서 중환자실이라니, 난 믿는다. 우리 어머니를!

제가 찾아뵐 때까지 눈을 뜨고 계실 거라고, 고대하면서 호텔의 밤을 온통 뜬 눈으로 새웠다.

병원 앞 부모님과 함께(보혈주사 후).

아! 어머니의 죽음

어젯밤은 한숨과 눈물로 지새운 밤이다. 아내도 어쩔 줄 몰라 하며 나를 달래보지만 벌떡 일어나 엉엉우는 내 흐느낌에 덩달아 울곤 했다. 돌아가실 것 같은 불길함이 화마처럼 덮쳐 오고 중환자실의 그 무거움과 신음소리도 모른 채 북경하늘 아래 관광을 즐긴 이 못난 불효자의 소행을 어찌한단 말인가.

새벽 어둠을 뚫고 북경공항으로 허둥대며 들어갔다. 살아만 계셔달라는 절규를 되뇌이며 그렇게 두 시간의 비행을 끝내고 서울 집에서 옷가지를 주섬주섬 챙겨 병원을 향해 차를 몰았다. 동생 수환이도 동승해서 어제 뵈었던 어머니의 상태를 얘기하니 절망을 넘어 참혹한 눈물만 흘렀다. 막내인지라 동생은 나보다도 더더욱 눈물을 닦아냈다. 비까지 차창을 때리며 오후의 슬픔은 더해만 갔다.

고향 땅 공주로 접어드는 천안 근방에서 대전병원의 형한테서 비보가 또 날아들었다. 병원으로 오지 말고 집으로 가서 대기하라는 것이었다. 어머니는 숨만 산소호흡기로 들이쉬고 계신다 했다. 그냥 알았다고만 했다. 내 자신이 밉고 또 미웠다.

고향 집에는 늙은 아버지와 동네 아낙들이 웅성이며 눈물을 닦고 있었다. 아버지를 붙들고 흐르는 눈물을 주체하지 못하고 엉엉 울었다. 늙어빠진 아버지의 얼굴은 숯덩이처럼 타들어가며 초라하게 울고 계셨다.

오후 5시 30분, 어머니를 실은 집채 만한 앰뷸런스가 동네에 들어섰다. 무서운 차였다. 겁나는 싸이렌 소리를 내며 내 앞으로 오는 것이다. 저 안에 내 어머니가 계신단 말인가. 아니 이것이 웬일일까.

앞 조수석의 누나가 대성통곡하는 것이 아닌가. 아니다, 그럴 리가 없다. 나를 안 보시고 눈을 감으실 리가 없다. 중태라서 우시는 것이겠지.

안마당에 정차한 앰뷸런스 안으로 뛰어 들어가 어머니를 껴안았다. 얼굴을 비비며 소리쳤다. 저라고, 저라고! 저 수궁이가 왔다고 외마디를 질렀다. 전신으로 뜨거운 피가 흐르는 듯했다. 감은 눈을 내 손으로 뜨게 하고 내 눈과 마주쳤다. 그제서야 말씀을 하셨다.

"셋째아들 너 왔냐, 그래 그래" 무언의 말씀! 그리고 말이 없으셨다.

모자지간의 마지막 작별인사인 듯 눈물은 어머니의 볼을 타고 끝없이 흘러내렸다. 동승한 의사가 이젠 운명하셨으니 산소호흡기를 떼어야겠다고 선언했다. 삶과 죽음을 가르는 저승사자의 심판 소리로 들렸다. 그렇게 어머니는 영영 이승을 하직하고 말았다.

어머니 육신은 평소 영혼까지도 달래주며 안식을 취하셨던 아버지, 어머니의 방인 안방으로 곱게 곱게 눕혀 드렸다. 어머니는 너무나 평안하고 고요하게 주무시는 듯 눈을 감고 계셨다. 그렇게 고질병으로 고통을 안겨 주었던 휘어진 아픈 다리도 곧게 펴서는 아무 일 없었다는 듯 깊은 잠 속에 빠져 누워 계신 것이다. 어머니의 왼손과 내 왼손에 깍지를 끼고 오른손으로 어머니 이마와 볼을 만졌다. 더운 피가 아직 이리도 전해오는데 내 어머니가 시체로 계시다니 눈물만 코끝으로 흘러내릴 뿐 믿기지가 않는다.

몇 시간을 꼼짝 않고 앉아 혼자 중얼거리다가 또 이런저런 어머니와 대화의 시간을 갖고 나니 더욱더 평온한 얼굴로 다가와 누워 계심을 본다. 이제는 안방과의 이별시간, 공주 장례식장으로 옮기기 위해 네 시간의 머물음도 끝을 내야만 했다. 어머니의 육신은 문지방을 나설 때 빈 바가지를 깨면서 장례식장 차량으로 옮겨졌다.

칠 남매와 며느리, 사위들이 뒤따르고 서른두 명의 손자들이 식장으로 모여들었다. 어머니의 사진이 50만 원짜리 국화송이 영정단 속에서 살아 있는 눈빛으로 촛불 속에서 움직이고 계셨다. 새벽녘에야 우리는 어머니 사진 앞에서 가로세로 모로 누워서 자는 둥 마는 둥 저 세상으로 가신 첫 날을 그렇게 보내야만 했다.

2008. 10. 17.(금) 날씨모름(밖에 안나감)

問喪의 날

어둠 속에서 잠이 들었다 깼다를 반복하다가 아침이 오자 죄인들은 올갱이 아욱국으로 아침을 때웠다. 많은 지인들이 문상객으로 찾아와 영정 앞에서 유교식 재배를 올리고 우리 사 형제 죄인들과 맞절로서 예를 갖추었다. 전통관례에 따라 상주들은 크게 곡(哭)을 해야 하므로 소리내어 울면서 문상객을 맞았다.

몇 시간이 안 가서 목이 쉬고 피곤이 엄습해 쉬고 싶지만 어머니 영정 앞에서 감히 그럴 엄두조차 낼 수 없다. 오후 들어 발길은 줄줄이 이어지고 슬픔은 하늘을 물들였다. 16개의 흰 국화 조화대는 입구부터 도열을 하며 향불과 국화향이 상가를 휘감고 멀리 있는 친인척들도 달려와 무릎을 꿇고 곡을 했다. 상주석은 공기가 통하지 않아 땀이 흐르고 또 흐른다. 깜빡깜빡 정신이 혼미해지며 어머니의 죽음이 믿기지 않아 허공과 영정사진을 번갈아 바라본다.

오후 네 시가 다가온다.

염하는 시각이다. 이 세상에서 어머니와의 마지막 대면시간인 것이다. 전 가족은 아버지를 맨 앞에 모시고 염실로 들어섰다. 숙연함은 넘쳐 흘러 흐느낌으로 폭발했다. 주체할 수 없는 슬픔이 실내의 모든 공기를 삼킨다.

젊은 두 남자가 흰 마스크를 하고 우리 어머니를 시신대 위에 모셔 놓고는 순서에 따라 수의(囚衣)를 입히기 시작했다. 황의(黃衣)였다. 아

281

주 곱고 고운 누런 삼베로 조밀하게 짠 황의(黃衣)인 것이다.

흰 수건으로 얼굴을 가린 채 속옷과 겉옷으로 겹겹이 입혀진 어머니는 팔과 다리, 가슴이 종이끈으로 묶여져 꼼짝 안 하시고 누워 계신다. 가마니 짜실 때 굵어지신 팔 근육이 굳어진 채 뭉실하게 굳어 있고 칠 남매가 빨았던 어머니 젖무덤도 황의 속에 파묻혀 사라진 것이다. 그런 아내의 모습을 바라보시는 아버지의 얼굴은 참혹한 이승에서의 마지막 이별 모습 그것이다. 눈물은 커다란 물방울이 되어 꺼벙하신 눈 속에서 금새 떨어질 듯 그렇게 우시고 계신다. 아버지와 어머니께서 72년 동안 같이했던 생을 그 순간으로 영원히 이별하시는 것이다.

얼굴을 덮은 흰 수건을 걷고 가족들은 얼굴들을 갖다댔다. 그 뜨겁던 어머니의 피는 싸늘하게 식은 채 반듯하게 누워 눈을 감고 계신다. 망연자실한 침묵 속에 오열로 대화의 문을 열었다. 어머니 볼에 입을 맞추며 흐느적 흐느적 말씀을 드렸다.

"극락 세계에서 평온을 누리시고, 아픈 다리도 이젠 끝이고, 아버지 잘 모시다가 어느날엔가 어머니의 뒤를 따라갈 겁니다. 어머니! 어머니! 안녕히!"

수억만 섬의 쌀을 입에 넣어 드리고 수경조의 돈을 황의 속에 간직해 드리니 그로써 어머니의 얼굴을 가리우고 나서 자식들과의 영영 마지막 대면은 끝나고 말았다.

어머니는 차가운 하얀 관 속으로 누우신 채 가셨다. 자식들은 그로부터 평상복에서 누런 상복으로 갈아 입었다. 건을 쓰고 사촌까지 흰 상복으로 바꿔 입으니 식장은 더더욱 숙연함이 넘친다. 저녁 늦게까지 1,000명에 가까운 문상객들로 붐볐다. 방 하나를 급히 개조해 손님들을 받아야만 했다.

우리 어머니 생전에 베푸신 은덕이 세인들을 슬프게 하는 밤인가 보다. 누님은 불교식, 속세에서 불효한 용서와 어머니의 극락영생을 비는 기도로 자정을 넘기고 새벽녘에 잠시 눈을 붙이는 둥 마는둥 어머니의 저승길을 위해 기도를 하고 또 했다.

고향 마을 뒷산에 어머님 영안당으로 안치하다.

2008. 10. 18.(토) 맑음

하늘나라로 가신 날

　어머니가 누워 계신 목관은 손자들과 사위들 손에 의해 운반되었다. 홍성 화장장까지는 한 시간, 들녘에는 참으로 샛노란 황금빛 벌판이 펼쳐지고 있었다. 모든 것들이 어머니가 입고 가시는 수의 색깔처럼 노란색을 띠고 가을의 한복판 속으로 어머니 관을 모시고 달리고 있는 것이다. 누나는 끝도 없이 맨 앞좌석에서 서럽게 우신다. 내 눈 속에서도 주마등처럼 지난 세월의 어머니가 다가오며 눈물이 흘러내렸다.

　어느 해던가 가을걷이 하던 날, 저 황금논이 물논이 되어 첨벙거리며 볏단을 묶고 논둑에 줄가리를 쳐 놓을라치면 거북이 등처럼 두꺼운 손으로 억척스럽게 일하셨던 일도사 어머니, 늘 입은 짧으시면서도 음식 솜씨 하나는 일품인지라 들판에서의 광주리 점심은 맛나고 푸짐하기만 하였다. 그런 어머니께서 그 들판을 누워서 건너가고 계신다. 화장장 입구부터 오방색 단풍은 절정을 보여준다.

　정말 어머니를 잃어야만 하는 걸까. 붉은 화마 속으로 어머니를 보내야만 하는 걸까.

　'4' 번 화장 위에는 어머니가 누워 계시고, 후손들은 마지막으로 큰절로 육신과 육신으로서의 이별을 고하며 울고 울었다.

　화부는 우리를 향해 절을 하더니 무정하게도 어머니의 관을 불 속으로 밀어넣었다. 철문이 닫히자 나는 깜깜한 암흑 같은 절망감에 휩싸였다. 어머니를 잃은 상실감, 허무감, 비통함이 극에 달하는 순간이었다. 모두의 발걸음이 혼이 나간 사람처럼 허우적거렸다. 매형과 식당으로 가면서도 그 허무함이 달래지지가 않는다.

두 시간이 지나면 어머니는 영혼만 남기시고 육신은 타서 사라지는 것이다. 식당 위로 마이크 소리가 울렸다. 어머니의 유골을 수습하니 오라는 천당의 소리다. 하얗고 하얀 어머니의 유골은 살포시 내려 앉아 한 줌의 재가 되어 있었다. 하늘나라로 올라가신 것이다. 이 지상 어디에도 어머니 육신은 안 계신다. 어디로 사라졌단 말인가.

그렇다. 황의를 입으시고 훨훨 하늘나라 천당으로 올라간 것이다.

이승에서의 32,000여 일을 보내시고 억겁의 세계로 가셨습니다. 나와의 28여 년간 매일 서울~공주간 대화로 400,000자를 내 영혼 속 깊이 박아 놓으시고 당신께선 정녕 가셨습니다. 어머니와 저와의 태산 같은 인연들이 실타래처럼 풀려나옵니다.

서울 유학 시절, 눈이 엄청나게 왔던 겨울이었죠. 형네 집, 누나 집을 전전하며 생활하다가 동생들과 같이 동거하며 그 예민한 청년 시절을 부초처럼 떠돌며 가난과 싸웠던 그 시절 말입니다. 시골 어머니와 헤어지며 동구 밖의 버스정류장까지 가는 길은 눈이 무릎까지 빠지고 눈보라가 누워서 날아가는 매서운 칼바람이 불었죠. 그때 어머니가 이고 가시던 보자기 안에는 메주덩이가 대여섯 개 들어 있어 형수님에게 드리라는 그 메주를 전 한사코 인상을 쓰며 안 가지고 가겠다고 우겼었죠. 무게도 무게지만은 퀴퀴한 냄새가 났기 때문에 똥 품을 온갖 잡은 저로서는 어머니가 야속하기까지 했었죠. 눈보라 속 어머니가 말이어요. 그러고 지금 웃습니다. 그리고 그립습니다. 그때는 참으로 젊으셨던 나의 어머니셨는데 그 젊은 피부 한 번 만져드릴 틈도 없이 이제는 흔적도 없으시다니, 이 불효자는 현기증이 날 정도로 죄스럽습니다.

유골함의 무게는 몇 그램일까요.

영정과 함께 사위손에 의해서 차를 타고 당신의 집으로 향합니다. 한 줌의 재가 되어 당신께서 자식 키우고 늙어 비틀거리시며 허둥대고 뭉개시던 그 안방으로 건넌방으로 한바퀴 돕니다. 이제 육신이 아닌 혼백으로 말이어요. 아버지께선 비틀거리시며 재로 변한 아내의 함을 보시는지 그냥 우십니다. 72년 간의 아내를 보내시는 당신의 울음은 무엇인가요. 동네분들과도 마지막 작별을 고하고 영원히 계실 안식처 인 영령당을 향해 장터 고갯길을 오릅니다.

이 길은 그 옛날 어머니께서 나물 캐러 다니시던 익숙한 길이셨지요. 무성산으고 가는 중간 고갯길로 봄이면 솜털이 송송한 고사리가 햇살 처럼 돋아나는 아름다운 고갯길입니다. 솔잎 향기, 송홧가루와 함께 산자락으로 흩어지는 청노루, 멧돼지, 사슴들이 쉬고 가는 길목이기도 합니다. 그 정상에 세워진 대리석 영령당에는 미리 새겨 놓은 진주 정 (鄭)씨 정상례라는 함집이 있고요.

그 영혼의 안식처는 0.01평도 안 되는 2m 높이에 위치하고 있지요. 3 명 선친들이 이미 올 봄에 화장으로 모셔 온지라 망자(亡者)의 모습으로 화장되어 모시는 분은 어머니가 처음입니다. 검정문이 유골함을 가리고 닫힙니다. 온기가 아직도 있는 영혼의 유골함을 만지며 눈을 감습니다.

"이제는 아주 평안의 영생을 누리시고 선대 조상님들과 저승에서 꽃 이 만개한 정원 속에서 담소를 나누시고, 환한 미소로 끝까지 저희를 살펴주시옵소서."

저 아래에서는 어머니의 유품들이 불꽃을 날리며 태워지고 있네요. 당신의 때가 묻어 있고 한숨이 서려 있는 옷가지들이 검은 재로 변하 는 단절의 의식인가요.

벌써 해는 서산에 걸리고 어머니는 황의를 입으시고 구천을 향해 날아가고 계십니다. 길고 긴 당신의 후손 행렬이 올라온 고갯길을 내려가면서 당신을 바라봅니다. 어머니는 영원함을 안고 오르시는 극락의 세계인 천당문(天堂門)를 향함이라고 말이어요. 자꾸자꾸만 올라가고 계시는 어머니와 그 고갯길, 천당의 문!

나는 아무 말도 할 수가 없었다!

어머니 유품도 하늘나라로 올라가시다.

2009. 1. 20.(화) 쾌청

노을나라 어머니

계양산 너머로
노을바다, 노을나라가
흐르고 있다.

붉게 타는 수수밭처럼
여의도 넓이 몇 배가
번져가고 있는 저녁 노을.

붉은 囚依 어머니가
도솔천 오방색 정원을 걸으시기에
노을나라엔 왜 계시냐고
여쭙다가
난 그만 눈물 속 어머님만 보았네.
노을나라 나의 어머니.

영혼의 아파트인 영안당 입구.

2009. 1. 24.(토) 폭설

눈난리

긴 밤을 지나온 차랑차랑한 별빛이 김포 들녘 위에 바다처럼 펼쳐진다. 새벽이란 시간이 5시가 넘어간다.

고향 땅 고향 설을 쇠기 위해 네 식구가 현관문을 나서다 보니 탄성이 저절로 나오는 것은 근래에 볼 수 없는 내가 좋아하는 탐스런 함박눈이 내리기 때문이다. 찬 바람을 몰고 오는 이 눈을 즐기며 고향 아버지와 설이 기다리는 그 곳을 향해 애마 차를 몰았다.

한강변에 내뻗은 88도로에 접어들자 보통 눈이 아니고 눈폭탄처럼 시야를 가리며 쏟아 붓는 무서운 눈으로 변해 버리고 만다.

초비상이다. 차량들마다 비상등을 모두 켜고 신호를 보낸다. 무심코 내리기만 하는 눈장군과 도로 위를 엉금엉금 기어가는 운전자들과의 한 판 승부 같다. 앞 유리 와이퍼는 덜그럭거리며 왕복 운동만 할 뿐 눈 세례엔 속수무책이다.

이젠 장난이 아니다. 등받이에서 허리를 떼자 앞 유리 윗 부분만 시야가 좀 보이는 지라 전방 주시 철저, 올빼미처럼 하고는 차를 몰았다. 염화칼슘도 아무 소용이 없다. 뒷 좌석의 딸애는 토끼눈을 탱글탱글 굴리며 내 얼굴과 폭탄 맞은 눈 도로를 번갈아 보며 근심 백배로 좌불안석이다.

지금쯤이면 벌써 잠에 떨어져 있을 딸애도 경계가 이만저만이 아니다. 안성 휴게소까지 간 시간이 정오를 훌쩍 넘겨 장사진을 친다. 휴게소 광장은 북적거리고 비좁기 그지 없다.

여기저기 눈과 차량의 주차 전쟁터가 따로 없다. 그러나 꼬마들은 좋아라 눈싸움을 하며 뛰어 노는 모습이 설날과 눈폭탄 난리와는 그리 상관없다는 듯 주차장이 좁다 하고 뛰어다닌다. 음식점마다 줄서기 꼬리가 길기만 하다. 아내와 운전을 교대로 하며 휴게소를 빠져나오자 뻥 뚫린 고속도로 길이 날아가는 비행기와도 같다.

망향 휴게소를 지나고 논산행 고속도로에 접어들자 길은 폭설 도로에 차량 물결은 거북이 걸음이다. 그래도 고향 땅이 지척이니 한결 지루함이 덜하다. 30여 분의 거리가 두 시간으로 늘어난 저녁 무렵, 10시간의 귀향길이 끝이 났다. 아버지가 기다리는 내 고향 흙내음이 온몸을 휘감은 채 너무도 편안하여라.

산시랑골 母情

오솔길을 따라 오르면
엉구렁湯 폭포수가 나오고
호두나무 감나무 대추나무가
어머니와 함께 서 있네

한 대낮 깻잎 속으로
무더위는 숨어들고
폭염은 밭고랑마다
화덕밭으로 붉어졌다.

흰두건 쓴 어머니는
무심한 태양 아래
고운 살갗 수수밭되어
하루 해를 삶아내는 母情의 歲月

성황당 10里 길

황토먼지 일어나는 굽이굽이 10리 길.
하얀 찔레꽃 덤불 속으로
하얀 神 끈이 매달리고 돌탑이 쌓인다네

오고 가는 사람마다
빌고 가는 성황당.

고옵게 일어나는 봄날 동구밖에
10里 길 성황당은
神을 부르고
神을 쫓아내네.

2009. 6. 13.(토) 맑음
아버지 관찰기

　나의 아버지는 여든 아홉, 내년이면 아흔이시다. 어머니 소천 후 맞으신 첫 생신을 차려드리기 위해 고향 집에 들렀다. 아버지는 방에서 나와 헛간 흔들 의자에 우두커니 앉아 계셨다. 봄 햇살에 유난히 타셨는지 검은 얼굴에 흰 수염이 숭게숭게 나 있어 그 모습이 까칠하시다. 아버지 방을 걸레를 빨아서 침대 밑까지 싹싹 닦아내고 먼지를 털어냈다.

　TV 옆에는 어머니 영정사진과 아버지 사진이 나란히 놓여 계신다. 한 마디 말씀은 없으셔도 내 눈을 바라보는 나의 어머니는 인자하게도 "너 왔냐? 별일은 없냐?" 하시며 늘 그렇듯 하문을 하시는 듯하다.

　아버지께서 동구 밖 도천 이발소에 가자고 권하니 그러자시며 따라나섰다.

　조수석의 아버지는 너무 작아지셨다. 굵은 팔뚝, 태백산 줄기 같은 등줄기는 세월 속으로 묻혀버리고 이렇게 왜소해져 늙어빠진 아버지의 모습에 마음이 무겁다. 가는 길 따라 뚝방 길에는 노란 금계국이 현란하게 물감처럼 피었다. 바람에 휩쓸리며 너울대는 노랑꽃은 부자가 가는 길을 환하게 비추어 이발소 가는 길이 행복하기 그지 없다. 소를 키우며 운영하는 재래식 이발소에는 손님이 없었다.

　부부는 낯익은 우리 아버지에게 어린이 대하듯 친절하게 안내했다. 기분이 좋았다. 얼마 남지 않은 머리숱이지만 자르고 면도하고 감겨드리면서 노인대하는 부부의 손길이 공손하여 고마웠다.

얼굴 크림과 스킨 향수까지 뿌려드리니 내 아버지는 결혼식에 참석하시는 건강한 그 옛날의 얼굴이다. 보청기와 웃옷을 입혀 드리는 데도 대화가 필요하다. 아버지께서 시키는 대로 내 손이 움직이면 되고 목 뒤에 붙어 있는 자른 머리카락을 털어내면 되는 것이다. 옆 헛간에다 소변을 보시고 난 후 지퍼를 끝까지 못 올리시어 흉쯤 밖에 올리지 못한 부분을 마저 올려 드렸다.

젊었던 시절의 아버지는 소변을 보실 때면 단추나 지퍼가 있는데도 으레 바지 한 쪽을 걷어 올리시고 가랑이 사이로 소변을 보시곤 했는데, 이제는 지퍼도 못 올리시는 극노인이 되셨나 보다. 구멍가게에서 얼음과자 하나를 사서 까 드렸다. 금계국 꽃뭉치도 소담스럽게 만들어 아버지 손에 들려 드렸다.

꽃을 든 아버지, 거꾸로 되돌아 집으로 간다. 72년 동안 같이 사셨던 짝이 사라진 아버지 마음은 어떠실까.

초여름의 차창 밖은 매실나무 열매와 비료 거름이 한껏 오른 들판 모들로 초록의 싱싱함이 넘쳐난다. 다시 앉아 계셨던 헛간 흔들의자에 앉혀 드리고 발톱 손질을 하자고 했다. 호랑이 발톱이다. 꼬릿한 발 냄새와 까만 발은 89년 역사의 농부 발 그대로다.

손톱깎기 날이 발톱 사이로 들어가질 않았다. 여름 화전 밭, 천수답처럼 딱딱하다. 살로 변해버린 발톱이었다. 양동이 두 개에다 가득 물을 떠왔다. 바지를 무릎 위까지 걷어 올리고 비누칠을 한 다음 장딴지 아랫살을 계속 주물러 드렸다.

아버지 표정이 재밌다. 아프신지, 간지러우신지 묘하게 표정을 지으신다. 두 다리를 그렇게 비누칠과 안마를 겸하여 발가락 사이사이까지 꼼꼼히 문질러 드리니 한낮의 부자지간이 모처럼 정겹다.

맑은 양동이 물로 마저 씻겨드리고 수건을 드렸다. 끙끙거리시며 앞
뒤로 운동하시면서 깨끗이 닦아 내리셨다. 그러고는 건너편 마을 회관
에 가자고 하셨다. 동네 노인들이 계시기 때문이다. 모시고 가니 공환
이 대부, 수익이 형님, 권모씨, 영복씨, 수철 형수님, 덕환이 대부께서
망중한을 보내고 계셨다. 그분들 속에 아버지를 모셔놓고 동구 밖 가
게로 달렸다.

사곡 막걸리 큰 통 한 개, 음료수와 빵을 사들고 회관으로 되돌아왔다.
시원한 막걸리 한 잔씩 따라 드리고 빵을 권해드리니 동네분들 모두가
태평성대를 누리는 듯 행복하다. 반신 불구가 되다시피 고생하시는 수
익이 형님께선 어눌한 말투로 아버지에 대한 칭송과 그 시절의 회고담
을 구슬처럼 늘어 놓으시니 고난과 역경의 지난 한 삶의 궤적이 찡하
며 온 몸으로 전해져 온다. 절실한 자식 걱정 한 평생이셨으니 잘 모시
라는 말씀이다.

평종이 조카는 캄보디아 여인과 19살 차이가 나는 데도 데려다 아내
로 맞이하여 임신 2개월째라면서 연신 싱글벙글 웃는 얼굴로 막걸리
잔을 비우니 참으로 기뻤다. 우리도 이젠 다국적 다문화로 가족화 됨
을 어디에서든 볼 수 있게 되었다.

동네 여기저기엔 선홍색 빛 앵두나무 밭두렁 사이로 하지감자 캐기
에 열심들이다. 장미꽃은 도로 자연으로 돌아가듯 초록색이 되어 시들
어 없어져 가고 보랏빛 감자꽃이 여름 햇살에 굵은 씨알을 품는다.

동네 한낮의 풍경이 지나가고 있다. 단 하루만이라도, 아무리 다른
일이 산적해 있다 하여도 내 아버지 옆에서 시중을 드는 일만큼 중요하
지도, 급하지도 않다는 생각이 든다.

우린 아버지에게 집중해야 한다. 관찰하여 대처해 드려야 한다. 보

살펴 드림이 온당하고 당연하다. 그저 그렇게 편안함만을 위해 시중들면서 인도해야 한다. 여기까지 늙으신 내 아버지, 육신과 정신이 낡아지신 당신의 곁에 우리가 붙어 있어 단 한 가지라도 지팡이 역할을 해야 함이다.

동네 마을에 긴 해 그림자 만들더니 하루가 저물어간다. 여름 하루는 길면서도 늘어진다. 저녁 밥상머리, 상추쌈에 국 한 그릇을 드신 아버지는 어머니가 안 계신 빈 방으로 들어가시더니 자리를 펴신다. 그리고 금새 코를 고신다.

아버지를 관찰하며 동행한 오늘이 아쉽기만 한 것은 계셔야 할 어머니가 안 계시기 때문이리라. 꿈 속에서 아버지와 어머니는 만나고 계시겠지.

늦게 연락받은 이덕삼 연기 교육장님의 부친상에 가기 위해 공주 장례식장으로 향했다. 차랑차랑한 밤하늘 별빛을 보며 문상을 가는 길이 내 고향 길이요, 아버지 어머니의 길이다.

동해안에서의 아버지(70세).

2009. 8. 4.(화) 무더위

휴가여행(2)

　장흥을 벗어나자 또 하나의 아담한 도시가 나온다. 강진이다.

　영랑 시인의 고향이기에 얼마나 가고 싶던 곳이던가. 모란이 피기까지 나는 아직 그 찬란한 봄을 기다리겠노라고 봄을 노래한 그분을 만나러 간다.

　산 아래 거목의 은행나무가 버티고 있는 생가. 행랑채, 안채, 사랑채로 된 생가는 초가지붕으로 단장한 큰 지주의 면모를 갖춘 농촌 부자임을 증명하고도 남는다. 우물터와 재래식 화장실, 장광대, 물레질기, 삼베 짜임기기 등이 친밀감을 더해준다.

　부친께서 약초로 심기 시작했다는 모란꽃나무들은 사방 곳곳에서 무성하게 자라나고 있었다. 누이를 그리는 시와 수십 편의 주옥 같은 시상들이 스피커를 통해 낭송되고 있어 참으로 좋았다.

　부친과 셋째 아들인 영랑 김윤식은 일제의 고된 압박에도 절대 굴하지 않고 창씨 개명을 하지 않아 해방되는 날까지 감시 대상 문인이었다.

　항일, 배일 사상을 펜으로 말하며 지조를 지킨 드문 작가임이 작품 여기저기에 절절이 배어 있다. 아깝게도 6·25전쟁 초기, 적의 총탄을 맞고 48세에 절명하시니 그 순수한 시심은 아깝기만 하다. 그런 연유에서인지 추모하는 사람들의 발길로 생가는 붐비고 있었다.

　오후 늦게 미당 서정주 시인 생가와 문학관을 찾았다. 고창 선운사 질마재에 자리한 미당 생가는 허술하기만 했다. 의아했다.

297

친일의 시가 남아 있다는 말은 들었어도 대문호임엔 틀림이 없는데 뭔가 이상하여 문학관으로 향했다. 폐교를 고쳐서 문학관으로 만들었는데, 안으로 들어가 보니 분위기가 을씨년스럽기만 하다. 주옥 같은 훌륭한 시를 지으신 시인께 이런 대접이라니 연유를 몰랐다. 그런데 마지막 교실에 걸어 놓은 친일시들을 감상한 후 실망감이 들었다. 가미가제 폭격 일본군을 찬양하는 시와 황군 일본군을 칭송하는 시들이 액자에 줄줄이 걸려 있었으니 더더욱 내 몸이 더워만 왔다.

목숨 걸고 싸운 문인들, 독립투사들과 대비되어 초라한 모습이었다. 아무리 살기 위해 어쩔 수 없었다지만 궁색한 변명에 지나지 않는다. 찾아오는 이도 없는 것 같았다. 온 김에 건너편에 있는 그의 묘를 찾아보기로 했다. 진입로가 엉망이었다. 양 옆에 있는 고추밭에서는 잘 익은 고추에 하얀 농약을 뿌려대고, 김 매는 아낙네는 나를 무심히 바라볼 뿐이었다. 부실해 보이는 수만 그루의 국화가 황토 사이로 언덕을 만들고 있었다. 서정주 시인은 그의 부모 산소 아래에 나란히 쌍묘를 하고 아내와 누워 있었다.

"국화 옆에서"라는 명시를 쓴 큰 작가는 말없이 누워 있다. 붉디 붉은 백일홍은 향기도 없이 국화 대신 그를 바라보는 듯하다. 절을 할까 하다가 망설임 끝에 목례만 하고 하산했다. 끝내 지조를 못 지킨 시인은 대접을 못 받고 계셨다. 오전의 영랑 시인과 오후의 미당 시인은 너무 대조적이었다.

근대 문학을 이끈 두 사람은 친일작가, 항일작가로 자리 매김 되었다. 후세에 미치는 명암이 교차된 것이다. 아내는 두 사람의 관상까지 비교하면서 오늘을 사는 우리들도 떳떳한 삶을 살자고 다짐했다.

우람한 선운산 계곡을 빠져 나오면서 고창 특식인 장어로 저녁을 먹

기 위해 선운사 입구에 위치한 식당에 방문했다. 고창의 장어요리는
이름만큼 맛이 있었다. 그렇게 곱고 우아한 시를 쓰신 그분이 아쉽기
만 하다.

　선운사 입구엔 어둠이 내리고 사람들도 피곤한지 계곡을 따라 천천
히 걸어 내려갔다.

호남의 대 지주 가문이었던 김영랑 시인의 생가에서. 모란이 피기 전에 한 컷.

2009. 11. 3.(화) 맑음

어머니 忌日날 편지

돌아가신 지 1년이 지난 오늘도 당신이 안 계시다는 것에 동의할 수 없고, 믿을 수 없고, 실감이 나지 않는 것은 왜일까요? 어머니!

한 줌의 백색가루가 되시어 자연으로 돌아가셨건만 지금까지 제 주위를 서성대다 사라지시고, 무슨 말씀을 건네시고는 바삐 사라지곤 하시던 지난 1년을 어찌 잊을 수가 있단 말입니까.

어머닌 역시 고향집 뜨락에도, 안방에도, 소파에도 아니 계시는군요.

텅 빈 마음, 텅 빈 당신의 집엔 검은 얼굴의 아버지 홀로 슬픔과 외로움을 달래고 계십니다.

우리는 어머니란 존재를 무엇이라고 할까요. 그것은 눈물이요, 얘기요, 한숨이요, 진실이요, 친구요, 피처럼 강한 그 무엇이겠지요.

밤 11시 30분, 많은 후손들이 촛불을 켜 놓고 영정사진과 신주 앞에서 절을 올렸지요. 누님은 기어이 흐느끼면서 당신께 절을 올리니 우리 모두 눈을 감고 흐르는 눈물만을 삼키고 말았답니다. 진정 어머니에 대한 저희들의 죄와 반성의 눈물이었지요. 죄인들은 속절없이 술잔을 몇순 배 돌린 채 잠을 청해 봅니다.

딸들, 며느리들이 뒷방에서 절을 올릴 때 아버지는 기어이 눈물을 보이셨다지요.

72년을 같이 사시다가 가 버린 아내에 대한 고마움, 그리움, 서러움, 허전함이 바닷물보다도 깊고, 많겠지요.

300

돌아가시던 날 아무것도 남아 있지 않은 겨울나무처럼 앙상하시기
만 했던 아버지, 당신이셨으니까요.

이 밤 아버지 옆에서 숨소리를 들으면서 체온을 느껴보기 위해 같은
이불을 덮었습니다. 초저녁 잠이 유난히도 많으신 아버지는 새벽 두
시가 넘어서야 잠이 드신 것 같습니다.

자꾸만 검은방 속으로 물결이 되어 찾아드는 어머니의 향나무 향기,
제사를 지내고 아버지 사진 옆에 다시 놓여진 어머니의 사진을 꺼내
가슴에 대봅니다.

어디쯤 가고 계시냐고 나직이 여쭙다가도 갈피를 잡을 수 없는 이
아들을 용서해 달라고 그저 속죄를 드릴 뿐 망연자실한 밤으로의 항해
만 계속되네요.

끝없는 죄인의 길을 어머니의 아들은 가야만 합니다.

새벽녘이 되어 잠이 들 무렵 마포 형님께서 캄캄한 길을 나서니 어
머니 영령당에 인사 드리고 일찍 올라가야 할 모양입니다.

이 새벽에 형님은 무슨 말씀을 여쭙고 떠나실까요.

제일 고난의 삶을 어머니와 함께 사셨던 분이기에 제일 간절하게 우
실 겁니다. 고생은 그리움으로 강물이 되어 추억의 샘물을 퍼내시며
형님도 엎드려 사죄를 하실 겁니다.

지난 1년을 한시도 우리 곁에서 떠나지 않으셨던 어머니, 그 장터고
개 영령당은 지금 춥지 않으신지요.

불초 불효자 올림.

2010. 4. 11.(일) 흐림
봄기운

  봄 기운이 천지를 진동하며 우렁차다. 진군 나팔 소리처럼 여기저기
서 요란하다. 이만기 천하장사의 다리통이, 백두산 터질 때 화산 용암
이, 산 정상 청춘의 메아리가, 청도싸움소의 앞 근육이 이 기운을 이길
수 있을까.

  아파트 둘레가 온통 부지런한 봄꽃 중 하나인 은하수 꽃으로 강물처
럼 피어 올랐다. 남색 흰꽃의 연약한 저 들꽃들은 요맘 때면 언제나 이
른 봄의 전령사로서 밤하늘의 은하수처럼 피었다 사라진다. 아파트 담
장 아래 수백 미터로 길게 늘어선 개나리를 본다.

  노랑 물감을 뿌려 놓은 듯 일제히 피어 오른 노랑 개나리, 나리나 병
아리는 어쩜 이름도 비슷하지만 그 자태와 품격이 여리고 개방적이고
순수하고 순진하다. 바라만 볼 뿐 꺾지 못하는 순결함이 아기의 숨결
그것이다. 자색빛으로 잉태해 가는 벚꽃나무도 이제 곧 가로변마다 장
관을 이루리라.

  이미 쑥나물과 담배나물들은 아줌마들의 입맛을 돋우는 봄 식탁 위
의 일인자 노릇을 하고도 남는다. 들녘마다 하얀 두루미 발걸음처럼
나물 캐는 아낙네들 손놀림도 유연하기 그지 없다.

  산 정상에서 내려오는데 참나무 군불을 지펴놓고 묵은 김치에다 참
막걸리를 파시는 동네 농장 주인의 컬컬한 웃음 소리가 이봄을 더욱
간절한 계절 속으로 밀어넣는 오후였다. 야호, 봄이다 봄!

2010. 7. 5.(월) 무더위

영혼 생신날

 오늘이 2년 전에 돌아가신 어머님의 91세 생신날이다. 언뜻언뜻 꿈에 나타난 적이 있지만 믿기지 않는 현실 속에서 헤매곤 했다. 89년 동안 전 형제들이 부모님을 모시고 동네 이웃들과 아침식사를 같이하는 것으로 그 날을 기억하며 생신날을 축하하니 기쁘기 그지 없었다. 그러나 하늘나라에 계신 어머니에게 처음으로 고향 땅엔 못 가고 타향 땅 서울에서 머물며 죄책감의 중압감을 느끼는 어제 오늘이다.

 어제 저녁 막내 수환이와 저녁을 하는 자리에서다. 서울에 유학을 갔을 때 일화를 소개한 것이다. 이렇게 더운 여름날이면 콩밭에서, 열무밭에서 열무다발을 만들어 자전거에 동여매고 어머니와 같이 공주장에 팔기 위해 나갔었단다. 물론 내 학비를 보태기 위함으로 땡볕 속에 모자는 신작로 길을 걸어야 했다. 몇 만 원도 안 되는 열무김치 값을 받아들고 십리 길 왕복행은 치열한 발걸음 그것이었음이라. 동생이 어머니한테 배고프니 짜장면이라도 한 그릇 먹고 가잘라치면 집에 가서 점심을 먹자 하고는 길을 재촉하셨단다. 난 처음으로 들어보는 열무김치 학비 얘기였다.

 "그래, 어머니는 그런 분이셨지 참."

 어머닌 그렇게도 무우 장아찌를 좋아하셨드랬다. 찬밥에 물을 말아 그 위에 장아찌를 얹어 뚝딱 한 끼를 때우셨던 나의 어머니, 동생은 굶주린 배를 움켜쥐고 집에 와서 그 장아찌에 밥 먹은 얘기를 하는 것이다.

 칠 남매의 고행길, 그 무엇으로 말하리이까. 저녁밥이 내 마음의 장아찌가 되어 찡하니 몰려오는 그런 저녁이었다.

퇴근길 옆에는 접시꽃이 고개를 높이 들어 주황, 빨강, 하얀 꽃으로 한들거린다. 진한 밤꽃 향기도 어디선가 날아와 무더운 퇴근길 위로 내려 앉는다.

91년 전 그 솔앵이 골짜기에도 이런 꽃이 피어서 어머니의 탄생을 축하하고 있었겠지. 유난히 많기도 많았던 외갓집 뒷산 밤나무 향기가 꿀처럼 흘러내렸겠지. 나도 모르게 동네 빵집으로 들어갔다. 아흔한 개의 촛대를 달라고 했다. 케익을 사들고는 가족과 영혼 생신을 축하드리고픈 마음에서다. 저녁상을 물리고 응접실 탁자 위에 케익을 놓고 91개의 촛불을 꽂으니 어머니가 거기 계셨다. 하얀 버선발에 흰 고무신, 흰 적삼과 치마를 입고 앉아 계신 어머니 사진이 살아 계신 듯 나와 교감이 이루어졌다. 아들과 재배를 올리고 불을 끄기 전 어머니를 쳐다본다.

"제 옆에 항상 살아계신 듯 생생한 나의 어머니, 늘 고맙습니다."

"그래, 너의 아들 내 손자 대견하고나."

불을 껐다. 깜깜한 우주 저편 별빛 속에서 흰옷을 입고 웃으신다. 얼마 후 온 집 안에 불을 켰다. 어머니의 영혼 생신날, 아무 말없이 그리워할 뿐이다. 축하드려요!

7남매를 먹여 키우신 어머님의 무쇠솥.

2010. 8. 10.(화) 흐림 속 폭우

쌍무지개가족

　정말 오랜만에 네 식구가 하계휴가를 갔다. 이젠 컸다고 동행을 꺼리는 애들에게 내 압력과 결혼을 앞둔 유진이의 흔쾌한 동의를 받아 이 곳 안면도에 있는 황도라는 섬, 팬션으로 온 것이다.

　3일차, 상경하는 마지막 휴가날이다. 팬션 입구에서부터 유럽 선진국인 코펜하겐 유치원처럼 아담하고 멋스럽게 꾸며진 휴먼 발리 팬션이다. 탁 트인 서해바다와 갯벌 속 조개, 망둥이들의 일상속 움직임, 특히 갯조개들의 동작들은 일시에 움직이는 군 쫄병들 훈련처럼 재빠르기만 하다. 그 속에서 이리저리 먹거리 사냥을 해대는 바다 갈매기들, 푸른 잔디 위의 그네와 미국 허드슨 강, 자유의 여신상, 횃불 모형의 조각품, 삼국지 속 전쟁의 말처럼 우렁찬 커피색 말마차 그리고 흐르는 음악이 매력인 휴양지 팬션 모습이다. 물걸레질로 원룸을 깨끗이 청소하고는 휴양지 문을 닫고 출발한다.

　여행지에서 추억 만들기란 가족 대화의 친밀함과 함께, 그냥 웃어대는 눈빛, 느슨하기만한 여유로움 그리고 사진을 찍어대는 것이리라. 딸의 끝없는 게장 타령, 보쌈요리, 바다 내음 속 수산 횟요리, 연꽃 축제 속 어린 아가들과의 웃음 교환, 그런 것들이 우리 가족의 삶 속에 아로새겨진 이야기들일 것이다.

　덕산온천으로 가는 길엔 장대비가 아주 시원하게 내렸다. 삼일 내내 폭염 속 불가마 같은 날씨였던지, 온천은 한가하기만 하다.

한층 두꺼워진 아들의 등판을 오랜만에 만져보며 밀어줬다. 군더더기 하나 없는 아들의 몸매, 매끈하고 질감 있는 아들놈의 알몸을 탕 안에서 맘껏 감상하노니 애비는 흐뭇하기만 하다.

귀가길 서해 고속도로 하늘은 인천, 서울, 수원, 안양의 하늘이다. 요란한 천둥번개와 폭우가 교차한 하늘답게 출렁이는 바다가 하늘에 떠 있다. 막바지 휴가 차량들로 도로 위는 붐볐다. 차 안 우리 가족들도 건강하다.

알에서 깨어나 성장할수록 둥지가 붐비며 비대해지는 뻐꾸기 둥지처럼, 헐렁했던 가족 승용차 내부가 꽉 찬 모습이 건강하다는 것이다. 아들놈이 덕산 모기한테 물렸던 자리를 물파스 대신 손톱으로 두 번만 꼬집으면 만사 오케이라고 말해 폭소가 터졌다. 하긴 나도 그런 적이 있었으니 그 가려움에서 손톱의 독이 직효인 것만 같다.

헌데 문제가 생겼다. 낮에 먹은 게장이 나한테만 문제인가?

장마비가 오다가다 하는 차량 안에서 지독하고 잔인한 방귀가 시도 때도 없이 방사되는 것이다. 그런 방귀는 참을 수 없이 나올 뿐더러 도로 챙길 수가 없는 생리현상의 분출이다.

차 안이 총 비상이다. 딸애는 소리치다 못해 외마디 비명을 지른다. 휴게소로 차를 몰자며 닦달이다. 그러나 난 화장실에 가고 싶지 않다. 뱃속은 편한데 그 분야만 난리다. 그러던 중 화성과 발안을 지나는 상행선 상공에 쌍무지개가 활공을 그리며 떠 있는 것이다.

인천 쪽 하늘은 깨끗하니 비온 뒤 하늘이고, 그 반대편 왼쪽 상공의 검은 구름단 밑에는 반 타원을 그린 쌍무지개가 떠 갓길로 자동차를 들이댄다. 우리 가족은 차 안팎에서 연방 셔터를 누르며 쌍무지개 뜬 동쪽 하늘에 카메라를 갖다댔다.

처음으로 보는 두 갈래 쌍무지개가 막바지 휴가길을 환송하는 그림 같은 모습에 금세 갓길은 너도나도 반짝반짝, 디지털 카메라 불빛이 터지는 비상도로가 된 것이다.

쌍무지개 뜬 인간마을, 높은 상공에서 이 광경을 찍었다면 그 제목이 그러하리라. 떠들고 웃고 그런 시간이 삼십 분이 지나도록 일곱 색깔 무지개가 그림처럼 선명하다.

실컷 찍은 후 차는 집으로 향한다. 뒷좌석에선 수십 장의 추억 만들기 사진을 꺼내보면서 두 놈 다 정신이 없다. 그 중에서 가장 마음에 드는 사진을 고르라기에 지체없이 쌍무지개 뜬 마을 사진이라고 했다. 휴게소 식당도 선진국 못지않게 정갈하고 질서가 있다. 순서를 알고 가족끼리 정답다. 밤 열 시가 돼서야 가족의 요람인 응접실 긴 소파에 몸을 맡긴다.

2010. 10. 3.(일) 쾌청

가을 동화

하늘을 봐도 땅을 봐도 노란빛 가을이다.

이 세상 가장 넓은 금덩이 마을로 바둑판처럼 그려진, 이젠 금노다지를 거두기만 하면 되는 황금 들녘.

모자를 눌러 쓴 농부의 걸음걸이 속에 풍요의 향기가 배어나온다.

이런 날, 저금 밭에 뛰어든 개구리는 그 즉시 가을볕에 죽어난다는 어릴 적 들은 어른들의 말씀이 생각난다.

요즘의 비는 아무 소용 없고 논바닥을 말리면서 마지막 알곡을 익혀달라는 농부의 마음인 것이다.

들녘을 보며 호박과 코스모스와 자색나팔꽃과 많은 대화를 하는 사이 김포 정자산 못미쳐 장능 호숫가에 다다랐다.

거기엔 널찍한 수수밭이 있었다. 그리고 콩을 뽑는 이가 있었으니 흰 두건을 동여매신 나의 어머니가 아니신가.

갈참나무 아래 벤치에 앉아 눈을 떼지 못한다.

혼자서 밭일을 하시더니 빨간 대문이 있는 집으로 사라지셨다. 그리고 진돗개 짖는 소리, "저 밭주인이 내 노모였으면", 하늘을 본다.

참나무 꼭대기에 눈이 시리도록 파란 하늘이 올라가 있다.

내 어머니는 거기에 계신가 보다.

칠백여 일이 지난 어머니와의 이별, 아직도 실감이 나지 않는 건 내 기억 속에 박혀 있는 초라한 어머니의 모습 때문이다.

너무 고생만 하시다 간 그 세월을 이 불효자는 알기 때문이다.

그 꾸부정한 어머니를 보기 위해 한참을 앉아 있었건만 대문에서 나오시지 않았다.

상수리길, 황토길을 따라 정자산 정상에 오르니 사람들이 평택 막걸리를 들이키고 있었다.

빨간 두건의 노총각 사장은 이 막걸리와 칡차, 커피를 지고 올라와 일이천 원에 좋은 일을 하고 있는 것이다.

막걸리 두 대접으로 목을 적시며 수수밭 어머니 생각에 내 눈은 촉촉히 젖어든다.

잠시나마 얼마나 행복했던가. 가을동화가 아닌가.

금빛 속에서 만난 어머니와 모든 이들에게 이 가을 잔치에 초대하고픈 하루였다.

2010. 10. 30.(토) 쾌청

산 중의 어머님들

아들 하나 없이 딸들만 다섯이 성장하시어 외할머니 모태로부터 방사선으로 출가를 하시고 이제는 이 세상에 한 분도 남아 계시지 않는 어머님들을(이모) 산중으로 찾아뵙는 날이다.

이종사촌 곗날에 육포와 소주, 과일을 싸들고 지형상 가기 쉬운 셋째 이모님을 먼저 찾아 나섰다.

셋째 이모님은 말년에 허리가 굽으셔서도 농사일을 거들었다. 야산에서 밭일을 하시던 중에 불을 피우시다 그만 타서 돌아가셨다는 비운의 이모님, 얌전하시기만 한 얼굴로 기억된다. 은행을 한참 터는 가을 농가 사이로 올라가니 셋째 이모 부부가 합장묘에 누워 계셨다. 이모부는 잘 생각이 안 난다. 단출한 제물을 잔디 위에 놓고는 두 번씩 절을 올린 다음 참으로 오랜만의 묵념을 올렸다. 여기 모인 조카 새끼들 모두가 말이다.

둘째 이모님은 가장 까맣고 담배, 술을 잘 하시던 자그마한 개성 넘치는 어른이셨다. 괄괄한 목소리에 너그러운 인상으로 조카들을 품어주셨던 어른께선 차령준령의 대로변에 계셨다. 여기에서도 묵념 후에 산소를 배경으로 가족 단체사진을 찍었다.

다음으로 다섯째 막내이신 내 어머님 납골당으로 향했다. 아직 아버께서 살아 계시니 생존하신 마지막 이모부이신 셈이다. 윤기 하나 없는 늙은 아흔 살의 내 아버지는 헛기침을 하시고 검버섯이 핀 얼굴에 손등

310

엔 검은 핏줄이 힘없이 늘어져 있었다. 갑자기 들이닥친 조카들을 보시는 아버지 눈가엔 만감이 교차하시는 듯 마른 눈 속에 눈물이 고이신다.

우리들은 사진들을 함께 찍었다. 그리고 안마당 단감들을 몇 개씩 따서 장터재 위 영령당으로 올랐다. 사진 속 어머니, 한 줌의 유골함을 어루만지며 그리움을 토해낸다. 막내딸 내 어머니는 그렇게 인자한 모습으로 사시다가 훌훌 떠나셨다. 겨울해는 짧고 갈 길이 바빠졌다.

큰 이모댁으로 발걸음을 재촉했다. 경사진 농로를 따라가니 논밭은 가을 추수가 끝나 휑하니 빈 채 바람만 일고 있다. 검은 들깻단 뭉치가 흩어져 근래 추수한 농부의 손길을 느끼게 해주었다.

고소한 들기름 냄새가 난다. 논밭에다 배 농사를 크게 하는 문성찬 형님은 대농부다. 콤바인 창고 밖 마당에 가을 작물이 꽉 들어찬 모습이 지난 여름의 바빴던 한때를 떠올리게 한다.

밤나무 숲을 지나 아주 가파른 계곡 위에 남향으로 자세를 잡고 있는 큰 이모 내외분, 멧돼지 접근을 막기 위해 길게 눕혀 놓은 모습이 인상적이다.

유독 어머니와 교분이 두터웠던 이모는 말년엔 풍으로 움직이지 못하신 가운데 입 안에 물을 떠넣으며 그렇게 우시던 두 여인의 눈물을 나는 보았다. 아마도 이승과 저승에서 마지막 손길의 온기가 아니었을까.

큰딸과 막내딸의 정도 각별했다. 광정 고개를 넘어감에 해는 힘이 없다. 계곡물은 차갑게 흐르고 밤 수확이 끝난 산비탈엔 노란 들국화가 무성하게 피었다. 밤나무 산 가운데에 계신 두 내외분의 산소 주변이 정갈하고 조용하다. 억척스런 자손덕일까. 여기저기 손 정성이 배인 언덕배기에 들국화가 한창이다. 참으로 넷째 이모님은 억척이었고 단호하셨다. 분별이 있고 강하다.

큰딸은 수녀로, 다른 자녀들은 교육자로, 사업가로, 정치인으로 가문을 이루었으니 가장 열렬하게 키워낸 이모다. 손이 크다고 할까, 그런 분이시다. 독실한 천주교 신자로 막내동생인 내 어머니를 교화시키시다가 그냥 포기하시고 돌아가셨다. 도교, 유교로 무장된 어머니의 '교(教)'를 바꾸시기가 어려웠을 것만 같다. 그래도 몇 번 성당 성호를 그리시며 흉내를 내보이시던 때가 계셨으니 언니의 그 성화가 크셨으리라 짐작이 된다.

때늦은 다섯 분과의 만남도 끝났다. 미끄러지고 헤매면서 올라간 그 길은 우리들의 길이다. 지난 오랜 세월을 다섯 자매는 그렇게 사시다 각각 자손들의 가슴속에 살아 계신다. 수십 명의 자손들은 오늘 엄청나게 떠들었다. 그 다섯 여인들이 그리워 불러보면서 하루를 보냈다. 살아 있는 자들의 발길은 가볍게 떨리면서 흥분이 됐다.

피를 나눠 가진 것이 이런 것인가. 내년 봄엔 한번의 일면식도 없지만 내 외할머니, 내 외할아버지를 찾아가기로 했다.

늦은 시각, 너무 산이 높아 못 간 외손자들의 핑계를 너그러이 받아주시고 용서하소서. 꼭 올라가 사죄드리오리다!

지금은 모두 고인이 되신 5자매 산소 순례.

2010. 12. 11.(토) 구름

시조 사랑방

　내 항렬인 수훈이 형님께서 이맘때면 우리 집 큰 대문을 삐~걱하며 열고 들어오셨다. 어머니 아버지보다도 연세가 한참 많으시지만 촌수가 아래여서 "아점니, 저 왔슈. 술은 잘 됐는가 모르겠네" 하고는 사랑방에 두루마기를 휘감고 좌정하셨다.

　이 때가 가을걷이도 끝나고 제주(祭主)는 이 산 저 산에서 멍석을 깔아놓고 흰 두루마기들을 입은 채 큰 봉분 앞에서 제사를 올리는 것이다. 풍년을 감사하는 조상님에 대한 추수감사제사랄까. 후손들의 예절인 것이다.

　산 계곡을 울리는 축문 소리는 쩌렁쩌렁 능선을 타고 고향 앞 마을까지 청청하게 메아리쳐 내려가던 기억이 생생하다. 시제떡을 높이 괴고 곶감, 대추, 오징어, 문어다리, 숭어살점들로 제사상은 그 어려운 시절이었음에도 풍성했다. 모든 예가 끝난 후에는 제사 지낸 음식들을 분배해 잔디 위에 펼쳐 놓는다.

　어른과 아이의 '몫'이 차이가 나게 제물을 나누었다. 나는 보자기에 제물을 담아 신이 나서 대문을 들어서자마자 어머니 앞에 내려놓는다. 어린 것들이 제사는 무슨 제사이랴. 시시덕거리면서 어른들 절하는 대로 따라 시늉하며 옆자리 개구쟁이의 뒤통수를 건드리기도 하고 발장난을 해가면서 오로지 그 제사 몫에 한눈을 팔던 기억이 새롭다.

　모든 게 부족한 시절, 조상님들이 나누면서 단합을 강조하고 평화를 가르친 지혜가 산에서부터 마을로 내려오게 만드신 것만 같다.

우리 집에도 잘 익은 제삿술과 뒤끝 안주가 넉넉하리라 생각하셨는 지 수훈이 형님께선 영락없이 늦가을 그 무렵에 찾아오는 우리 집 손 님이었다. 은회색 수염이 10㎝는 넘게 휘날리고, 빛 바랜 중절모에, 느 릿한 발걸음으로 힘없는 눈에 쓴 안경은 풍류가 풍기는 시골 노인이 었다. 그 날 오후 사랑채엔 동네 어른이신 모든 노인들이 모여들고 아 버지는 구릿빛 농부의 환한 얼굴로 큰 기침 하시며 그분들을 맞는다.

어머니는 부엌에서 주안상 차리기에 여념이 없다. 뎁히고 익혀서 상 다리가 부러진다. 수십 년 된 아궁이에 불 때고 노란 술 주전자에 담을 제삿술도 데워내시니 안주는 실하기만 하였다. 어머니는 나를 부르신다.

"사랑채 어른들께 술상을 내가거라."

사랑채로 들어가는 술상은 으레 내 손으로 받쳐 올려진 것이다.

"얘가 셋째 아들 수갱이유, 한 잔씩 따라 올리거라"

아버진 대견한 몸집으로 날 소개하고는 그리도 즐거워 하셨다.

노란 주전자 속에 술은 많이도 들어 있었다. 빙 둘러앉은 어르신들 술잔에 일 순배 붓고도 조금 남는 정도이니 옹골진 술주전자다.

어머니와 내가 몇 번이나 그 방을 드나들며 술심부름을 하고 나서야 그 왁자지껄하시던 웃음이 잦아드는 것이다. 그 은회색 수염의 수훈 형님의 시조창이 시작되는 것이다. 사랑방 문이 활짝 열리면서 은은하 고 여울진 끈끈한 시조가 온 동네로 퍼져 메아리되어 울린다.

"청산리 벽계수야~ 수이감을 자랑마라~"

눈을 감았다 떴다 하며 시간은 흘러가고 가끔 술잔이 부딪히며 그 흰 수염 만큼이나 살랑살랑 시조창은 간드러지게 잘도 넘어갔다. 사랑굴 부, 인선아저씨, 상추대부, 농악대장형님, 수병 형님, 장고잽이, 징잽이 대부 등등 둘러앉아 들으며 추임새를 넣기도 하다가 흥얼거리며 따라 부르시던 모습이 내 기억에서 지워지지 않는다.

중부 언론사 주최 시조창 부문에서 장원까지 하신 목소리라며 촌로(村老)들께선 탄복하시며 어울리니 "시조창과 사랑방 손님들"이었다.

늦은 오후가 다 되어 행사는 끝나고 그 형님은 반드시 어머니에게 "잘 먹고 가유, 아점니" 하며 두루마기를 휘감고는 대문을 나선다. 시조을 듣던 사랑채 방을 비워놓고 흥얼흥얼 갈지자 걸음으로 둑길을 아슬아슬하게 건너가신다. 노란 주전자 술이 그렇게 만만치가 않다. 술술 잘도 넘어가지만 훈훈한 돗자리 방에서 마신 술로 취기가 올라 얼굴이 붉게 물들었다.

고개너머 논둑길을 가다가 둠벙에도 빠지면, 칠권이 형님은 고래고래 고함을 치며 온 동네를 휩쓸고 다녀 옷이 온통 흙투성이가 돼버린 동네 애물단지이시면서도 감초 같은 분이셨다. 밉지 않은 그 분은 어느 애경사에나 꼭 있어야 했던 풍류객 김삿갓이 아니였던가 싶다.

이렇게 노랗게 익어가는 가을날, 그 사랑방 손님들은 모두 하늘나라에 가 계시고 유일한 생존자이신 아버지께선 미수를 넘기신 채 헛간 흔들의자에 앉아 마른 하품만 해대면서 화살처럼 지나간 세월을 생각하고 계신다. 이젠 그 사랑방도 없어져 새 집의 그 터에다 추억을 그리시며 앉아 계신다.

내 마음의 그 시조창, 그 사람들, 그 사랑방은 사라졌지만 노란 술주전자와 아버지의 친구들, 술 익는 농촌 가을의 오후는 잊을 수 없는 추억이 되어 해마다 이맘 때면 문득 떠오르곤 한다.

日常

1988년~2010년

죽음 앞에서

사촌형님의 외동딸인 은자가 저 세상으로 떠나다.

우리 곁에서 친가족처럼 머물며 웃음을 잃지 않던 은자는 소녀 티를 막 벗을 즈음 하늘나라로 떠나고 만 것이다. 더욱이 내가 서울 직장에 취직시킨 뒤로 몇 달간을 우리 집에서 숙식을 했던 관계로 마음이 한없이 무겁다.

영등포 성심병원 영안실에 들어서는 순간, 수현이 형님께선 딸의 손을 얼굴에 댄 채 하염없이 울기만 하신다. 그렇게도 슬프게 우는 모습은 처음이다. 이미 혼백은 없는데 죽은 육신만 부여잡고 부모는 저 세상을 따라가기라도 할 듯 절망의 울음 소리를 내고 계셨다.

이튿날 오후 3시에 벽제 화장터로 이동하다. 큰아버지인 수덕 형님은 먼 발치에서 소나무를 부여잡고 조카 새끼를 외쳐대며 우시고 형수인 은자 어머닌 혼절상태로 그 광경을 보지 못하신다. 하얀 친구들이 하얀재의 영혼가루를 벽제 화장터 산 속에 뿌렸다.

관솔 향기나는 소나무의 잎 위로 가루가 살포시 내려앉았다. 그리고 흙으로 돌아갔다. 크리스마스 날, 가장 잔인한 생이별의 순간을 삼각산 끝자락 작은 계곡에서 맞이해야 했다.

둥근 얼굴의 은자야, 어미 가슴에 너를 묻었으니 그 한을 네가 풀어 드려야 한다. 이 영혼의 이별이여, 다시 만날 때까지 안녕.

1994. 6. 25.(토) 더움

여름날의 아그레 풀

울창한 나무가 검은 하늘을 만드는 숲이 있었다. 그 곳엔 혼자서도 무서워 못 가는 검은 숲이다.

한 대낮 그 골짜기에선 줄다람쥐, 물총새, 노란 꾀꼬리, 검독수리가 자기가 주인임에 시끌벅적하였다. 돌팔매질의 명사수 재선이, 다람쥐의 천적 지선이, 달리기의 달인 재영이 등 내로라 하는 동네 꾀돌이들과의 한 판 승부. 하늘만 빼꼼이 보이는 울창한 숲속에서다.

이 나무 저 나무로 날아다니는 날다람쥐들, 물총새는 송사리 물고 황토굴에 몸을 숨긴다. 잔솔밭 언덕길 위로 잔도마뱀 한 쌍이 꼬리만 잘라버리고 번개처럼 줄행랑치는 오후. 저쪽 굴에서 드디어 연기가 피어오르자 소년병들의 함성과 함께 다람쥐의 패배로 끝나는 생포 작전.

그 해 여름이 지난 지 30여 년, 아그레 풀숲 속은 공장이 들어와 콘크리트 담장으로 변해 있었다.

아, 백두산보다도 높았던 노란 꾀꼬리 소리여!

"담배 밭에~ 꾀꼬리~."

팽나무 그늘

太陽은 온 마을에 넘실거리고
긴 밭고랑 참깻잎 뒤에도
七月의 더위는 멈추고 있다.

연비늘 반짝이는 송사리 냇가에
마루턱 앉아도 훤히 보이는
덩치 큰 팽나무 낮잠 팽나무

서너 개 징검다리, 건너오던 이웃 처녀
팽나무 그늘에서 코 골던 뇌에게
한 웅큼 시냇물로 처녀 심술, 사랑 심술

오! 七月의 더위는 팽나무 그늘에 있었다.

대특종, 대소란

    뉴스가 아닌 교양프로를 준비하기 위해 KBS 헬기가 부천 상공을 날 즈음, 도심 속에서 솟아오르는 검은연기에 호기심이 발동하여 기장은 순간 그곳으로 기수를 돌린다. 그 연기 진원지에 헬기가 다가가자 대폭발과 함께 도시가스 저장소가 순간 원자탄이 폭발하듯 꽹음과 함께 붉은 불기둥이 수백 미터 상공까지 치솟았다. 그 화면은 가히 수십 년 만의 대특종 화면임에 틀림없었다. 그런데 그 화면을 저녁뉴스 시간 전에 이 주간이 타 외신에 준 것이 화근이 됐다.

    그 외신은 곧 MBC 방송사로 흘러갔고 KBS 특종은 무산됐다.

    우리 본부장, 국장이 노발대발하며 이 주간은 즉각 해임되는가 싶은 대소동이 벌어졌다. 오후 7시경 유 국장은 우리부서 이 부장을 대동하고 이 주간 앞으로 다가가 "수고했어요, 지금부터 이 자리를 이 부장이 대신할 거요, 이 주간 발령은 내일 날 테니, 그리 아시오." 유 국장은 본부장 지시를 받고 행한 구두 발령이겠지만 이건 너무하다는 생각이 들었다. 물론 판단 착오로 인한 잘못이다. 그러나 수십 년 쌓아 올린 그 자리를 정식절차와 예의 없이 그렇게 발령낼 수는 없는 것이다. 부서회의가 열리고 성토가 벌어지는 또 한 번의 소란이 계속된 다음에야 본부장이 인사 발령은 없었던 것으로 한다기에 일단락되었다. 대특종과 대소란에 이은 그 결과는 씁쓸한 뒷맛만 남기고 특종 잔치는 사라졌다.

    도시가스는 그 엄청난 무서움이 인사의 회오리로까지 번질 게 뻔해

개인에게 천당과 지옥을 경험하게 했고 그 불기둥에 화상을 입은 중환
자들도 천당과 지옥의 중간에서 헤매는 하루가 된 것이다. 뉴스 특종
은 그렇게 없어진 것이다.

1999. 2. 21.(일) 맑음

은사 환갑날

초등학교 은사이신 오병남 선생님 환갑날이다. 임재관과 오중식과 나는 양재동에서 아침 일찍 만나 공주로 향했다.

고향에 눌러앉은 동창들도 많이 올 테고 오랫동안 못 보던 동창들도 다수 오리니싶어 들뜨고 반가움이 앞선다. 가는 길은 얘기꽃 길이요, 금방 도착하는 쾌속정과도 같다. 어느결에 32년이 흐른 세월의 여정 속으로 빠진다. 12,000 밤이 흐른 것이다. 137명 졸업생 중 열댓 명이 죽고 서울, 공주에 제일 많이 흩어져 산다는 것까지 수다도 여러 가지였다.

오병남 선생님은 유난히 날 귀여워해 주셨고 반장으로 5년을 활약케 하시며 담임까지 맡으셨다. 뚝심이 있고 미남에다 주량이 세고 손풍금 솜씨도 일품이셨다. 성큼성큼 보폭도 경쾌하고 명랑하신 분이다. 지난 귀산초등학교 시절, 60년대 우리들의 상징적 은사이심에 틀림없는 분이다. 수많은 제자들로 북적대고 졸업연도 별 대항 노래와 큰절로 이어졌다. 은사님께서는 블루스와 왕초춤으로 그 명랑한 성격이 여전하셨다. 우리는 신웅리로 옮겨서 친구들 만의 시간을 갖고 오랜만에 회포를 풀었다. 성천경이라는 친구는 고향 집에 들러 내 어머니를 붙잡고 엉엉 울기까지 했다. 일찍 부모님을 잃은 한의 울음이리라. 좋은 친구를 너무 오랜만에 만나다. 변치 않을 고귀한 친구들, 건강하고 잘되기를 빌면서 각자의 길로 어둠 속에서 석별의 정을 나누었다. 오 선생님 부부에게도 한없는 행복을 기원하면서.

324

1999. 5. 10.(월) 맑음
어떤 중앙위원

　노동조합 마지막 중앙위원 미팅날, 시 도 지부장과 서울위원 16명이 속초 한화콘도에서 1박 후 단합대회 이틀째를 맞이하다. 일부는 울산바위 행, 일부는 바다낚시 행으로 갈렸는데 바다낚시 팀에게서 해괴한 해프닝이 벌어졌다. 바다로 출발함과 동시에 강 위원께서 배멀미를 심하게 한 것이다. 기우뚱거리는 배 난간을 부여잡고 토해내는 고통스런 모습을 보고 있노라니 10여 년 전 소련 캄차카 해역에서 겪은 배멀미의 악몽이 되살아나 안쓰럽고 딱하기 짝이 없다. 옆에서는 가재미 낚시에 열을 올리고 있는데, 강 위원은 멀미가 좀 가라앉으니 이제는 대변 통증이 밀려오는 모양, 할 수 없이 난간 복판에 걸터 앉아 청정한 망망대해에 실례를 하기 시작한다. 문철로 중앙위원은 배꼽을 잡고 떡밥 잘 뿌린다며 웃는다. 1미터 80이 넘는 큰 키에 궁둥이 평수는 얼마나 크던가. 꿀렁이는 갑판대에서의 용변 보기는 정말 가관이다. 드디어 문 위원 낚시에 고기가 물려 건져 올리는데 웬 휴지까지 올라오는 것이었다. 모두가 박장대소. 용변 후에 처리한 종이가 아닌가. 그 날 오후 내내 중앙위원들끼리 웃고 지낸 시간들을 아쉬워하는 것은 지난 2년간의 노조 활동을 마감하면서 그 희생, 보람을 나누자는 것이 아닌가. 영화 〈태양은 가득히〉처럼 노조 열기가 뜨거웠던 지난 2년의 치열한 삶이 잊혀지지 않을 듯하다. 횟감으로 유난히 많이 잡힌 가자미회를 안주 삼아 소줏잔을 기울이며 지난 긴장의 시간들을 녹여며 속초의 밤을 즐겼다.

2000. 12. 25.(월) 맑음/바람

未當 徐廷柱 선생 서거

 어젯밤 11시, 매년 그랬듯이 가족을 태우고 시내를 한 바퀴 도는 행사를 가졌다. 첫눈이 내린 크리스마스 이브의 설레는 가족들의 마음을 차 안에 가득 싣고 신촌, 서소문, 시청 앞, 롯데백화점 앞으로 야간 관광을 떠난 것이다. 밤 11시경 조명이 휘황찬란하게 꾸며진 롯데 앞에서 가족 사진을 찍고는 눈발이 굵어진 밤하늘을 한참 쳐다보았다. 그런데 그 시간에 한국 시인(詩人)의 큰별 서정주 시인이 저 세상으로 가버린 것이다. 1,000여 편의 시를 남기신 그분은 한국인이라면 누구나 그분의 시 한 줄 외우지 못하는 사람이 없다. 나 역시 일기장에 간간이 끄적거리며 써댔던 내 감성의 씨앗은 그분의 영향이 절대적이다. 물론 친일적인 몇 편의 시와 군사독재정권을 지지하는 발언이 옥의 티지만 평생 시를 쓴 그분을 폄하만 하는 이는 많지 않을 것이다.
 특유의 한국시어를 생산하여 남기고 간 주옥 같은 시편들은 영원히 우리 뇌리에 살아 있을 것이다.
 각 언론사에서는 이 분의 역사를 이렇게 평가하고 있었다.

 〈현대 詩의 역사〉 〈詩 의 정부〉
 〈바람의 詩魂〉 〈부족방언의 마술사〉
 〈우리 詩의 지존〉 〈우리詩의 야수파〉

〈언어의 카니발〉〈한국의 보들레르〉

　모든 오욕과 오해는 지상에 남기시고 오로지 당신께서는 남기신 시의 영광과 함께 지상에서 편히 영면하소서.

2004 3. 9.(화) 맑음
미국 대사관 앞 집회

　어제 저녁, 전 매스컴에서는 이라크 전쟁지역에서의 KBS 종군기자단이 맹방이라고 하는 미군에 의해서 강제 억류, 수감된 모습으로 온갖 치욕을 당하는 영상 뉴스를 보고는 경악을 금치 못했다. 신기호 기자, 정창준 기자, 강승혁 기자가 그들이다.

　한국 대사관 측에서 신분을 확인해 주고 요주의 인물이 아니라는 것을 증명했는데도 몇 시간을 공포에 떨게 했단다. 같은 한솥밥을 먹는 동료로서, KBS 기자회 회장으로서 간과할 수 없는 일이다.

　정오 12시, 우리기자단, 신문사진기자단과 공동으로 광화문 미 대사관 앞 광장으로 집결했다. 50~60여 명은 피켓을 들고 긴급 기자회견 형식을 빌어 성명서를 낭독했다. 해산하는 회원들 가슴 속에는 약소국의 체면이란 것이 강대국의 횡포 앞에서 무력해지고 마는 현실에 분노하면서 취재 현장으로 갔을 것이다.

　왜 미국은 국제사회에서 좀더 겸손하고 합리적사고로 세계를 바라보지 못할까 염려스럽다. 오후에 귀국한 그들의 얼굴에서는 아직도 긴장감이 가시지 않았다. 푹 쉬고 생각하자며 동료로서의 미안함을 달랬다.

2004. 8. 29.(일) 맑음

울화통(鬱火痛)

　아테네 올림픽도 마지막 경기를 남겨 둔 시각, 마라톤 출발은 시작되고 세계적 명성을 쌓고 있는 유력한 우승후보 0순위인 우리의 이봉주 선수가 열심히 뛰고 있다. 믿을직스럽고 대견하고 눈물겹다. 올림픽 은메달 경력을 금메달로 바꿔서 1등으로 은퇴하겠다는 그 의지가 가상하다.

　운동경기 중 자기와의 싸움에서 인내가 가장 필요하다는 인간 한계의 도전이 그것이다. 이번 코스는 특히 경사가 심하고 무더위 속에서 진행되는 지라 기록 경신은 꿈에도 못 꿀 일이란다. 그런데 20여km 지점부터 이봉주가 안 보이는 것이다. 처진 것이다. 당연히 중계 카메라에 사라질 수밖에!

　안쓰럽고 처절해 보이기까지 하다. 시간이 갈수록 멀어지는 이봉주. 반면 30km지점 부터는 브라질의 리마 선수의 독주가 눈부시게 보일 따름이다. 2위 그룹과의 거리는 수백 미터가 넘어 추월이 불가능해 보인다.

　35km 지점에 이르러 해괴한 사건이 중계화면을 장식했다. 세상 종말론자로 자칭하는 괴한이 선두주자 리마의 온몸을 가로막고 저지하며 연도 군중 사이로 끌어내는 것이 아닌가.

　리마 선수의 얼굴은 일그러지고 힘겨워 보였다. 그러나 자랑스런 주자인 그는 끝까지 역주했다.

결승점에 3위로 들어서자 그는 웃으면서 관중을 향해 손을 흔들어 주기까지 하여 경탄과 찬사를 그에게 보냈다. 3위로밖에 뛸 수 없게 된 광경을 보면서 그의 침착한 행동이 내가 울화통을 겪었던 심사와 교차하면서 새벽에 잠들 때 까지 리마의 얼굴만 떠오른다.

그 어떤 마라토너의 실토를 통해서 보면 아주 하찮은 방해라도 온 신경이 쓰인다는 것을 알고 있다. 출발 초기에 그의 신발 안에 좁쌀만한 모래가 끼어 들어가 완주 내내 온갖 신경이 쓰였다는 그의 고백을 그냥 흘려 들을 수가 없었다. 리마는 위대한 선수다.

3위로 입상한 라마 선수.

2004. 10. 6.(수) 맑음

초보 특강

인천대학교 행정대학원 고위관리자 과정 20여 명에게 강의를 하기 위해 저녁시간을 내야 했다.

달포 전에 오랜 친구인 이 대학 대학원장인 이재석의 요청을 받고 승락을 한 바 있어 간단히 준비하고 19시 강의에 임했다. 대부분이 기업인들로서 중년의 나이의 내 또래였다. 한국과 외국의 다른 점을 부각시키면서 선진 문화의 한국인, 선진 질서 한국, 존중되어지는 인간관계에 대해 평소 간직한 절실함 생각들을 토로냈다.

시간 반이 흐르는 그들과의 대화가 끝 날무렵, 내 강의내용에 탄력이 붙으면서 웃음을 교환하기도 하고 질문과 답변을 주고받았다. 질문 중에는 KBS와 이 정부가 너무 밀착해 있고 편파 보도를 하는 게 아닌가 하는 것도 있었다.

언론과 권력과는 껄끄러운 존재로써 서로 국민 편에 있다고 주장하면서 끊임없이 상호작용 속에 견제와 균형 감각을 지니려는 속성이 있다고 설명했다. 나는 KBS뉴스를 들어보면 그렇지 않다고 답해 주었다. 팀제로의 방향 전환도 질과 효용성면에서 엄청난 개혁에 속한다고 덧붙였다.

어느 기업인 청강생은 이 정부의 행태를보면 '이벤트(event) 정부' 라고 불만을 퍼부었다. 젊은이들에게 인기성 정책과 행정을 편다고 불만을 토로했다. 어쨌던 지금 중소기업체들의 체감경기지수는 최악의 밑바닥 경기인 것만은 틀림없어 보였다.

결말을 우리자신에게 희망의 지수를 띄우고 아래, 위, 좌, 우의 이웃과 함께 정을 나누며 우리들끼리 이 난국을 타개하기 위해 노력하는 자세로 살아가자며 끝을 맺었다.

종일토록 근무하고 와서는 강의 중에 연신 졸고 있는 청강생 한 분을 끝까지 깨우지 못했다.

그의 곤한 잠이 내 강의보다 못할 게 없다는 생각에서다.

2005. 3. 3.(목) 맑음

저녁 등산과 야경

도심 속 작은 산에 저녁늦게 올라 보니
숲 속 길은 꼬들꼬들 얼어가며 걷기에 최상이라.
산길 옆 아파트 너머로 대형 화재가 났나 보다.
연분홍 불길이 점점 더 주황색 불화산처럼 퍼지더니,
수천 가구 정도에서 수백만 가구가 넘는 불길로 뒤덮어 버린
저녁 노을 화재!
자연진화(自然鎭火)!
얼마 후에 봉우리에섰 다.
온통 도회지는 보석 같은 불빛으로 경쟁하듯 빛난다.
북한산 우로하여 남산타워까지 맑은날 저녁 서울의 보석 같은 밤이
어둠으로 동화되며 젖어 드는 하루 말미(末尾).

2005. 4. 20.(수) 흐림

황사떼

　북경발 황사(黃沙)가 오전부터 새록새록 오더니만 오후 들어 여의도
하늘과 강변, 공원을 온통 점령하고 말았다.
　언제부턴가 거대 중국땅이 사막화돼 가면서 날아들기 시작한 붉은
모래 바람은 봄이면 어김 없이 찾아오는 것이다. 불청객이다. 건너 도
로 건물 사이가 보이지 않고 사람들은 마스크를 한 채 운동하고 걸어
다닌다.
　여의도는 벚꽃 잔치가 끝나고 싸리꽃(조팝나무꽃) 철쭉, 라일락이 순서
를 기다렸다는 듯이 일제히 연한 살을 내밀어 향기의 광장을 이루려 하
고 있다. 선배격으로 봄의 전령을 지칭하며 피었다. 살구꽃, 산수유, 개
나리, 벚꽃 등의 동기생 꽃들은 고개를 떨구며 흙 속으로 사라진다. 진
한 새 눈 덩어리로 후배 꽃들이 치고 올라와 그 자리를 채워주려 한다.
　황사가 온들 운동하던 사람들은 마스크와 운동복으로 무장한 채 열
심히들 걷는다. 비록 앞사람이 붉은 안개 속에서 거닐어도 아름답기만
하다. 오늘 저녁은 굵은 돼지고기를 삼키면서 황사먼지 때를 씻어야겠
다.

봄 날

굽이 치는 아지랑이 사이로
보리밭 일구는 農夫여!
이 봄날에 황토빛 야산을 지나
진달래 펼쳐지고
토담장 밑 개나리 황홀하고나

밥광주리 머리 이고
젊게 걷는 어머니여
주전자 든 자손아
그 봄날에,
끝없는 열망으로, 지침 없는 일손으로
봄을 노래하였다.
호드기 불며가는 둑방길이
정녕 이 봄날에 세레나데

2005. 9. 4.(일) 흐림
고향의 전설 〈뱀을 임신한 여인〉

　가난을 천형의 굴레처럼 이고 살았던 시절, 고향 마을 넘어 콩밭 매
는 아낙들에게 줄 새참 밥을 이고 가는 젊은 여자가 있었다.
　보리밥에 열무김치, 풋고추, 된장이 전부인 밥광주리를 이고 넘어가
는 등에는 땀방울이 모시적삼을 적시며 흘러내렸다.
　등성이 밑 옹달샘 가에 다다른 여인네는 갈증을 참지 못해 광주리를
둑밭에 내려놓고 꿀꺽꿀꺽 맛잇게도 샘물을 먹었단다. 그리고는 한숨
을 돌리려는 순간, 샘에서 옷자락 같은 검은 혀를 낼름거리며 암놈으
로 보이는 검은 뱀 한 마리가 막 벗어나고 있는 것이 아닌가. 썩 좋은
기분이 들지 않음은 물론이다. 그리고는 그 날 이후 배가 불러오고 입
맛까지 잃게 된다.
　임신이 아닌가 싶기도 하여 도립병원에 찾아가서 진찰을 받아 보니
임신은 아니고 수술을 하여 커져만 가는 이물질을 꺼내야만 이 여인이
살 것이라는 말에 수술을 하게 된다.
　담당의사가 뱃 속에서 꺼낸 것을 멀리 버리고 오라는 말에 여인의
남편은 하도 궁금하여 파묻기 전에 그것을 펼쳐보았다. 엷은 보에 싸
여 있던 이물질은 다름 아닌 새끼 뱀들이었다. 수십 마리가 뒤엉켜 우
글우글거리며 산 채로 꿈틀거리는 것이었다.
　기절할 일이다. 자기 아내가 뱀을 뱃 속에서 키우고 있었다는 얘기
가 되니 말이다.

336

죽여서 파묻어야 하나, 산 채로 산에 버려야 하나, 고민고민하다가 그는 살려주고 말았다는 것이다. 혹시 아내에게 더 나쁜 징조가 있지나 않을까 하여 죽이지 못하고 살려준 남편의 심정을 짐작하고도 남는다. 그 뒤로 아내는 바싹바싹 마르기만 하고 신음을 하다 죽었다는 이야기다. 60여 년 전의 향리 마을에 있었던 일이 전설처럼 전해오고 있었으니 흐르는 물조차 조심조심 다룰 일이다.

형제들과 고향 부모님 뵙고 상경길 차 속에서는 그 어린 시절, 지난했던 고생담과 내가 몰랐던 설화들이 그렇게도 꿈결 같은 호기심과 궁금증이 되어 고속도로 위가 고향의 일화들로 넘치고 넘친다.

비록 어렵게 살았어도 나눔의 정과 도움을 주는 이웃들이기에 수십여 년의 세월 속에서도 잔잔하고 아름다운 추억으로 아련하게 떠오르는 것이다.

2005. 11. 1.(화) 맑음

주황색의 밤

여의도의 밤은 주황색 물결이다.
증권가 네 거리도
국회 앞 대로에도
차량들 마다 주황색 물결을 타고 넘나든다
존치의 단풍과 떨어지는 단풍이
가로등을 부둥켜 안고 흘러가는 주황색의 밤,
벤치의 연인들,
인라인 스케이터들,
24시 마트 간판 밑의 야참족들,
모두가 주황색 물결 속에서 수놓고 있는 밤이다.

(단풍 항아리 여의도에서)

2007. 8. 15.(수) 맑음

바다낚시

죽마고우 가족, 부부끼리 바다 낚시를 나섰다.

바닷길 33km를 가로막아 육지를 만드는 작업, 일명 새만금 간척지 사업 도로를 건너 선유도 앞바다에 동력선 낚시배를 빌려 세 시간의 우럭 낚시가 시작되었다.

아내와 난 처음 해보는 바다 낚시다.

다른 부부 역시 처음인 듯 주로 잡히는 우럭을 끌어올릴 때면 함성과 기묘한 동작으로 아가미에서 낚시바늘을 빼내는 꼴들이 진풍경 그것이다. 태양과 바다와 낚시꾼들, 폭염 주의보가 발령된 터에, 습한 염분을 동반한 선상 더위에서 연신 흘러내리는 땀을 씻어 내기에 바쁘다. 그래도 시간 가는 줄 모르는 세월을 함께 낚고 있으니 그것은 퍼덕이는 싱싱한 우럭이 잡히기 때문이다.

일렬로 늘어서서 고래 심줄 같은 질긴 낚싯줄을 들여놓고 눈알을 굴리며 손맛을 보기에 열중이다. 양쪽으로 동시에 물린 미련한 우럭은 미꾸라지를 삼켜 보지도 못한 채 바늘에 아가미가 걸려서는 대롱대롱 인간의 손아귀에 잡혀 올려진다.

어떤 놈은 낚싯줄이 꿈적도 하지를 않아 바위에 걸린 것이 아닌가 싶은데 좀 풀어주다가 당겨보니 그것은 왕 문어였다. 결국엔 달려오는 꼴을 보니 문어꼴이라, 함성 소리 더 크다.

아내는 손맛이 뜸하다고 짜증 섞인 투정을 하고 있다가 어느샌가 긴장과 흥분으로 어찌할 바를 모르기에 건져 올려지는 것을 보아 하니 큰 광어가 아니던가, 일제히 박수가 터지고 아내와 난 그 광어에 입 맞추며 기념사진 찰칵 하고 인사한다.

이구동성으로 이 정도면 횟감으로는 왕 최고라며 아내의 손맛을 부러워하였다. 세 시간이 넘게 잡은 우럭, 문어, 광어까지 50여 마리가 넘는다. 넘실대며 으스대며, 씰룩씰룩 거리며 고기 횟감통을 들고 민박촌으로 향한다.

졸업 35년 만에 회포를 푸는 저녁 회식은 기가 막힌 싱싱한 생선회 잔치가 되었다. 그렇게 싱싱한 생선회를 실컷 먹어본 것은 기억해 내기가 힘들었다. 특히 부인들 6명은 입을 함박만하게 벌리고 깻잎과 상추와 어울려 먹어 치우는데 기가 찰 노릇이었다.

선유도 산허리 민박촌의 밤은 왁자지껄 깊어만 갔다. 장비처럼 우람한 이충호 사장 부부. 양반 선비처럼, 가을 바람처럼 유순식 교장 부부. 생기 발랄한 송영선 지점장 부부. 우직하고 식탐 많은 신대식 사장 부부. 이 얼마나 고맙고 소중한 친구들인가, 늘 이런 밤만 같아라!

2007. 9. 6.(목) 태풍

공중교미

　한반도에 태풍이 지나간다. 살아 있는 구름처럼 초록벌판 위로 낮게 깔리며 웅크리고 있는 하늘 빛깔은 시베리아 바람처럼 시원하다. 초가을 김포 들녘은 수수깡이 도열하여 깃발처럼 펄럭이고, 깻잎 냄새가 진하며 풍성하다. 수 만 평의 논벼알은 서서히 익어가고 그 알곡이 누렇게 변해만 가는 풍년가가 들리는 반듯한 벌판이다.

　농수로를 따라 깻잎, 옥수수, 땅콩, 수수, 강낭 콩들이 알알이 영글어간다. 태풍이 잠시 숨고르기하는 아침 풍경이다. 그런데 오늘의 주인공은 수확기에 접어든 들녘의 풍요로움 위로 수없이 날아다니는 고추 잠자리가 차지하고 있다. 바람을 이용한 그들만의 공중교미를 위해서 암컷을 차지하기 위한 치열한 공중전으로 시야가 어지러울 지경이다. 꼬리가 빨간 놈들이 수놈인데 사생결단으로 암놈을 향하여 가미가 제식으로 교미를 위한 접근을 퍼붓는다.

　내 몸에도 부딪히고, 깻잎대에도 부딪히고, 농수로 물에 빠져가며 구애를 하는 모습이 처절하기까지 하다. 수놈들은 눈까지 붉어 보이며 온몸이 붉은 탱크다. 교미를 위한 정열의 화신 같다. 암놈과 성공한 놈들은 누운 6자 모양을 하고 절묘한 교미 비행을 해댄다.

　자칫 방심하는 날이면 타 수놈들한테 자세를 뺏기게 되니 둘만의 교미기술을 완벽하게 구사하여야만 목적을 달성할 수 있다. 고추 잠자리들은 그렇게 수없이 태풍 들녘을 휘저으며 생존을 위한 공중교미 활공에 사활을 건다.

실제 시멘트길 위에서 충돌사한 잠자리를 여러 마리 보았다. 얼마나 치열한 교미 현장이란 말인가. 태풍이 머문 자리의 김포 들녘은 온통 고추 잠자리 신혼여행지이자 죽음의 곡예 비행장과도 같았다. 어찌 보면 아침 운동을 감행하는 나 자신도 생존을 위한 길들이기 여행이다.

2008. 1. 25.(금) 맑음

나훈아 회견

그는 당당히 걸어 들어왔다. 호텔 기자 회견장으로 들어서는 그 궁금증 중심의 인물, 국민 가수라는 사람은 너무도 당당한 모습에, 구렛나루에 번쩍번쩍한 얼굴이다. 지난 한 해 동안 온갖 루머의 핵심 당사자를 보는 것이다.

모 여배우와의 염문 끝에 일본 야쿠자 폭력집단에 의해 몸 일부가 잘리는 무서운 보복 상해설, 중병설, 해외도피설 등등 말은 꼬리에 꼬리를 달고 국민들의 입방아에 오르내린 지난 1년이었다. 그러기에 그가 자청한 오늘 회견장은 수백 명의 취재진과 일반인들로 북새통 그것이었다. 그는 말한다. 모든 언론 매체들에 대한 섭섭함과 야속함, 비열함을 훈계하듯이 꼿꼿한 자세와 부릅뜬 눈으로 서 있었다. 그것을 보던 우리 방 기자들이 웅성거렸다.

국민가수요, 공인이라는 인물이 궁금증의 최정점에서 마지못해 자청한 듯한 회견장에서 과연 저런 자세와 어투로 해야만 할까를 그에게 묻는 것이다. 유언비어가 난무하는 상태에서 그 궁금증을 풀기 위해 모인 기자들 앞에서 그는 호통 회견을 하는 것이다. 왜 진작 해명을 하지 않았으며, 두문불출 대중 앞으로 나오지도 않은 이유는 뭐고, 인기인으로서 여자들과의 추한 스캔들에 대한 진위 해명은 모두 사라진 채 질문 하나 받지 않고 곧장 퇴장해 버리는 모습에 어쩐지 찜찜함이 엄습해했는데, 그 찜찜함은 나만이 아닌 모양이다.

막판에 그는 회견 단상 위로 올라가 자기 중요 부위가 야쿠자들한테 잘리지 않았다는 것을 증명해 보이려는 양 바지허리를 풀었다가 다시 정리해 보이는 모습에 실소를 금할 길 없었다.

굳은 얼굴에 격앙된 말투로 일관한 회견장의 모습을 보면서 인기인의 처세에 대하여 국민적 공감대에 맞는 일거수일투족을 명심해 볼 일이다. 궁금증은 풀어진 것이 아니라 더욱 심화될 것 같기에 그의 행동에 대하여 안타까운 마음이 들었다. 멋있고 아름다운 참 대중의 우상을 우리는 주위에 많이 가져보기를 진정 소원한다.

2008. 2. 10.(일) 맑음

남대문 날아가다

기가 찰 노릇이었다. 600년 이상을 굳건하게 수도 서울을 지켜왔던 국보 1호 남대문이 화재 한 방에 와르르 숯덩이로 새까맣게 변해 버리고 만 것이다.

설날 기분이 사라지지 않은 음력 정월 초 사흘째 되던 밤, 누님 댁에서 정초 인사겸 저녁 뒷풀이로 덕담 중 뿌연 연기가 남대문 지붕에서 솟아오르고 있다는 TV 뉴스가 화면을 채우고 있었다. 곧 화재는 진압될 것처럼 작은 화재로 비춰졌다. 그러나 시간이 갈수록 사태는 심각했다. 붉은 불기둥이 새어나오면서 화마는 걷잡을 수 없이 600년 조선 역사를 삼킬 듯 태우고 있었다. 소방차 50~60대가 쏘아대는 물대포가 불야성 속을 파고들어 때리고 때리지만 불길은 거세게 타올라 모두들 안절부절못했다.

자정을 넘겨 새벽 1시에 이르기까지 4시간에 걸쳐 타들어가 남대문의 대들보와 석가래까지 완전히 집어삼키고 만 것이다. 상황 종료까지 그 뒤로 한 시간이 지나 새벽 2시에야 그 수려하고 아름답던 고색창연한 남대문은 검은 유령의 괴물처럼 변해버렸다.

이 땅의 모든 청 장년들이 유년 시절 한양 땅 남대문 처마 끝을 바라보며 유구한 역사를 가슴에 품고 몽울몽울 꿈을 펼치며 한양 생활을, 유학을, 여행을 시작한 남대문이었기에 그토록 피 토할 듯 저려오는 아픔과 회한이 크기만 한가보다. 중계카메라로 그 광경을 바라보던 시민들의 눈 속에서 흘러내리고 있는 눈물방울들이 처연하게만 비춰지는 것도 내 마음과 상통하는, 천갈래 만 갈래 복잡한 고통의 심상이 아닐까!

불타버린 남대문, 우리 모두 자성의 날. 고뇌의 날로 정해서 흐트러진 마음들을 바로잡아 다시 시작해야만 하겠다. 석가래에 새겨 있던 600년의 소중한 역사를 어떻게 다시 세울까. 통렬한 반성 없인 오늘을 사는 우리는 그나마 통째로 죄인임을 면 할 수조차 없는 것을!

반성하고 또 반성하면서 다시 일으켜 세우는 지혜를 짜 보아야 하겠다. 잠 못 드는 밤, 정월달 쥐불놀이도 아니고 기가 찰 한밤의 도깨비불에 혼비백산한 국민들 혼이여!

2008. 2. 25.(월) 흐림

이명박 시대

만면에 웃음을 머금고 자택을 떠나며 동네 주민들과 악수하는 이명박 새 대통령은 환하기만 하다. 작은 눈에 매서워 보이는 모습에서도 보통 내기가 넘어 보이는 것이 내 솔직한 인상평이다.

내 청소년 시절 주먹왕인 사람이 저런 얼굴의 형을 갖고 군림했던 기억이 있었기에 깡과 끼가 넘쳐나는 집념의 남자라는 인식이 일찍 박혀 있었던 것이 사실이다. 지금의 새 대통령도 성장기나 출세기가 우여곡절, 험난한 파도를 넘어 우뚝 서게 되었다고 들어 알고 있다. 불굴의 사나이임에는 틀림이 없어 보인다. 정말 똑바로 지켜볼 일이다.

국립묘지를 거쳐 취임단 일행 차량들은 식장인 여의도 국회의사당 인파 속으로 빨려 들어갔다. 5만의 군중은 흥분해 있었다. 연신 대통령 내외는 두 손을 교대로 흔들어대며 연단에 올라섰다. 미국 라이스 국무장관, 일본 후쿠다 총리, 중국 장관, 동남아 각국 축하사절들이 즐비하게 일어서 앵콜송 부탁 박수처럼 힘차게 쳐대며 환영하였다. 그런데 유럽국 축하사절들이 하나도 보이지 않는 것은 의외였다.

낮게 깔린 짙은 구름을 여의도 하늘에 띄우고 취임사는 40여 분에 걸쳐 쩌렁쩌렁 울려 퍼져 나갔다. 모두가 희망이고 약속이며 하겠다는 의지의 연설이다. 전직 대통령들이 앉아 있는 모습이 인상적이다.

전두환 전 대통령은 굳건한 의지의 표정으로 한 곳만 응시하고 경청한다. 노태우 전 대통령은 와병중이라 불참하고 김대중 전 대통령은 일그러진 얼굴이 배탈이라도 난 양 불편해 보였다.

　정치적으로 반대편 사람이라 그런가 싶기도 하다. 김영삼 전 대통령은 치켜 뜬 눈썹 사이로 긴장을 내보이며 입술은 결연한 자세로 내밀어, 두고 보겠다는 마음 같아 보였다. 잘하라는 무언의 메시지를 던지는 것만 같다. 노무현 전 대통령은 연신 눈초리를 왔다갔다하며 좌우를 쳐다보기도 하고 실쭉 웃어 보이기도 하면서 한껏 여유를 부리는 천연덕스런 얼굴을 하고 있었다. 다소 쌀쌀한 날씨에 그는 죽어가는 경제를 살리겠다고 몇 번이나 외쳤다. 그리고 결연한 태도로 국민에게 다가서겠다고 약속하며 끝을 맺었다.

　마지막 축하곡으로 나보다 한 살이 많은 세계적인 지휘자 정명훈 씨의 힘찬 지휘봉이 여의도 하늘을 휘저으며 대통령 찬가가 웅장하게 울려 퍼졌다. 그리고 그는 청와대로 입성했다.

　우리 국민들은 이제 지난 60여 년 동안 열 번째 대통령을 맞이한다. 실망과 희망을 얘기하며 실로 발전적 역사를 창조해 주기만을 기대해 본다. 주시해 보리라.

2008. 4. 28.(월) 맑음

여의도에 꿩이 날다

투실투실한 장끼 한 마리가
여의도 광장 숲에서 솟아오르더니
이내 샛강 터 잡목 속으로 꽂히고 만다.
반가운 꿩이다. 꿩…….

아스팔트광장은 숲으로 터닦이한 지 10年
나무들은 울창함으로 하늘을 뒤덮어가고
철쭉바다는 꽃으로 굽이굽이 수를 놓는다.

까마귀, 까치, 박새, 두견새, 원앙이,
콩새가 뒤엉키더니
숲을 보아야 날아든다는 그 꿩이 날아 들었다.

대가리는 이글거리는 아침 해처럼 붉고,
눈매는 씨름 장사처럼 불타오름으로
씽씽한 꿩이 내 머리위로 날아간 것이다.

고향 山川 야산에서 저 산으로 날아갔던
그 꿩이 여의도 하늘에 냅다 소리지르며
한 획을 긋고 날아갔다

2008. 5. 5.(월) 맑음

《토지(土地)》의 作家 박경리씨 사망

    한 번도 뵌 적은 없지만 마음 속에 늘 같이하셨던 우리나라 대표 소설가이신 그 분이 운명하셨다.

    질곡의 파란만장한 삶 속에서 25년 동안이나 집필하신 그 장대한 소설 《토지(土地)》.

    전쟁통에 아들과 남편을 읽어버린 그 충격, 원주에서의 고독을 넘어 생명운동을 펼치신 위대함, 그리고 베품 사상이 그의 죽음을 모든 이들에게 아픔으로 져며오게 하는가 보다.

    웬지 모를 허전함은 나만의 심정이 아닐 것이다.

    이 땅의 진실함을 역사적으로 해부하고 그 진로를 가르쳐 주신 어른임에 틀림없다.

    한의 여인, 철의 여인, 정의 여인, 반듯한 여인은 여든 두 살 일기로 저 세상으로 가셨다.

    그 분의 최근 작품이 가슴에 와 닿아 여기 적어본다.

어머니

    -박경리-

어머니 생전에 불효막심했던 나는
사별 후 삼십여 년
꿈 속에서 어머니를 찾아 헤매었다

고향 옛집을 찾아가기도 하고
서울 살았을 때의 동네를 찾아가기도 하고
피난 가서 하룻밤을 묵었던
관악산 절간을 찾아가기도 하고
어떤 때는 전혀 알지 못할 곳을
애타게 찾아 헤매기도 했다

언제나 그 꿈길은 황량하고 삭막하고 아득했다
그러나 한 번도 어머니를 만난 적이 없다

꿈에서 깨면
아아 어머니는 돌아가셨지
그 사실이 얼마나 절실한지
마치 생살이 찢겨나가는 듯했다

불효막심했던 나의 회한

불효막심의 형벌로써
이렇게 나를 사로잡아 놓아주지도 않고
꿈을 꾸게 하나 보다

서울, 원주, 통영분양소마다 줄을 잇는 문상객은 그분의 생명운동을
이어받는 긴 줄임에 틀림이 없다.
늘 그분이 부르짖으셨던 "이 대자연의 이자로 인간들은 살아가야지
자연의 원금을 까먹어서는 절대 안 된다."라고 하셨던 그 '생명운동'
말이다.

생전의 박경리 작가.

2008. 5. 24.(토) 맑음

조용필 쇼

　잠실 벌에 벌떼처럼 인간이 운집한다. 각양각색의 색깔을 갖고 부지런히 한 곳으로 움직인다. 흥분을 하며 간식 거리를 사고 삼삼오오 손을 잡고 잠실 종합운동장 밖 매표소 앞에는 음악의 출렁임으로 넘쳐나고 있었다.

　아내와 나는 굴참나무 아래 긴 벤치에서 김밥을 먹으며 공연 속으로 빠져든다. 작은 거인 조용필과 그의 소리를 듣기 위함이다. 5만 명 이상의 헤아릴 수 없는 군중들이 이리저리 밀리면서 공연장으로 빨려 들어갔다. 관객은 차곡차곡 의자마다 채워지고 어둠이 완전히 내려앉을 즈음 용필오빠는 등장했다. 장관이었다.

　가왕의 모습은 빛났다. 첫 곡은 '꿈'이었다. 시골에서 도시로 상경하여 배회도 하고 눈물의 빵도 먹으며 서성일 때 스스로 채찍질하여 성공하고야 만다는 가사의 흐름따라 5만의 관객들은 하나같이 감동의 물결을 타고 흐른다.

　눈물이 핑 돌았다. 장엄한 무대 조명과 10만 개의 눈빛 조명들이 합해져 토해내는 야간 열차 속 같은 감동이랄까. 분명 모든 이들은 자기 인생의 역경을 대신 노래로 말하는 조용필과 하나가 되는 함성이었을까, 공연은 파도타기처럼 흘러갔다.

　때론 합창으로, 조명 막대를 흔드는 관객의 아우성으로, 멀티비젼 속으로 작아졌다 커지는 조용필의 현란한 기타 속으로 운동장은 하나일 수밖에 없도록 꽁꽁 묶어나갔다.

대중 속에서 대중을 이끄는 힘은 영웅만이 가능하다. 그는 영웅이었다. 열창하는 그의 몸짓은 아름답기만 하다. 앵콜곡으로 이어지자 박수 소리는 허공을 맴돌다가 사라지는데 깜깜한 암전이 오고 다시 환해지자 유순한 관객들은 자기 주위를 깡그리 청소를 한다. 그들은 음악인이 되고 예술인이 되어 행동한다. 멋있다. 썰물처럼 5만의 인파는 급물살을 타고 빠져나갔다.

자정이 가까워 오고 교통편이 끊어진다는 생각들이 앞서기에 지하철역은 금세 장사진을 이뤘다. 30분을 기다리니 막차가 도착했다. 피난열차처럼 올라타는 데도 한참 걸렸다. 그러나 그것은 아우성이 아니고 질서였고 문화였다. 땀들을 흘리며 공연 애기뿐이었다.

2차로 집 근처 노래방에 가자며 동네 아줌마들은 신이 나서 웃었다. 종점인 신도림역 앞에는 자정이 넘어 2시간 여 동안이나 즐거운 발걸음으로 예술인들이 넘쳐나고 있었다. 흥분의 밤거리 풍경이다.

2008. 8. 7.(목) 폭염

KBS 진통

　연일 폭염주의보 발령이다. 차량들과 걷는 이에게 더위는 마구 폭격을 퍼부은 하루다. 움직이는 자에게는 스물거리며 습기가 땀이 되어 등판으로 땀방울이 줄줄 흐른다. 그런 날씨에 우리 KBS사장 진퇴를 둘러싼 공방이 점입가경이다. 한치의 양보도 없이 본관 앞에서 퇴진 물결과 수호 물결이 혼재하여 엉키고 싸운다.

　새 정권이 들어섰으니 형식상 임기에 상관없이 대통령에게 진퇴를 물어 즉각 물러남은 물론 그동안의 경영 능력을 싸잡아 비판하는 대열이요(김인규파), 공영방송 사장의 임기는 지켜져야 하며 정권 나팔수 사장은 안 된다는 시민단체 중심의 결사항전 대열인 것이다(정연주파).

　하루를 털고 퇴근하려는 본관 계단 앞은 이미 쌍방간의 함성과 몸싸움으로 아수라장이 된 상태이고 이를 막으려는 전경대와 차량들은 KBS를 보호한다는 명분으로 숨막히는 대오를 지키고 있다. 자기들 구호가 적힌 깃발, 불끈 주먹쥔 팔뚝들, 외쳐대는 절규, 이글거리는 원망의 눈빛들, 언뜻 해방 이후 벌어진 신탁통치 반대와 찬성의 물결이 이렇지 않았을까를 생각해보는 퇴근길 광경이다.

　어찌 이리도 가열찬 공방의 휘둘림 한가운데에 우리가 서 있단 말인가. 전 국민들의 관심 속에 나쁜 상황으로 빠져드는 작금의 상황에 경악을 금치 못한다. 어느 누구도 해결의 빌미를 제공할 수 없기에 답답함이 이 폭염 속 노숙자의 발걸음처럼 무겁다.

퇴근버스 찾기도 힘들다. 제자리에 있어야 할 차량은 저 멀리 피해서 공원 귀퉁이로 밀려나 있다. 무기력한 방관자가 되어 사원들도, 나도 버스에 오른다. 그리고 시위대 앞을 지난다. 웅장한 사옥은 말이 없다. 역사는 이 흐름을 어떻게 정의 내리고 있을까.

　입사 28년차 말년 병장에 접어든 나로서도 처음 겪어보는 쌍방 전투 현장이니 말이다. 지는 해도 더워 보인다. 여의도 하늘은 폭염 속 운무로 뒤덮여 있다. 차창 밖 KBS 건물이 흔들거림을 본다.

2008. 8. 10.(일) 화덕날씨

박태환이 있는 풍경

중국 베이징 하늘 아래 하계 올림픽 경기가 치열하다. 이미 개막식 이벤트는 장엄하고 절도가 있었다. '붉은 수수밭' 영화감독인 장머우 색깔이랄 수 있는 붉은색이 주조를 이루면서 인간의 하모니가 칭찬을 받을만 하다.

오전 11시, 수영장 풍경이 TV에 떴다. 수영 자유형 400m 결승 중계 화면이다. 8명의 최종 주자가 걸어나온다. 어깨들이 움직였다. 가오리 연이나 방패연처럼 넓고 넓은 가슴팍 어깨들이 힘차게 걸어나온다. 팔들은 대형 문어발처럼 길고 역동적이다. 그 가운데 우리의 기대주 박태환 선수가 5번 라인을 배정 받고 몸을 푼다. 수영 사상 첫 금메달을 딸 수 있다는 확신에 전 국민의 초미의 관심사로 집중하리라. 스타트는 버저 벨소리로 선언됐다.

상황은 3파전, 호주의 헤켓, 미국의 반더카이 그리고 박태환이다. 저어대는 손물갈퀴, 품어대는 흰꼬리 물수염 숨쉬기, 허리치기의 잠수 주행은 대형 어뢰정이다. 초긴장을 넘어 발바닥을 붙이지 못하고 펄쩍 펄쩍 뛰고 뛰면서 응원한다. 11시 25분, 그는 150m 지점부터 강철 심장을 가동하며 라이벌 선수들을 제치고 치고 나왔다. 박태환이었다.

자기보다 10㎝ 이상이나 키가 크고 몸무게는 20㎏ 가까이 무거우며 물갈퀴랄 수 있는 발바닥 크기도 월등히 큰 선수들을 보기 좋게 따돌린 것이다. 아시아 신기록으로 1등 골인이다.

감격, 감격하여 이리저리 마구 응접실을 헤매며 뛰어다녔다. 만세였다. 아파트 단지내 공간에서도 쩌렁쩌렁 울리는 승전보 함성뿐이다. 올 들어 가장 뜨거운 화덕같은 날씨, 베이징발 박태환 선수 승전보로 하루가 즐겁기만 하다.

현장 응원석의 박태환 선수 부모님이 눈물을 흘리는 화면은 모두를 울어버리게 만든다. 고통스런 훈련 끝의 영광을 생각하니 울음이 날 만도 하다. 열아홉 어린 나이의 세계 최고봉 미남 얼굴이 울게 만든다.

서양인의 전유물로 여겼던 수영에서 이룬 72년 만의 쾌거인지라 더욱 가슴 벅차게 만든다. 박태환 선수와 그의 부모님이 그려낸 북경의 풍경화가 오늘 무덥기 그지 없는 불가마 통 날씨를 일거에 날려 보낸 하루다. 박태환 만세다.

2008. 9. 26.(금) 맑음
정년 퇴임식장에서

4만 원짜리 꽃바구니를 사들고 처음으로 회사 정년퇴임 식장을 찾았다. 지난 20년 동안 동고동락했던 이희찬 선배의 퇴임식을 보고 싶었기 때문이다. 스페인 올림픽 당시 민박을 같이하면서 친해진 선배는 직장에서 내 정신적 한 축을 지탱해 준 고맙고 훌륭한 선배다. 마른 편인 형수님에게 꽃을 한다발 전해 드리고 끝까지 함께하기 위해 식장 좌석에 앉았다. 차분하면서도 엄숙한 퇴임식이었다. 30여 년의 청춘을 불살랐던 그분들 면면의 표정들이 제각각이었다.

약간 회상조의 우울한 표정, 억지로 환한 표정을 지으려는 웃음파, 담담한 담담파 등등 단상의 부부들은 질서 있게 앉아 있고, 순서대로 본인의 감사패와 부인들에게는 꽃바구니를 안 주는 순서로 진행됐다. 사장님이 그분 아내에게 꽃다발을 전하자 남편을 포옹하면서 "지난 30년 여보, 고생 많았소.", "이젠 내가 행복하게 해주겠소." 그러자 와, 함성과 함께 뭉클한 박수세례가 터졌다. 찡한 감동의 물결이 식장을 흔들었다. 아내의 남편에 대한 존경심이 자연스럽게 드러나 모두에게 흐뭇한 기분을 느끼게 한 순간이었다. 한 시간 가량의 행사는 끝이 나고 새 출발하는 그분들에게 격려의 덕담으로 온통 시끄러웠다.

이희찬 선배, 기자 생활 중 최악의 순간인 '해직 기자'라는 오명을 뒤집어쓴 고통을 이겨내신 당신께 커다란 박수를 드립니다. 그리고 저는 당신이 계시기에 행복했습니다. 아무쪼록 인생 후반전도 잘 되시길 빕니다.

2008. 9. 30.(월) 맑음

취재 현장의 오류

　당직 조장이 깜빡 잠이 들자마자 사건 하나가 터졌다. 드럼 세탁기 안에서 일곱 살 난 어린이가 질식사했다는 비보다. 근래 들어 두 번째로 일어난 사건이다. 막내 기수 기자가 취재 현장을 다녀온 것을 안 것은 9시 저녁 메인 뉴스 시간이었다. 묘하게도 MBC인 상대 방송사와 똑같은 시간대에 보여주는 영상이어서 확연히 비교가 됐다. 우리 막내 기자의 화면이 영 아니었다.

　현장성과 진실성에서 MBC와 차이가 컸다. 세탁기 입구가 얼마나 크기에 다 큰 아이가 들어갈 수가 있으며 깊이 하며, 질식사의 영상 해설부분 면에서 설명을 제대로 못하고 있었던 것이다. 후배 기자를 따로 불렀다. 전자상가에 늘어선 세탁기 형체만 보여주지 말고 동원 가능한 수단을 통해 사망할 수밖에 없었던 이유를 입체적 영상으로 증명해야 했다고 가르쳤다. 머리를 디밀어 본다든지, 입구의 넓이는 어느 정도인지, 닫히면 잠김상태가 얼마나 견고한지를 설명해 주어야 시청자들이 이해하고 조심할 노릇이 아닌가, 아쉽기만 한 것이다.

　평소 아주 열심히 뛰는 기자인데 신참내기인지라 냉정함을 잃고 허둥대며 뉴스시간대에 대기만 바빴을 모습이 연상되어 후배 기자에게 따끔하게 일침을 가한 셈이다. 발로 뛰는 기자만이 기자다. 한 아이템당 한 가지 영상이 꼭 기억되게 하라. 강하게 크로즈업 된 화면이 꼭 필요하다. 선배 기자의 조언이 후배 기자에게 도움이 되기 바란다.

360

2009. 2. 4.(수) 쾌청

친구 관섭이

33년 전, 전방인 태봉골짜기에 포병여단 3개 대대가 웅거하며 국방의 의무를 다하기 위해 빡빡머리 푸른 젊은이들이 함성을 지르며 군기를 칼날처럼 날세우고 3년을 보낸 시절이 있었다. 그 날도 저녁 무렵 상산 너머로 해는 져가고 국기 하강식에 맞춰 대대별 안보웅변대회가 열리고 있었다.

나는 60대대 대표로 "저 상산에 진달래는 곱게도 피었는데"라는 7분짜리 안전사고 예방 캠페인성 웅변을 토해내고 있었다. 방심하는 사이 순식간에 일어난 작업장 사고는 싸워보지도 못하고 전우를 전사자로 만들게 된다는 메시지를 담은 내용이었다. 그땐 참으로 군인답게 혈기있는 웅변을 한 것 같다. 그 결과 우승은 내 것이었다.

여단 대표로 사단으로, 군단으로 뽑혀서 수천의 연병장 장병 앞에서 목청 높여 두 손을 흔들던 기억이 있다. 웅변 연습을 위해 열외병으로 빼주면 웅변 원고 몇 장을 들고 뒷산으로 올라가는 것이다. 묘자락 잔디밭에서 얼마간 떠들다가 잠도 한숨 때리고, 막걸리 한잔에 고향 하늘을 바라보며 내 청춘의 봄날을 꿈꾸곤 했던 군시절 그런 때가 있었다.

그 웅변 연병장에서 만나 지금까지도 막역한 친구 놈으로 이어지고 있는 동창이 정관섭이다. PX에서 꽤나 어울리며 막걸리에 신세 타령, 청춘 타령을 한 군동기 동창인 셈이다. 단단한 체구에 저돌적이면서도 세심한 의리형 돌쇠다.

그 친구를 만난 지 오래 되어 일부러 출장길에 일정을 잡아서 만났다. 그냥 좋은 놈이 친구 아니던가.

술 몇 병을 정으로 담아내고 마음으로 삼키니 자연히 과거 정담은 분위기에 젖고 또 젖는다. 군대 휴가를 오면 관섭이 모친이 계신 공주 시내 제세당 약방 건너 2층 집으로 찾아가 전방 아들 소식을 전해드리곤 했다. 허리가 꽤나 휘이신 어머닌 금세 눈물을 글썽이며 막내놈 고생살이에 안절부절못하셨다. 그 어머니들의 똑같은 심정을 보는 것이다. 당시만 해도 북한에 대한 공포랄까, 전쟁 위험의 인식이 늘 팽배해 있던 시절이니 친구 모친의 걱정은 모든 어머니의 마음과 똑같은 것이리라. 술잔을 기울이던 관섭이도 울쩍한 모양이다. 지금은 안 계신 어머니에 대한 그리움을 구성진 노래 로 친구를 위로해 준다.

친구와의 해후가 밤늦도록 이어졌다. 보약과도 같은 그대에게 말년 그 날까지 건강하기만을 빌면서, 또 만나자꾸나, 친구야.

2009. 2. 16.(월) 맑음

선종(善終)과 타계(他界)

　김수환 추기경께서 87세의 연세로 선종(善終)하셨다. 오후 6시, 전국에 타종된 그분의 죽음에 온 국민들은 슬픔에 빠져들었다. 숙연함, 허탈함, 아쉬움, 그리움, 연민, 진실 그리고 존경뿐이다. 어눌하게 천천히 말하는 그분의 말씀들은 그 어떤 메아리보다도 강한 울림을 주었다. 그동안 여러 번 접하며 인터뷰를 하고 취재 선상에서 뵈었지만 참으로 편했던 분이시다.

　20여 년 전 인도 테레사 수녀님이 봉천동 달동네를 방문하셨을 때 그분을 따라서 취재한 경험이 새롭다. 두 분 모두가 먼저 내밀어 손잡아 주고 털썩 주저앉아서는 가난한 자들의 한숨을 들어주시던 모습. 잔잔한 미소 속에 던지는 온정과 위로의 메시지들, 조금도 어색함과 서투름이 있을 수 없는 모습이었다. 또 한 가지 기억에 남는 일화는 전두환 정권 시절, 극렬한 학생 데모대와 경찰 병력이 명동 김수환 추기경이 계신 성당을 두고 대치할 때다. 어찌 취재하기가 용이하였겠는가.

　KBS로고도 카메라에 못 붙이고 현장에 다닐 때다. 정권 하수인, 안기부 프락치, 국영방송이라면서 학생들은 우리의 출입을 봉쇄하던 그런 시기였다. 뿌연 최루가스와 돌멩이, 시멘 블록 조각이 난무하는 사이를 우리 기자들은 헤매면서 영상을 담느라고 뛰고 뛰었다. 정말 죽기 아니면 살기 식의 취재 현장은 살벌한 분위기였다. 그런 와중에 성당 안에 있는 학생 수백 명을 경찰 병력이 물리력으로 강제 압송할 즈음,

추기경께서는 단호하게 공권력에 맞섰다.

"나를 밟고 그리고 내 뒤 신부와 수녀들을 밟고서야 학생들을 강제 압송할 수 있을 것이다."

이 한 마디에 강제 구인은 수포로 돌아갔던 것이다.

명동의 제일 높은 언덕에 추기경 조기가 걸렸다. 성당 주위의 도로와 골목은 그분을 추모하는 추모객들로 사람 물결이 넘쳐난다. 추위와 어려움은 아무것도 아닌 듯하다. 참 진리 앞에 우리 인간은 무심치 않음을 본다. 살아 생전 낮은 곳에서, 가난하고 불쌍한 사람들 편에 섰던 그분의 은덕이 아니겠는가.

저녁방송 내내 추모와 흠모의 방송 뿐이다. 누가 시키지도 않은 저 긴긴 추모 열기의 긴 행렬이 국민을 감동시키기에 충분하다고 믿는다.

오늘 또 한 분의 죽음을 빼놓을 수가 없다.

스페인 마요르카섬 자택에서 숨지신 애국가의 작곡자인 안익태 선생의 미망인 로리타 안 여사 얘기다. 지중해가 넘실대는 해안가에서 쓸쓸히 말년을 보내실 때 우리가 찾아갔다. 17년 전이니 그 당시 77세였다. 참으로 반기면서 유품을 보여주고 근황을 상세히 전해주셨던 그 할머니, 근방으로 시집 간 세 딸과 함께 그런 대로 행복해 보였던 그분은 당신은 한국인이라고 강조하시며 격의 없이 우리에게 음식을 만들어 주셨다. 그 할머니가 남편 안익태 선생님 곁으로 조용히 영면하다. 올리브나무 사이로 섬 전체를 같이 여행하면서 한국의 이방인인 총각과 결혼하여 겪었을 희노애락을 우리 취재진의 손을 꼭 움켜쥐고 들려주시던 순한 한국인 할머니, 소원대로 한국 땅에 묻힌다 하니 다행이다. 당연한 일일 것이다. 타계 소식에 곱던 음성이 생각난다.

2009. 5. 29.(금) 더위

노무현 전 대통령 영결식

7일 전 자살한 전 대통령 노무현씨의 장례식날이다.

귀거래사, 농사 지으며 환경운동이나 하고 고향에서 살겠다며 귀향한 지 15개월 만에 김해 뒷산 부엉이 바위에서 45m 아래로 투신 자살한 것이다. KBS 보도본부 사무실에서 우리 특집팀 전원이 11시 영결식 중계방송을 보고 있었다. 지아비를 잃은 권양숙 여사의 수척함, 자식들의 오열, 비통함으로 읽어가는 조사. 경복궁 뜨락 검은 복장의 물결은 어둡기만 했다. 나도 간혹 눈물을 닦으며 봐야 했다. 자연스런 감정의 흐름이다. 그런데 한 기자가 정반대분위기의 말을 꺼낸다.

웬 분향객은 그렇게도 많으며(전국 약 500만 명) 저렇게 국민장까지 할 이유가 없다는 논조를 편 것이다. 자살도 무책임하기가 그지 없는 것으로 혼란의 주범이니 가족끼리 조용히 치르게 해야 한다고 핏대를 올리며 일갈한다. 서거라는 표현도 맞지 않고 자살로 보도해야 한다는 것이다. 그때였다. TV 화면에 현직 이명박 대통령이 분향할 때쯤 야당 국회의원 한 사람이 튀어 나오면서 사과하고 검찰 책임자를 문책하라며 소리소리 지른다. 영결식장은 잠시 소란이 생겼다. 곧 그 야당 국회의원은 경호원들에게 이끌려 나가고 식은 계속 진행됐다. 같은 정치색깔을 띤 김대중 전 대통령이 통한의 눈물을 흘리며 권여사의 손을 잡는 장면이 눈에 띈다. 진짜 슬픈 모양이다.

서울시청 광장에서의 노제는 인산인해, 수십만 명이 운집했다. 만장인 흰 천의 흐름 속에 국악단 씻김굿의 만가가 처량하고 애닯게 연출됐다. 서울역까지는 예상시간보다 2시간이 더 걸렸고 인파에 파묻혀 조문 차량이 뒤엉키고 설킨다.

망자는 관 속에 누워 수십만 군중의 얼굴을 본다. 전직 대통령으로서 여생을 국민들에게 위안과 평화의 노래를 들려주어야 할 분이 거꾸로 국민들이 그에게 위안을 빌고 있는 풍경이다.

저녁 늦게 수원 연화장에서 화장이 끝나기까지 TV에서 계속 중계를 했다. 참으로 어처구니 없는 사고 속에 오후엔 북한에서 미사일을 쏘았다는 특급뉴스가 날아들었다. 뒤죽박죽인 하루다.

죽음과, 죽음을 겨냥한 미사일, 태평양 한 모서리 작은 국가에서 세계적인 뉴스가 하루동안 펑펑 터져나간 것이다. 따지고 보면 터지지 말았어야 할 사건들이 분명하다. 국민들은 혼란스럽다. 그리고 국가도 개인도 스스로 강인함으로 무장해야 한다고 다짐했음 직한 하루다.

독한 싸움꾼이자 독설가. 저돌적인 정치인. 깨끗하고자 했으나 손을 더럽혔고 친인척과 측근 단속에서도 실패한 사람. 차별 없는 세상, 도덕 정치를 꿈꿨으나 결국 고집을 자초하여 부엉이 바위의 벼랑 끝에서 모든 것이 '운명'이란 유서를 남기고 5월 23일(토) 아침 6시 18분쯤 자살로 생을 마감했다.

지독히도 가난한 농부의 아들로 태어나 성공한 인생이 되길 진심으로 바랬었는데 안타깝기 그지없다. 나 또한 가난한 농부의 아들이기에 연민의 정이 큰가 보다.

2009. 7. 22.(수) 개기일식

개판 국회

취재가 없는 날이었지만 볼거리 두 개가 내 시선을 끈 하루다. 광적인 싸움판과 달 뒤로 숨어버린 태양을 보기 위해 바쁘게 동공을 움직여야 했던 일이다. 오전 9시부터 맞장서서 붙어버린 여야 국회 얘기다. 미디어법, 방송법이 완전 결렬되어 사생결단 식 밀어붙이기와 저지라는 저질 꼴불견이 의사당 내에서 벌어지고 떼몰이식 싸움 광경이 전국에 TV로 생중계 된 것이다. 이리저리 휩쓸리면서 와르르 쾅쾅, 수백 명의 고함과 밀어치기가 가관이다. 어느 누구도 넥타이가 제대로 매진 이가 없고 와이셔츠는 뭉개지고 머리는 개싸움 머리다.

여자 국회의원은 같은 여자 의원과 싸움을 하는데 웃음이 터질 지경이다. 드러눕고 던지고 하여 회의장이 아니라 아수라장 싸움판 같기도 하다. 물러가라는 구호, 무효라는 외침, 독재라는 질타가 오후 4시까지 여의도 국회를 뒤흔들었다.

7시간여의 여야 대치 끝에 싸움은 막을 내렸다. 모두 통과였다. 쪽수에 밀린 야당들은 의원직 사퇴라는 강수를 들고 의사당을 나가버렸고 여당은 뜻대로 관철된 것에 자족하며 뜯어진 단추 구멍을 채우기 위해서, 목타는 목마름을 한잔 술로 달래기 위해서 의사당을 빠져나갔을 것이다. 합의는 없고 초강경 대치 끝에 여기저기에서 맞짱으로 판을 벌리는 골목대장 쌈꾼들이다.

과연 민주주의는 요원하기만 한 것인가.

367

국회의사당에서 야당이 여당을 물고 늘어지는 사투가 벌어졌다면 우주 공간에서는 태양과 달이 그리고 지구가 한 판 벌이는 우주쇼를 볼 수 있었다.

지구와 태양 사이에 낀 달이 해를 베어 물고 있는 형상으로서 해가 숨어버려 초승달처럼 변해가는 시간이 무려 2시간 40분 간이나 지속 됐다. 개기일식인 것이다. 61년만의 장관이라니 너도나도 점심 때까지 하늘의 해를 바라보기 위해 눈을 비벼댔다. 그냥 보면 이글거리는 은 용액처럼 눈이 부셔 필터를 끼고 바라보아야 했다.

색안경을 끼고 보아야만 했던 국회와 태양의 하루가 엄청나게 찌그 러져 보이는 일그러진 하루였다. 비록 국회는 추했지만 태양은 가려진 검은색으로 온도가 무려 2~4°가 낮아졌다니 열받은 사람들, 시원하 라고 은전을 베풀었나 보다.

2009. 10. 17.(토) 쾌청
가을 들녘

어젯밤 천둥번개를 동반한 비에 몇 번을 깨었던가.

오밤중에 내리는 가을 번개 불빛은 주황색 가을색과 번져가는 주황색 빗물로 천지가 요동치며 이 대지를 흔들어 놨으니 아침에 그 큰 변화를 느끼고도 남는다. 맑개 개인 아침은 화창하다.

사탕처럼 달콤한 햇살은 황금색 들판으로 내려 앉고 초록에서 붉은 과자처럼 익어만 가는 단풍의 냄새는 비스킷 공장 안의 풍요를 말해준다. 참으로 얌전하게 변해버린 아침이다. 들녘으로 나는 황금의 보물처럼 귀하고 풍성함을 본다. 그토록 진초록의 볏잎새가 진노랑의 벼를 숙연하게 매달고는 가을속 주인공인 대형 식량창고를 벌판에 저렇게 만들어 놓고 있단 말인가. 비싸져만 가는 금값처럼 한 해 농사의 수확을 보는 농심의 마음도 금값보다 더 아름답고 보람이 있을 줄 안다.

메뚜기, 깻잎, 스산한 옥수수대 소리, 윙윙거리는 빨간 고추잠자리가 가을 속 얘기를 만들어 준다.

어머니 생각에 목이 멘다. 내 머리 속으로 1년 전 이런 가을 날 떠나신 어머니가 꽉 차 오른다. 타작하시는 어머니 모습이 보인다. 깨를 털고, 고구마를 캐시고, 콩을 두드리시는, 흰 수건 질끈 매신 당신은 천사셨다고 나 혼자 소리 내어 중얼거린다.

눈물이 앞을 가린다. 이리도 아쉬움이 남는 것은 일주일 새 벼락처럼 몸져 누우시고 어느 자식 하나 곁에서 돌볼 겨를도 없이 안절부절

못하다 요절하셨으니 천추의 한이 되어 큰 죄인으로 속죄를 해도 풀리지 않을 것 같기에 그냥 속절없이 눈물만 나는가 보다.

가을 바람 속으로 나는 두 시간을 걸었다. 한결 부산해진 들녘, 오고 가는 휴일 차량과 건강을 노래하는 동네 사람들, 어느 하나 소중하지 않은 것들이 없다. 살판 난 참새떼들은 실실하게 살이 쪄서 휘청 늘어진 벼 이삭에 매달리며 배를 채운다.

더욱 까맣게 보이는 수천 마리의 검은 참새들, 그 위로 청둥오리와 가을 기러기들은 버걱거리는 날개를 휘저으며 가을 논 주인 행세를 하기 위해 김포 들녘 하늘로 구름처럼 쏠려다닌다. 수확한 논바닥에 단체로 앉아 진흙과 낟알을 먹는 모습이 내 눈에 포착된 것이다. 참새보다는 하나도 밉지 않은 그들은 농부의 친구가 될 수 있지만 이 계절에 참새만큼 적군이 없다. 살찐 참새 소리가 요란하다.

2010. 1. 3.(월) 폭설
100년 만의 눈

장고(長考) 끝에 악수를 둔다는 바둑 속담이 있다. 오늘 날씨가 그렇다. 내리 3일 연휴 동안 조용하다가 출근하는 날 대폭설이 쏟아지고 영하 13도의 강추위가 휘몰아치니 1,500만의 수도권 인구는 갈팡질팡 혼돈의 아침을 맞은 것이다.

어제 저녁 자정 무렵, 마포 형님 댁에서 마지막 휴일을 보내고 귀가할 무렵부터 눈은 내렸다. 그 눈이 새벽까지 어마어마한 양의 폭설로 사람과 차량을 묶어버린 것이다. 작전에 돌입했다. 버스와 지하철로 회사까지 이동하기로 했다. 개화역까지 10km, 평소엔 10분 거리다.

집 앞에서부터 초만원을 이루더니 마침내 짐짝버스로 변하였다. 내몸이 내 것이 아니다. 허파로 조여드는 사람들의 심호흡과 움직임에 감방 죄수들처럼 눈 감으며 고통을 인내한다. 껴입은 동복 안 피부에선 더운 땀이 나고 발끝은 저려온다.

한참을 갔는가 싶어서 밖을 보면 그 자리가 그 자리다. 다리를 움직였다 하면 어느새 다른 사람의 다리가 침범해 있다. 오금이 저려온다. 운전기사가 동료한테 90명이 넘게 탔다고 전화한다. 뒷문으로 타는 손님들에게 카드를 왜 안 찍냐고 소리소리 지르고 콩나물 시루차 안에서의 비명소리가 낑낑거리는 강아지 젖 보채는 소리와도 같다. 개화역까지 2시간10분 만에 내려 펑펑 내려 쏟는 함박눈을 무심코 5분여를 바라보고만 서 있었다.

발목을 넘고 넘는 적설량이다. 눈눈눈……. 그러나 내 기분은 금세 환희의 순간으로 변하여 이 꽉 찬 눈의 세상을 즐긴다.

역 출발지기 때문에 자리에 앉아서 출근하는 시민들의 북적거림을 또한 즐기기로 했다.

헉헉대고 눈을 털며 들어오는 사람들이 찬 아침공기를 머금고 안으로 들어왔다. 다 채우지도 못하고 지하철은 이내 뜨는 것 같다.

여의도역까지 기차인지라 거의 정확하게 도착했다.

역시 땅굴 교통은 이럴 때 최고였다. 세 시간 만에 회사 출근 완료. 그리고는 급히 안산 취재 현장으로 가는 길은 눈바다를 항해하듯 출렁거렸다. 다행히 운전기사 분이 준비한 스노우 체인 덕에 우리 차는 다른 차보다 안전해 보인다. 침착하고 준비성이 철저한 분이다. 고마운 운전기사였다.

산야는 스위스 몽블랑 겨울의 알프스였다.

소나무 가지 위로 눈이 무겁게 쌓여 늘어진 형상이 그렇고 층층이 쌓인 비탈눈길이 그때 보았던 유럽의 산악지대 그대로였다.

거의 종일 왔던 눈이 오후 늦게 싸락눈으로 내리다가 변하여 멈췄다.

귀사 차량 안에서 희열에 차 창밖 풍광을 바라보다 그만 잠이 들었다 깼다. 껌껌한 저녁 차 안의 라디오 방송은 100년 만의, 기상 관측 사상 최고의 폭설이라며 계속 떠들어 댔다.

여의도의 겨울은 하얀 눈세계다. 나는 영화 〈닥터 지바고〉에서의 오마샤리프가 되어 온종일 영화 주인공이 된 기분이었다.

퇴근길 지하철은 통로가 꽉 차 있다. 내리고 타고가 의미가 없다.

초만원 차량에 들이밀어 내 몸을 끼워넣는 것일 뿐 강자만이 탑승이 가능한 퇴근길이다.

372

노약자, 어린이, 여자들은 엄두가 나지 않는 것이다.

여의도 국회의사당 역에서 당산까지 가는 9호선에선 승객 옷이 문틈에 낀 채로 달렸으며 줄 서 있는 사람들은 거의 탈 수가 없어 그냥 서 있었다. 100년 만의 폭설, 이변의 하루였다.

눈 속 길

온 세상이 많은 눈으로 뒤덮이고 강추위로 인해 거리는 빙판길이다. 노인들은 참으로 조심해야 할 길이다. 좀 누그러진 오후엔 연무가 흐르는 가운데 저 산 너머 위로 지는 태양이 마치 샛노란 노른자 하나를 올려 놓은 것 같기도 하고, 붉은 탁구공 크기의 형상이 오묘하게 떠 있는 듯 서산에 지는 해가 한 폭의 동양화다.

호숫길을 지나 산모퉁이 등산로에 접어드니 후드득 실하게 살찐 고라니 한 쌍이 가로질러 저 산으로 화살처럼 달아나 사라진다. 어찌나 빠른지 이 겨울에 무얼 먹고 저리도 건강하게 날뛸 수가 있을까, 산짐승은 이 쌓인 눈도 보약이 되는가 보다.

눈길을 걷다 보니 서울 유학 시절, 어머니와 나눈 고향 겨울이야기가 주마등처럼 스친다. 지금보다도 그해 겨울에 눈이 더 왔는가싶다.

무릎까지 쌓인 눈 속으로 푹푹 빠지며 동구 밖 시외버스 정류장까지 걸어서 갔다.

어스름 구름 낀 날에 눈은 계속 쏟아지고 어머니는 네모지고 딱딱한 메주 몇 덩이와 찹쌀과 찬거리 등을 머리에 이고 나에게 들려보내실 양으로 집을 나선 것이다. 그런데 난 그 메주가 싫어서 안 가져가려고 애를 써봐도 소용이 없었다.

누나와 형수님에게 이것을 갖다드려야 내가 편하다고 꼭 챙기시는 것이었다.

1km의 거리지만 눈이 쌓여 걷기가 불편했다. 나는 들고 어머니는 이고 시외버스 정류장까지 걸어갔다. 어머니의 검정털신을 신은 버선발이 눈 속에 파묻힌 채 걷고 걸었다.

　발자국은 흔적도 없이 사라지고 함박눈송이가 내리고 내리는 설국의 고향길. 버스 문 계단 위로 짐을 밀어주시고는 뿌연 차창 밖 눈길에 어머니가 서 계셨던 그 해 겨울, 가난한 농부의 아내로 아들 눈 한 번 뜨게 하려고 서울 유학을 감행시켰던 나의 어머니. 그 눈길이 오늘 따라 너무나 그립고 그립다.

　그 하얀 버선발로 그 눈 속 길을 걸으셨던 모정의 세월.

　나의 철부지 생각, 그 해 동치미 맛의 그 겨울은 나에게 다시는 오지 않는다. 오늘 김포 눈길을 걸으면서 그런 추억만을 남기고 이제는 하늘나라로 올라가신 어머니가 사무치게 그립다. 모자가 하얀 눈길을 걸으며 겨울 이야기를, 소중한 추억을 아로새겨 놓았던 그 겨울길.

2010. 8. 24.(화)

청문회의 얼굴

　장관 여러 명과 총리 후보자에 대한 국회 청문회가 모두 끝났다. 전체적으로 하나같이 흠결이 노출되었다. 정도의 차이가 있겠지만 법을 지키고 공정한 사회를 만들겠다는 이명박정부 아래에서의 최고 관료로서는 뭔가 미흡해 보인다. 아니 절대로 안 되겠다싶은 사람들도 여럿 보인다. 부동산 늘리기 편법으로서의 위장 전입, 선거법 위반, 은행법 위반 등이 대부분이었다. 불리한 질문들에는 똑같이 기억이 안 난다, 밝혀진 사실 앞에는 죄송하다 뿐이다. 더욱이 총리 후보자가 제일 심하다는 느낌이다. 국정을 총괄해야 할 총리의 자격이 아닌 것이다.

　얼버무리는 자세며 불안한 표정들이 너무 뻔뻔하다 못해 안쓰럽기까지 보이는 것이다. 생존 경쟁의 세파 속에서 자신의 안녕과 행복을 위해 최선을 다하다보니 좀 지나쳤다고 치더라도 국가의 공직자로서 국민에게 최고의 모범을 보여야 될 분은 아닌 것이다. 돈에, 권력에, 명예까지 걸쳐 입으려고 하는 그런 자세에 경악을 금치 못했다. 그야말로 국민들 알기를 지나가는 개 만도 못하게 여긴단 말인가.

　일찍이 언론에 후보자들이 떴을 때, 공론의 장이랄 수 있는 무대, 즉 인터넷 등에 낱낱이 제보되고 고발되어 그들은 발가 벗겨진 상태로 청문회 무대에 오른 셈이다. 본인이 너무 잘 알텐데도 링에 올라와서는 변명하고 있는 모습이 측은한 것이다. TV에서 그들은 말을 못하고 꼭 뭐하다가 들킨 모양새로 머쓱한 표정을 짓고 있다.

이런 형국인데도 만약 임명권자인 대통령이 강행한다면 철면피 정부라 누가 하지 않겠는가. 반드시 철회시켜야 할 예비 사령관으로 보이니 말이다.

올해는 나라를 빼앗긴 지 100년이 되는 해이다. 국민들을 헤매게 했던 그 당시 위정자들의 갈팡질팡 행위가 그 얼마나 비극이었는가 말이다. 이 나라 저 나라에 빌붙어 나라를 연명해 보려고 했지만 세계열강의 어느 한 나라도 우리에게 도움을 주려 했던 나라는 하나도 없었던 역사적 사실 앞에, 작금의 현실이 오버랩되어 이를 악물게 되는 것이다.

전 세계는 지금 우리가 일본을 추격할 날이 얼마 안 남았다는 평가를 내리고 있다. 그 얼마나 반갑고 기막힌 반전이란 말인가. 그렇게만 되면 우리는 정신 차린 상이 아니겠는가.

지금까지 전 세계 2등 국가로써 호령을 하던 일본을 제친다니 우리는 다시 한 번 허리끈을 동여매고 좌우를 살피며 빈 틈 없는 일류국가 만들기에 매진해야 할 시점이다. 이런 청문회는 그렇기에 꼭 필요하다. 털어서 먼지 안 나는 사람이 없다지만 끝내 털어지지 않는 먼지를 안고 있는 사람은 공직 사회에 발 붙여서는 절대로 안 되겠다. 특히 힘 없고 빽 없는 우리 서민들은 사회가 공정한 게임장이라고 믿기에 이 무더위 속에서도 한 나라의 일꾼을 냉정하게 평가하는 것이다.

이렇게 까발려져 만신창이가 된 그들은 스스로 알아서 퇴장했으면 좋겠다. 결코 이대로 진행이 되어서는 안 된다. 국가의 장래가 걸린 문제를 어찌 그리도 쉽게 생각한단 말인가!

2010. 9. 2.(목) 태풍 뒤 갬

곤파스 태풍

새벽 5시, 나 스스로 주체할 수 없는 소란스러움과 출렁임에 잠자리에서 벌떡 일어났다. 그것은 사건이다. 이 시간 막 이곳에 상륙하고 있는 곤파스 태풍 때문이다. 이곳 김포, 인천, 강화도를 휩쓸고 가는 강풍은 내 눈 앞에서 생중계라도 하듯 살아 움직이고 있었다. 열렸던 화장실 문, 베란다 창문, 부엌 창문도 꼭꼭 닫아야만 했다.

그냥 바람이 아니었다. 멀리 일산의 새벽 야광이 일시에 암흑으로 변했고 6층 베란다 창으로 내려다보니 나무들이 이리저리 휘청대며 "나 죽는다"고 아우성들이다. 유리 창문에 기댄 내 몸이 불룩불룩 바람 벽으로 변하여 대형 유리창도 위험스런 지경이었다.

응접실로 들어온 나는 어디가 요절이라도 났겠다 싶어 TV를 커니 긴급 뉴스다. 출근길 거리에 늘어선 것은 나무들, 머리칼은 뜯기고 찢어져 삼발을 하고 비틀거린다. 거리마다 나뭇잎 살점들이 수북하고 내걸린 홍보물들은 하나같이 넝마처럼 찢겨져 나풀대고 있다. 이런 강력한 태풍은 처음이라며 수도권 시민들은 당황스런 표정으로 웅성거렸다.

오후에 여의도와 강나루변을 호기심으로 둘러보았다. 그 비싼 거목 소나무가 벌러덩 누워있기를 수십 그루, 나무마다 피사의 사탑처럼 안간힘을 쓰며 비스듬히 버티고 있으니 보는 내가 괜히 힘들어 안쓰럽다. 강나루 수십 개의 하얀 차양막 구조물은 지붕이 여지없이 날아가 버려 기둥만 삐죽하니 남아서 쓸모가 없는 형국이다.

애당초 그것을 세울 때 우려했던 생각이 적중했다.

대형 연날개처럼 모양은 그럴듯한데 비바람에 조여 놓은 나사와 천이 온전하겠느냐, 싶었었다.

누구 좋은 일 시키려고 했는지 몰라도 한눈에 봐도 알 수 있는 어리석은 서울시 행정과 그 집행자들의 우둔한 행태에 분노마저 금할 길이 없다. 한눈에도 수십 억의 피해가 어림잡아 계산이 되지만 전국적으로는 어마어마한 액수일 것이다. 이번 태풍은 비보다는 바람으로 피해를 입은 천재지변이다. 어느덧 서울 하늘은 태풍이 멎어 아침과는 대조되는 쾌청한 날씨로 변해 있었다.

2010. 11. 23.(화) 구름

불타는 연평도

점심을 먹고 의자에서 깜빡 졸고 있는 사이 오후 TV 화면 속 북경 아시아 게임 중계방송이 갑자기 멈췄다. 대신 TV 화면엔 검은 화염이 자막과 함께 떠 있다. 참으로 섬짓한 광경이 아닌가. 자막의 내용은 "북한 공격으로 연평도 마을이 화염에 휩싸여"였다.

전쟁이 터졌단 말인가. 모두들 긴장하여 의자에 꼿꼿하게 등을 세우고 숯검정 같은 눈동자를 TV 화면에 들이민다.

"이거 장난 아닌데!" 하면서 북한 놈들의 또 한 번 지랄하는 모습에 혀를 차는 모습이 너도나도 분기탱천이다. 1차는 그네들 대공포로 군 진지를 향해 가격한 다음 2차에는 가증스럽게도 민간인지역까지 무차별 포탄을 날린 것이다. 이것은 침략이었다. 검은 포격의 연기는 전 연평도 하늘을 뒤덮고 있었으니 참혹하고 살벌한 선전포고이다. 한 시간의 포격전이 지나고 나서야 3시 40분경에 난타전은 끝났다.

아비규환으로 바뀌는 현장 화면이 속속 들어오고 있었다. 우리 보도본부에도 초 비상령이 내려졌다. 박진경 기자는 검은 잠바에 목도리를 두르고 인천 앞바다 연평도를 향해 뛰어가고, 홍병국 기자의 발걸음은 외마디 소리에 가까운 장비 챙기는 소리와 함께 화급한 지휘부의 독촉에 동조하며 뜀박질이다. 얼마 안 가 현장군인 2명의 병사가 교전 중 사망했으며 수십 명의 부상자가 발생했고, 민간인지역의 피해는 아직 파악되지 않았다는 보고다. 휴전상태로 60년이 지났을 뿐 아직 전쟁은 끝나

380

지 않은 것이다.

뉴스는 다시 돌아갔다. 청와대 뉴스가 타전됐다.

"이명박 대통령은 확전되지 않도록 주의하면서 철저히 대비하라"는 말씀이 계셨다고 홍보수석의 일성이 울려 퍼졌다. 경악이다. 내 국민과 병사가 죽었는데 확전되지 않게 하라니, 말이 되는 얘기인가. 그것도 청와대 지하 벙커 안보 관계 장관 회의에서 나왔다는 얘기다. 기가 막힐 노릇이다. 잘못돼도 한참 잘못된 내용 앞에 분노마저 치민다.

지하 벙커라는 말도 순간 구역질이 났다. 자기들만의 안전지대란 말인가. 전시 상태라 지하벙커였다면 확전 금지는 웬 똥 밟는 말인가. 국민의 생명과 재산을 보호해야 할 국가 최고통치자의 말이라고는 믿기지 않는다. 그가 지켜야 할 국민이 지금 죽고 불타고 있는데 말이다.

곧장 전장으로 날아가 진두지휘해도 모자랄 판이 아니던가.

실망을 넘어 큰일이랄밖에……

밤은 일찍 찾아오고 연평도에도 밤은 찾아온 모양인데 그 광기에 대한 분노는 한여름 삼복 더위처럼 끓어 오른다. 미친 개에게는 몽둥이가 약이듯 같은 민족의 개념도 없이 날뛰기만하는 북녘 땅 김정일과 김정은 부자 세력들, 군부 나부랭이들에게 이번만은 가공할 본보기를 보여줘야만 했는데 안타까운 시간만 흘러간다. 절호의 기회였다. 이번만은 즉각 공격했어야 했다.

북녘 방공진지에 회생 불능의 보복 공격을 못하고 말았으니 그 기회를 잃고 만 셈이다. 분명 국민은 불안할 것이다.

기 죽은 이 사기를 어찌할꼬. 이렇게 떠들다가 말 수는 없는 노릇이다. 지난 3월의 천안함 궤멸사건, 8개월도 안 돼 서울의 코앞에서 섬 전체가 초토화된 비극의 무참함 앞에 우리 기자들은, 국민은, 정부는 어찌해야 하는가.

전면전을 감히 벌일 수 없는 북한 능력을 알기에 국지전으로 국면을 타개해 보려는 잔꾀에 넘어간 것이다.

보도국 전체에 비상등을 켜둔 채 퇴근하는 발걸음은 무겁기만 하다. 저 북녘 땅이 애증을 넘어 불쌍하기만 하다. 지난 60년간 그랬는데 언제까지일까!

2010. 11. 28.(일) 바람

시골김장

이산저산 붉게물든 쌀쌀한
초겨울에
샘터 가에 모여 앉아 김장배추
담는다.

꼬갱이 먹어가며 퍼런 입술
삼키는 꼬마 녀석들
자꾸만 바람 불어 재촉하는
김장 손길
양철샘 샘터 가에 우리 동네
김장 동네

아마도, 그 겨울은 따뜻한
겨울이어라.

노수긍 취재수첩

카메라와 함께 길을 묻다

초판인쇄 2012년 3월 27일
초판발행 2012년 3월 29일

지 은 이 노수긍
발 행 인 서정환
편 집 인 백시종
주   간 채문수
편 집 장 김정례
편집차장 박명숙
편   집 권은경 · 김미림
펴 낸 곳 도서출판 **계간문예**

출판등록 2005년 3월 9일 제300-2005-34호
주   소 서울 종로구 익선동 30-6
          운현신화타워 207호
E-mail   qmyes@naver.com
전   화 02) 3675-5633

값 · 12,000원

ISBN 978-89-6554-039-7 (03810)